Dietmar Bittrich, Jahrgang 1958, lebt in Hamburg. Er gewann den Hamburger Satirepreis und den Preis des Hamburger Senats. Im Rowohlt Taschenbuch Verlag erschien von ihm u.a. der Bestseller «Alle Orte, die man knicken kann». Seit 2012 gibt er die erfolgreiche Weihnachtsanthologie mit Geschichten rund um die bucklige Verwandtschaft heraus.

Dietmar Bittrich (Hg.)

Da ist ja noch das Preisschild dran

Schon wieder Weihnachten mit der buckligen Verwandtschaft

Rowohlt Taschenbuch Verlag

Originalausgabe
Veröffentlicht im Rowohlt Taschenbuch Verlag,
Hamburg, Oktober 2024

Covergestaltung zero-media.net, München
Coverabbildung Patrick Wirbeleit
Satz aus der Adriane Text
bei Pinkuin Satz und Datentechnik, Berlin
Druck und Bindung CPI books GmbH, Leck
ISBN 978-3-499-01583-0

Inhalt

Wiebke Lorenz

Unter Hochbegabten

Von: Regula Kosanke
An: Eltern 4d
Betreff: Adventsbasteln
Datum: Montag, 16. Oktober, 9:42 Uhr

Liebe Eltern,
wie auch in den vergangenen Jahren möchte ich Sie hiermit nochmals sehr herzlich zu unserem Adventsbasteln einladen, das bereits diese Woche am Freitag, 20.10., von 8:00 bis 12:00 Uhr im Klassenraum der 4d stattfinden wird. Über die Ranzenpost Ihrer Kinder habe ich leider nur eine einzige Rückmeldung erhalten, weshalb ich Sie nun noch einmal per Mail an diesen schönen Termin erinnern möchte. Mit den erstellten Bastelarbeiten möchten mein Co-Klassenlehrer Boris Jensen und ich zusammen mit Ihren Kindern unsere Räumlichkeiten so richtig schön weihnachtlich schmücken. Falls jemand von Ihnen noch eine lange Lichterkette hat, die er zur Verfügung stellen kann, melden Sie sich gern bei mir!

Der frühe Termin für das Adventsbasteln ist den diversen anderen schulischen Aktivitäten geschuldet, die bis zum Jahresende noch anstehen. So unter anderem die Laternenwerkstatt für den St.-Martins-Umzug. Die Werkstatt findet am Dienstag, 7.11., von 10:00 bis 14:00 Uhr statt (hierfür liegen mir aus der Elternschaft bisher nur 3 (!!!) verbindliche Anmeldungen vor!). Der Laternenlauf selbst ist dann am Freitag, 10.11., von 17:00 bis 19:30 Uhr; begleitet vom Diepenstöpeler Feuerwehr- und Blasorchester mit anschließendem alkoholfreiem Umtrunk auf dem Schulhof – herzlichen Dank an dieser Stelle an die Diepenstöpeler!

Am Montag, 13.11., und Dienstag, 14.11, finden dann die Lernentwicklungsgespräche statt. An beiden Tagen zwischen 8:00 und 14:00 haben Herr Jensen und ich Slots zu jeweils 20 Minuten eingeplant. Bitte tragen Sie in die Doodle-Liste ein, welchen Termin Sie mit Ihrem Kind wahrnehmen können (den Link dazu finden Sie unter dieser Mail). Da wir uns am Ende des ersten Halbjahres der 4. Klasse befinden, ist es überaus wichtig, dass Ihr Sohn bzw. Ihre Tochter mit jeweils MINDESTENS einem Elternteil zum LEG erscheint, weil wir in diesem Rahmen dann auch besprechen möchten, ob wir Ihrem Kind ab der 5. Klasse das Gymnasium oder die Stadtteilschule empfehlen.

Nächster Punkt auf der Agenda ist der gemeinsame Besuch des Weihnachtsmärchens «Das Wolf und die sieben Geißlein:innen» am 14.12. von 11:00 bis 13:00 Uhr. Diese Aufführung ist für die Schüler:innen der 4d verpflichtend! Jedes (!) Kind muss an diesem Tag von mindestens einem Erziehungsberechtigten begleitet werden, da es im Anschluss an die Aufführung nicht zurück in die Schule, sondern für die Kinder direkt nach Hause geht, sodass Sie, liebe Eltern, hier die Aufsichtspflicht übernehmen müssen. Eintrittskarten zu je 5 Euro (Schüler:innen) bzw. 12 Euro (Eltern) können im Schulbüro erworben werden.

Der vorerst letzte Event vor den Winterferien ist unser Weihnachtsbasar, mit dem wir Sie zum besinnlichen Zusammensein und zur retrospektiven Betrachtung des

Jahres einladen möchten. Er findet am Donnerstag, 21.12., von 15:00 bis 21:00 Uhr in der Aula statt. Für das Ausrichten des nachhaltigen Eltern-Kind-Cafés konnten wir wieder die Heidendorfer-Mutti-e.V. gewinnen, die sich über zahlreiche selbst gebackene (!!!) und natürlich vegane (!!!!) Kuchen ohne künstliche Zusatzstoffe freut.

Und noch eine Bitte: Wie immer werden wir einen Adventskalender für die Klasse basteln, an dem insgesamt 27 Säckchen (der Anzahl der Schüler:innen entsprechend) mit kleinen Überraschungen hängen sollen. Ich möchte Sie bitten, dass jedes Kind bis zum 15. November eine Kleinigkeit für den Kalender mitbringt, die den Wert von 3,00 Euro nicht übersteigen soll. Wichtig hierbei: bitte keine Süßigkeiten mit Zucker oder Zuckerersatzstoffen; keine Gegenstände aus Plastik oder anderen nicht nachhaltigen Materialien; nichts mit sichtbaren Labels der Hersteller oder einer anderen Kennzeichnung, die unterschwellig als Werbung aufgefasst werden könnte. Wünschenswert wären Kleinigkeiten, die in liebevoller Heimarbeit von Ihnen und/oder Ihren Kindern hergestellt wurden.

Nun freue ich mich auf zahlreiche Rückmeldungen von Ihnen und sende Ihnen Grüße voller Licht und Liebe:

Regula Kosanke

PS: Hier noch die Links für die Doodle-Listen (Adventsbasteln, Laternenwerkstatt, LEGs etc.), in die Sie sich bitte verbindlich eintragen.

*

Von: Florentine Borchert
An: Moritz Borchert
Betreff: Wtr: Adventsbasteln
Datum: Montag, 16. Oktober, 10:11 Uhr

Hast du das hier schon gelesen? Die Kosanke hat ja echt nicht mehr alle Nadeln an der Tanne! Wir müssen da dringend mit der Schulleitung sprechen, solche anmaßenden Mails gehen ÜBERHAUPT NICHT! Ich möchte mir gar nicht vorstellen, wie sie im Unterricht mit Leon und den anderen Kindern in der Klasse umspringt. Ehrlich, die ist doch ein Fall für die Klapse!!!

Unternimmst du da bitte was? Schreib doch am besten gleich direkt an Guido Odewald, oder was meinst du? Ich finde jedenfalls, das ist ein Thema für Schmidt statt Schmidtchen ;-)

Eiliger Kuss: Flori

*

Von: Moritz Borchert
An: Regula Kosanke, Eltern 4d
Betreff: Aw: Adventsbasteln
Datum: Montag, 16. Oktober, 12:23 Uhr

Werte Frau Kosanke,
ich danke Ihnen sehr herzlich für Ihre umsichtigen und nachhaltigen Gedanken bezüglich der Gestaltung des auf uns zukommenden Jahresendes.

Nichtsdestotrotz möchte ich Sie – das Einverständnis und die Billigung aller Miteltern vorausgesetzt – darum bitten, Ihren durchaus aggressiven Tonfall ein wenig zu mäßigen. Erst kürzlich berichtete unser Sohn Leon davon, Sie hätten sich in der Schule den Spitznamen des «Hobbydiktators» erworben – und das kann ja nun wirklich nicht in Ihrem Sinne sein. Wir, die Eltern von Leon, wünschen uns ein bedächtiges und wohlwollendes Miteinander, das vor allem den Kindern zugutekommen soll.

Was die diversen Termine betrifft: Es mag Sie verwundern, aber einige von uns Eltern müssen tagsüber arbeiten. So wichtig und notwendig das Adventsbasteln, die Laternenwerkstatt oder das Weihnachtsmärchen auch sein mögen – ich fürchte, nur die wenigsten Vorgesetzten werden Verständnis für das Fernbleiben ihrer Angestellten während der Kernarbeitszeit aufbringen, weil sie stattdessen an der Dekoration für einen Klassenraum herumwerkeln sollen.

Bezüglich des Weihnachtsmärchens möchte ich Ihnen noch mitteilen, dass wir uns gegen jede Form der Zwangsgebühr verwehren. Weder meine Frau noch ich haben ein Interesse daran, der Aufführung vom Wolf und den Geißlein:innen zu je 12 Euro pro Erwachsenem beizuwohnen. Von daher gehen wir davon aus, dass Sie die Betreuung der Kinder anders organisieren!

Übrigens empfinden wir die Erwähnung der LEGs im Zusammenhang mit Ihrer ansonsten weihnachtlich orientierten Mail als durchaus verwunderlich, wenn nicht gar als eine wenig subtile Form der Maßregelung.

Herzlich
Moritz Borchert
CEO
Borchert International
Am Heitspiel 71
22307 Hamburg

www.borchert-international.com
sent from my iPhone

*

Von: Florentine Borchert
An: Moritz Borchert
Betreff: Re: Aw: Adventsbasteln
Datum: Montag, 16. Oktober, 13:01 Uhr

Schaaaaaaaatz, bist du WAHNSINNIG? Hobbydiktator? An ALLE Eltern der Klasse UND Frau Kosanke gemailt? Und dann unterstellst du der Lehrerin auch noch, sie würde die LEGs unterschwellig dazu nutzen, uns Eltern unter Druck zu setzen? Was meinst du, wer das nun ausbaden muss? Das wird die Kosanke doch an Leon auslassen!!!

Mit «Unternimmst du da bitte was?» habe ich was anderes gemeint. Wieso hast du nicht direkt an den Odewald geschrieben? Der ist doch wohl als Direktor der bessere Ansprechpartner.

In großer Sorge
Florentine

*

Von: Moritz Borchert
An: Florentine Borchert
Betreff: Aw: Re: Aw: Adventsbasteln
Datum: Montag, 16. Oktober, 15:41 Uhr

Sorry, Florentine, aber dann schreib in Zukunft einfach selbst. Mir brennt hier gerade echt der Frack, weil es um den Abschluss eines Millionendeals geht. Wenn dir nicht passt, wie ich die Sache mit der Kosanke angehe, dann lass mal dein Zumba oder Pilates oder deine Latte-Macchiato-Treffen mit irgendwelchen anderen Muttis ausfallen und regele die Dinge auf deine Art. Für «Schmidt statt Schmidtchen» ist es m. E. viel zu früh, den Odewald können wir dann immer noch einschalten, wenn die Kosanke sich nicht einsichtig zeigt.

Herzlich
Moritz Borchert
CEO
Borchert International
Am Heitspiel 71
22307 Hamburg
www.borchert-international.com
sent from my iPhone

*

Von: Florentine Borchert
An: Moritz Borchert
Betreff: Re: Aw: Re: Aw: Adventsbasteln
Datum: Montag, 16. Oktober, 16:05 Uhr

Ganz ehrlich, darüber reden wir heute Abend. Bei allem Verständnis für deinen «Millionendeal» – DU warst es, der mich dazu überredet hat, für Leon meinen Job aufzugeben und mich voll und ganz um ihn zu kümmern. Deine verletzenden Worte sind überaus unfair!

Florentine

*

Von: Moritz Borchert
An: Florentine Borchert
Betreff: Aw: Re: Aw: Re: Aw: Adventsbasteln
Datum: Montag, 16. Oktober, 16:30 Uhr

Ich hab für so einen Murks gerade echt keine Zeit! Aber lass uns gern später darüber diskutieren. Dann klären wir bitte auch gleich, wie es sein kann, dass Leon trotz der Betreuung durch seine aufopferungsvolle Mutter wahrscheinlich in Mathe und Deutsch jeweils eine 4 (!!!) auf dem Halbjahreszeugnis bekommt. Da sehe ich in Sachen Gymnasialempfehlung ehrlich gesagt relativ schwarz.

Herzlich
Moritz Borchert
CEO
Borchert International
Am Heitspiel 71
22307 Hamburg
www.borchert-international.com
sent from my iPhone

*

Von: Florentine Borchert
An: Moritz Borchert
Betreff: Re: Aw: Re: Aw: Re: Aw: Adventsbasteln
Datum: Montag, 16. Oktober, 16:50 Uhr

Das war jetzt echt gemein von dir! Wer von uns beiden ist denn das Mathegenie und hat NIE Zeit, sich mal mit Leon hinzusetzen???

*

Von: Moritz Borchert
An: Florentine Borchert
Betreff: Aw: Re: Aw: Re: Aw: Re: Aw: Adventsbasteln
Datum: Montag, 16. Oktober, 17:03 Uhr

Tut mir leid, Schatz, du hast recht, und ich entschuldige mich! Hier tobt halt gerade der Wahnsinn, aber dafür kannst du ja nichts. Ich verspreche hoch und heilig, mit Leon in den Winterferien für Mathe zu üben. Vielleicht passiert ja noch ein Weihnachtswunder und wir kriegen ihn auf eine 2 ;-) Und Deutsch sollte ja nun auch kein Problem sein, das kriegen wir sicher hin! Er ist doch recht gut mit Laura von den Hallersthals befreundet, oder? Soweit ich weiß, steht die in Deutsch auf einer 1, vielleicht können die beiden mal zusammen üben?

Herzlich
Moritz Borchert
CEO
Borchert International
Am Heitspiel 71
22307 Hamburg
www.borchert-international.com
sent from my iPhone

*

Von: Ruben von Hallersthal
An: Moritz Borchert, Florentine Borchert, Daniela von Hallersthal
Betreff: Aw: Re: Aw: Adventsbasteln
Datum: Montag, 16. Oktober, 17:22 Uhr

Ihr Lieben,
ich habe mich gerade totgelacht! Hut ab, Hut auf für deine Mail, Moritz! Und 1000 Dank, dass du so mutig warst, der Kosanke mal einen einzuschenken! Dass die sich traut, die Lernentwicklungsgespräche mit in ihre Weihnachts-Tamtam-Mail aufzunehmen, schlägt dem Fass den Boden aus. Dani und ich empfinden es nämlich auch GENAU SO. Von wegen «Wenn ihr blöden Eltern jetzt nicht mitbastelt oder das Weihnachtsmärchen mitfinanziert (allein die sieben Geißlein:innen – die haben sie ja nicht mehr alle!!!), kriegt euer Kind nur eine Empfehlung für die Stadtteilschule, dann war's das mit dem Gymnasium!». Eine bodenlose Frechheit ist das! Okay, für Laura ist die Gymnasialempfehlung sicher, aber ich hätte trotzdem nicht wenig Lust, mal an den Odewald zu schreiben! Und was ist eigentlich mit dieser Flachpfeife Boris Jensen? Immerhin ist der zusammen mit der Kosanke Klassenlehrer – wieso hält der sich da so raus? Er steht ja nicht mal in CC!

Also, nochmals lieber Moritz: Danke für deine Mail!

Herzlich

Ruben

*

Von: Regula Kosanke

An: Guido Odewald

Betreff: Wtr: Aw: Adventsbasteln

Datum: Montag, 16. Oktober, 12:23 Uhr

Guido,
anbei für dich zur Kenntnis die Mail, die Leon Borcherts Vater (Moritz Borchert) mir gerade geschickt hat, und zwar an den GANZ GROSSEN Mailverteiler mit allen

Eltern. Ich finde, als Schulleiter musst du dich jetzt mal einschalten!

Küsse von deiner Regi

*

Von: Guido Odewald
An: Regula Kosanke
Betreff: Re: Wtr: Aw: Adventsbasteln
Datum: Montag, 16. Oktober, 14:10 Uhr

Mein Herz,
bitte reg dich doch darüber nicht so auf! Natürlich sind in diesem Halbjahr alle Eltern nervös, weil es schließlich darum geht, ob ihre Kinder eine Empfehlung fürs Gymnasium erhalten oder nicht. Und wir beide wissen ja, dass gerade Leon Borchert nicht die hellste Kerze am Christbaum ist, da wundert es mich überhaupt nicht, dass sein Vater so zurückschießt. Wenn du meine ehrliche Meinung hören willst, war es tatsächlich ein bisschen unglücklich, die ganzen Vorweihnachtsaktivitäten zusammen mit den LEGs in eine Mail zu packen. Aber jetzt mach dir mal keine Gedanken darüber, die regen sich alle bald wieder ab.

Stichwort «sich abregen»: Hast du jetzt eigentlich mal mit Boris gesprochen? Das hattest du doch ganz fest vor!

1000 Küsse zurück
Dein Bärchen

*

Von: Regula Kosanke
An: Guido Odewald
Betreff: Aw: Re: Wtr: Aw: Adventsbasteln
Datum: Montag, 16. Oktober, 15:13 Uhr

Danke für deine aufbauenden Worte, mein Herz!

Mit Boris habe ich noch nicht gesprochen, tut mir leid! Ich wollte es wirklich gestern Abend machen, aber bevor ich dazu kam, hat er von seiner Mutter einen Anruf erhalten, dass sein Vater mit Herzinfarkt ins Krankenhaus eingeliefert worden ist – da war es wohl kaum der richtige Moment, um ihm zu sagen, dass ich mich von ihm trenne.

Und mit dem Stress, den die Eltern gerade machen und noch machen werden (ich bin mir sicher, die werden sich auch noch an Boris wenden, obwohl ich ihn bisher absichtlich rausgehalten habe), wird es in den nächsten Wochen vermutlich auch nicht gerade leichter, mit ihm so ein Gespräch zu führen. Wenn ich dich erinnern darf: Es war ja nicht meine Idee, mit ihm zusammen eine Klassenleitung zu übernehmen, sondern *deine*!

Ich hoffe, du verstehst das?!

Ich küsse dich zurück

Regi

*

Von: Guido Odewald
An: Regula Kosanke
Betreff: Re: Aw: Re: Wtr: Aw: Adventsbasteln
Datum: Montag, 16. Oktober, 15:57 Uhr

Okay, das nehme ich jetzt mal so hin. Aber langsam nervt es mich, das muss ich schon zugeben. Im Sommer konntest du nicht mit Boris sprechen, weil es seiner Mutter so schlecht ging, jetzt ist es sein Vater. Bald ist Weihnachten, da geht es natürlich auch nicht. Was kommt als Nächstes? Ostern? Pfingsten? Die Auferstehung des Heiligen Geistes? Und warum der Ärger, den hier jetzt ein paar Eltern machen, ebenfalls ein Grund dafür ist, dass du ihm nicht reinen Wein einschenken kannst, verstehe ich tatsächlich überhaupt nicht.

Übrigens: Die gemeinsame Leitung der Klasse haben du und Boris von mir übertragen bekommen, da war zwischen dir und mir noch rein gar nichts, das war erst ein Dreivierteljahr später! Wobei ich sagen möchte, dass ich nichts bereue und jeder gemeinsame Moment mit dir wundervoll ist. Gerade deshalb wünsche ich mir so bald wie möglich geklärte Verhältnisse, damit wir unsere Liebe nicht mehr geheim halten müssen.

Grummelig, aber mit Umarmung:
Bärchen

*

Von: Regula Kosanke
An: Guido Odewald
Betreff: Aw: Re: Aw: Re: Wtr: Aw: Adventsbasteln
Datum: Montag, 16. Oktober, 16:08 Uhr

Ich muss jetzt gleich leider los, deshalb nur schnell: Ich WERDE es Boris sagen, ganz sicher und bald. Ich verspreche dir hoch und heilig, dass wir dieses Jahr Weihnachten zusammen feiern. Nur du und ich unterm Tannenbaum – das wird ein Traum (ja, absichtlich gereimt ;-)). Ich liebe dich!

*

Von: Ruben von Hallersthal
An: Regula Kosanke, Boris Jensen, Eltern 4d
Betreff: Aw: Adventsbasteln
Datum: Montag, 16. Oktober, 18:33 Uhr

Liebe Frau Kosanke, lieber Herr Jensen!
Zuerst einmal herzlichen Dank für die große Mühe, die Sie sich für die 4d geben! Da stehen ja bis Weihnachten noch eine Menge spannende Events an!

Meine Frau und ich sind soeben die Doodle-Links durchgegangen. Also, zum Adventsbasteln am Freitag kommt meine Frau, die Laternenwerkstatt übernehme ich, das Weihnachtsmärchen besuchen wir beide zusammen mit Laura. Und natürlich werden wir auch einen Kuchen für den Weihnachtsbasar beisteuern, meine Frau hat schon ein sehr leckeres veganes Rezept rausgesucht. Darüber hinaus wird Laura in den nächsten Tagen eine Lichterkette mitbringen, die wir der Schule gern spenden (also keine Leihgabe, sondern ein Geschenk).

Mit lieben Grüßen in die Runde!
Ruben von Hallersthal

*

Von: Florentine Borchert
An: Moritz Borchert
Betreff: Wtr: Aw: Adventsbasteln
Datum: Montag, 16. Oktober, 20:01 Uhr

Was ist denn das für eine widerliche Schleimspur von Ruben? Da rutscht man ja drauf aus! Erst schreibt er uns, wie sehr er deine Mail an die Kosanke feiert – und dann teilt er großspurig mit, dass sie NATÜRLICH bei sämtlichen Schwachsinns-Events dabei sind und auch noch ne Lichterkette beisteuern? Das nenne ich mal Heuchelei auf absolutem Top-Niveau, kein Wunder, dass die liebe Laura überall nur die besten Noten abgreift! Ich hab dir ja gleich gesagt, dass du mit deiner Harakiri-Mail Leon nicht hilfst, sondern ihm schadest. Bügele das bitte SOFORT aus. Wann kommst du eigentlich nach Hause?

*

Von: Moritz Borchert
An: Florentine Borchert
Betreff: Re: Wtr: Aw: Adventsbasteln
Datum: Montag, 16. Oktober, 20:31 Uhr

Ich sitze in fünf Minuten im Auto, bin also gleich da. Und jetzt reg dich bitte nicht weiter auf, das Geschreibsel von Ruben ist komplett irrelevant, wenn es um die Empfehlung für die weiterführende Schule geht. Aber wenn es dich beruhigt – am Freitag muss ich nicht zwingend ins Office, da kann ich gern mit Kosanke & Co. ein paar Strohsterne basteln oder was aus Lametta häkeln ;-)

Herzlich
Moritz Borchert
CEO
Borchert International
Am Heitspiel 71
22307 Hamburg
www.borchert-international.com
sent from my iPhone

*

Von: Boris Jensen
An: Regula Kosanke
Betreff: Re: Aw: Adventsbasteln
Datum: Montag, 16. Oktober, 19:01 Uhr

Meine Süße, was ist denn da schon wieder los? Warum hast du das nicht alles vorher mit mir besprochen? Aber egal! Dass diese ganzen Eppendorfer Schnösel-Muttis und -Vatis sie nicht mehr alle haben, ist ja nicht neu.

Sag mal, viel wichtiger: Hast du jetzt eigentlich die Kreuzfahrt über Silvester gebucht? Wäre ärgerlich, wenn wir da keinen Platz mehr bekommen, ich freue mich schließlich schon SO SEHR darauf, mit meiner Liebsten durch die Karibik zu schippern <3

Meinem Vater geht's übrigens viel besser, er ist schon wieder zu Hause. War wohl falscher Alarm, nur eine Muskelverspannung und kein Herzinfarkt, puh!

Bist du eigentlich noch immer in der Schule? Ich warte hier schon sehnsüchtig auf dich!

*

Von: Regula Kosanke
An: Boris Jensen
Betreff: Aw: Re: Aw: Adventsbasteln
Datum: Montag, 16. Oktober, 19:13 Uhr

Ach, da bin ich aber erleichtert!!! Ja, ich sitze hier noch rum und korrigiere die letzten Deutscharbeiten (die meisten mal wieder katastrophal!). Unsere Reise habe ich vor genau einer halben Stunde fix gemacht, am 23.12. geht's in den Flieger nach Miami und dann ab aufs Schiff. Das wird sicher traumhaft! So, jetzt noch schnell ein paar Arbeiten durchgehen, dann eile ich zu dir!

*

Von: Florentine Borchert
An: Regula Kosanke, Boris Jensen, Moritz Borchert
Betreff: Gestriges LEG
Datum: Mittwoch, 15. November, 10:11 Uhr

Sehr geehrte Frau Kosanke, sehr geehrter Herr Jensen!
Nach unserem gestrigen Gespräch beim LEG wende ich mich nun schriftlich an Sie, um ein weiteres Mal zu untermauern, dass mein Mann und ich Ihrer Empfehlung, Leon nicht aufs Gymnasium, sondern auf die Stadtteilschule zu schicken, ganz entschieden widersprechen.

Nicht nur, dass unser Sohn vor allem im musischen Bereich sehr begabt ist (er nimmt seit seinem dritten Lebensjahr Klavierunterricht und spielt seit einem Jahr Geige; beide Musiklehrer bestätigen uns sein außerordentliches Talent!), auch die von Ihnen «diagnostizierte» Lese-Rechtschreib-Schwäche können mein Mann und ich nicht nachvollziehen. Ich hänge Ihnen das letzte Diktat von Leon sowie das von seiner Schulfreundin Laura von Hallersthal als PDF-Datei an. Wie Sie sehen, ist die von Leon erbrachte Leistung mit Abstand besser als die von Laura – sie hat aber, soweit wir wissen, von Ihnen trotzdem eine Empfehlung fürs Gymnasium erhalten. Wie erklären Sie sich das?

Hochachtungsvoll,
Florentine & Moritz Borchert

*

Von: Regula Kosanke
An: Florentine Borchert, Moritz Borchert, Ruben von Hallersthal, Daniela von Hallersthal, Boris Jensen
Betreff: Aw: Gestriges LEG
Datum: Mittwoch, 15. November, 12:03 Uhr

Sehr geehrte Frau Borchert, sehr geehrter Herr Borchert, zunächst einmal müssen wir unserer Verwunderung darüber Ausdruck verleihen, dass Sie uns ein Diktat von Laura von Hallersthal mitsenden. Davon ausgehend, dass dies mit den Eltern des Mädchens abgesprochen war, setzen wir Herrn und Frau von Hallersthal in CC, um die nötige Transparenz zu gewährleisten.

Unsere Empfehlung, Leon nicht aufs Gymnasium, sondern auf die Stadtteilschule zu schicken, geht auf unsere langjährige Erfahrung als Grundschullehrer zurück. Wir haben fast vier Jahre lang mit Ihrem Sohn arbeiten können, und unsere professionelle Meinung ist, dass Leon sowohl vom Lerntempo als auch vom Unterrichtsstoff eines Gymnasiums überfordert wäre. Auch an der Stadtteilschule kann Leon, wenn er möchte, das Abitur erwerben. Allerdings sind solche langjährigen Prognosen zum jetzigen Zeitpunkt noch nicht möglich.

Wir möchten Sie daher bitten, unserer Empfehlung zu folgen.

Mit herzlichen Grüßen,
Regula Kosanke

*

Von: Regula Kosanke
An: Guido Odewald
Betreff: Wtr: Aw: Gestriges LEG
Datum: Mittwoch, 15. November, 12:15 Uhr

Lieber Guido,
guck dir doch bitte mal die weitergeleitete E-Mail an! Ist das ein Hammer? Diese Borcherts sind echt die Pest, bin ich froh, wenn ich deren verzogenes Gör los bin! Aber wo soll der Kleine es auch herhaben? Die Mutter ist selten ganz bei sich und ständig bis zum Haaransatz mit Schampus vollgepumpt auf irgendwelchen Charity-Veranstaltungen, der Vater zwar Kohle ohne Ende, aber leicht beschränkt ... Na ja, egal, das nur zu deiner Info, denn ich könnte mir vorstellen, dass die Borcherts sich als Nächstes an den Schulleiter wenden. So weißt du schon mal Bescheid!

Bis später, lass uns in der großen Pause einen Kaffee trinken, wenn du Zeit hast!

R.

*

Von: Daniela von Hallersthal
An: Florentine Borchert
Betreff: Re: Aw: Gestriges LEG
Datum: Mittwoch, 15. November, 13:14 Uhr

Florentine,
gerade habe ich die E-Mail von Frau Kosanke gelesen und muss schon sagen: Das ist ein starkes Stück! Hast du etwa neulich, als Laura bei Leon zum Lernen war, ihr Diktatheft kopiert??? Muss ja wohl so sein, woher hättest du es sonst? Wie kommst du dazu, dir so etwas herauszuneh-

men? Ich bin fassungslos, Ruben denkt sogar über rechtliche Schritte nach!

Daniela

PS: Ich ziehe übrigens mein Angebot, dir beim Sammeln der Tombola-Gewinne für die «Christmas for Kids»-Gala zu helfen, hiermit zurück!!!
PPS: Wir haben ein amtlich beglaubigtes Gutachten über Lauras Hochbegabung!

*

Von: Florentine Borchert
An: Daniela von Hallersthal
Betreff: Aw: Re: Aw: Gestriges LEG
Datum: Mittwoch, 15. November, 15:02 Uhr

Liebe Daniela,
meine Güte, jetzt spul dich nicht gleich so auf, es ist doch nichts passiert! Ich habe nur mal einen Blick in Lauras Heft geworfen und mich darüber gewundert, dass ihr letztes Diktat viel schlechter als das von Leon war. Und, immerhin: SIE hat ja eine Empfehlung fürs Gymnasium! Ich wollte dieser zickigen Grundschullehrerin nur zeigen, dass sie das mit uns nicht machen kann. Hätte ich geahnt, dass du dich deshalb so aufregst, hätte ich dich natürlich vorher gefragt. Aber gut, dann entschuldige ich mich, ich will ja kein Drama daraus machen. Jedenfalls hat die Kosanke doch keine Ahnung. Ich frage mich wirklich, an welcher Rummelplatzbude die ihren Hochschulabschluss geschossen hat!

Liebe Grüße und komm mal wieder runter,
Florentine

PS: Und was die Gala betrifft: Jetzt tu mal nicht so! Das ist dir doch ein willkommener Anlass, aus der Sache auszusteigen, ich habe sowieso die ganze Zeit gemerkt, dass du eigentlich keine Lust hast. Engagement ist wohl nicht so deins, du pamperst ja lieber deine ach so «hochbegabte» Tochter! Ups, und jetzt nicht gleich wieder beleidigt sein, bitte!

*

Von: Daniela von Hallersthal
An: Florentine Borchert, Moritz Borchert, Ruben von Hallersthal, Regula Kosanke, Boris Jensen, Guido Odewald
Betreff: Wtr: Aw: Re: Aw: Gestriges LEG
Datum: Mittwoch, 15. November, 15:30 Uhr

Sehr geehrte Frau Kosanke, sehr geehrter Herr Jensen,
sehr geehrter Herr Odewald,
ich gebe Ihnen hiermit eine E-Mail von Frau Florentine Borchert zur Kenntnis, die Ihnen ohne unser Wissen die Kopie eines Diktates unserer Tochter Laura hat zukommen lassen. Mein Mann und ich ziehen rechtliche Schritte in Erwägung und werden Sie darüber auf dem Laufenden halten. Darüber hinaus rege ich an, dass auch Sie tätig werden – schließlich können Sie Formulierungen wie «Jedenfalls hat die Kosanke doch keine Ahnung. Ich frage mich wirklich, an welcher Rummelplatzbude die ihren Hochschulabschluss geschossen hat!» wohl schlecht auf sich sitzen lassen!

Mit freundlichen Grüßen,
Daniela von Hallersthal

*

Von: Regula Kosanke
An: Guido Odewald
Betreff: Wtr: Aw: Re: Aw: Gestriges LEG
Datum: Mittwoch, 15. November, 15:43 Uhr

Guido,
ich fürchte, hier musst du nun wirklich mal einschreiten. Was erlauben die sich?

Erbost:
Regula

*

Von: Guido Odewald
An: Florentine Borchert, Moritz Borchert, Ruben von Hallersthal, Daniela von Hallersthal, Regula Kosanke, Boris Jensen
Betreff: Aw: Wtr: Aw: Re: Aw: Gestriges LEG
Datum: Donnerstag, 16. November, 8:10 Uhr

Sorry, Regi, gestern in der Pause hatte ich keine Zeit, und ich hab auch erst jetzt deine E-Mail und die von den Borcherts und die von der Hallersthal gelesen. Ganz ehrlich, was hast du denn da wieder angestellt? War doch klar, dass die Borcherts auf die Barrikaden gehen, also gib dem Kleinen halt die Empfehlung fürs Gymnasium. Ist doch nicht unser Problem, wenn er da nicht zurechtkommt. So eine Empfehlung ist ja auch gar nicht bindend, die machen doch eh, was sie wollen. Dann fliegt er halt nach der 6. Klasse runter und geht zur Stadtteilschule, Thema erledigt.

Und klar hast du recht, dass Leons Mutter meistens nicht ganz bei sich ist, neulich hatte die mal wieder eine

Fahne von hier bis Konstanz. Trotzdem: Regel das bitte, als Schulleiter hab ich für so was nun wirklich keine Zeit! Oder gib es an Boris weiter, dann ist er beschäftigt und hat keine Zeit, groß über eure Trennung nachzugrübeln.

Wann sprichst du denn nun eigentlich mit ihm und erklärst ihm, dass es zwischen euch vorbei ist? Allmählich fühle ich mich von dir etwas hingehalten – du willst doch zusammen mit mir unterm Weihnachtsbaum sitzen! So lange ist es ja nicht mehr bis dahin, also hoffe ich, dass du jetzt mal Nägel mit Köpfen machst!

Ich liebe dich!

Guido

*

Von: Regula Kosanke
An: Guido Odewald
Betreff: Mail
Datum: Donnerstag, 16. November, 8:22 Uhr

Guido!!! Du hast nicht auf meine letzte Mail geantwortet, sondern auf die davor und außerdem an ALLE! Scheiße, scheiße, scheiße, was mach ich denn jetzt???

*

Von: Moritz Borchert
An: Florentine Borchert, Ruben von Hallersthal, Daniela von Hallersthal, Regula Kosanke, Boris Jensen, Guido Odewald
Betreff: Weiteres Vorgehen
Datum: Donnerstag, 16. November, 9:47 Uhr

Sehr geehrter Herr Odewald,
aufgrund der jüngsten Ereignisse wird sich unser Anwalt, den wir gemeinsam mit Herrn und Frau von Hallersthal beauftragt haben, zeitnah an Sie wenden.

Wir kündigen schon jetzt an, dass wir bzw. unsere Kinder an keinem weiteren vorweihnachtlichen Event teilnehmen werden. Hinsichtlich der aktuellen Vorfälle erscheint uns das als zu große seelische Belastung für sowohl Leon als auch für Laura.

Herzlich
Moritz Borchert
CEO
Borchert International
Am Heitspiel 71
22307 Hamburg
www.borchert-international.com
sent from my iPhone

*

Von: Boris Jensen
An: Guido Odewald
Betreff: Regula
Datum: Donnerstag, 16. November, 9:56 Uhr

Hallo Guido,
ich glaube, wir sollten uns mal unterhalten. Hast du in der großen Pause Zeit?

Boris

*

Von: Guido Odewald
An: Boris Jensen, Florentine Borchert, Moritz Borchert, Ruben von Hallersthal, Daniela von Hallersthal
Betreff: Gymnasialempfehlung, Frau Kosanke Advent
Datum: Mittwoch, 6. Dezember, 12:46 Uhr

Liebe Eltern,
zuerst einmal hoffe ich, dass Sie und Ihre Familien am Sonntag einen schönen 1. Advent feiern konnten, und wünsche gleichzeitig einen frohen Nikolaustag!

Nach den unerfreulichen Missverständnissen in den vergangenen Wochen freue ich mich, Ihnen nun mitteilen zu können, dass sowohl Leon als auch Laura von uns hinsichtlich der weiterführenden Schule eine Empfehlung fürs Gymnasium erhalten.

Sollten Sie noch Fragen haben, wenden Sie sich bitte gern jederzeit an mich oder an Herrn Jensen. Herr Jensen wird die 4d nun bis zum Ende des Schuljahres allein – mit meiner Unterstützung – begleiten. Frau Regula Kosanke verlässt die Schule auf eigenen Wunsch mit sofortiger Wirkung.

Wir wünschen Ihnen allen eine besinnliche Weihnachtszeit und ein schönes Fest! Darüber hinaus freue ich mich ganz besonders, dass Sie und Ihre Kinder nun doch am Besuch des Weihnachtsmärchens und am Weihnachtsbasar teilnehmen werden.

Mit adventlichen Grüßen
Guido Odewald

*

Von: Boris Jensen
An: Guido Odewald
Betreff: Umbuchung Reise
Datum: Freitag, 8. Dezember, 9:03 Uhr

Moin Guido!
So, die Umbuchung der Tickets hat geklappt, sowohl für den Flug als auch für das Schiff haben sie jetzt dich eingesetzt. Regula hat auch nicht weiter rumgezickt, aber die soll froh sein, dass sie so billig davonkommt und du den Anteil ihrer Reisekosten übernimmst.

Tja, dann werden wir zwei Herren mal schön über Weihnachten und Silvester durch die Karibik schippern. Ein Träumchen.

Ich sach mal: Frohes Fest!

Christian Ritter

Fest zur See

Niemals wäre ich auf den Gedanken gekommen, freiwillig an einer Kreuzfahrt teilzunehmen. Meine einzigen Berührungspunkte mit Kreuzfahrten waren das *Traumschiff* unter Altkapitän Sascha Hehn, mit einer für meinen Geschmack etwas zu optimistischen Sicht auf heiße Urlaubsflirts im gehobenen Alter, und Reiseberichte meiner Eltern. Wie es sich gehört, hatten sie pünktlich zum Renteneintritt ihre Leidenschaft für die Erkundung der Welt auf dem Seeweg entdeckt und kannten kaum noch andere Themen als die gerade absolvierte und die gerade bevorstehende Kreuzfahrt. Geduldig hatte ich mir blumig ausgeschmückte Reise- und Abenteuererzählungen angehört und Erstaunen gespielt über Terabytes an Foto- und Videomaterial von den Schiffen, die sowieso alle gleich aussahen. Ich vermutete insgeheim, meine Eltern seien in eine Art Sekte geraten. Doch wiederholt hatten sie mir versichert, die Schiffsreisen seien keine getarnten Kaffeefahrten, sondern wirklich eine sehr angenehme Art, den Urlaub zu verbringen, und Urlaubszeit hätten sie jetzt ja reichlich. Was ich aus dieser Aussage heraushörte: Christian, dein Erbe ist nicht mehr so sicher wie immer geglaubt.

Dass ich mich überhaupt mit der Thematik auseinandersetzte, lag an einer Mail, die mir eines Tages in den Posteingang flatterte, «Ihre Lesung auf unserem Schiff», so der Titel. Fast hätte ich sie direkt per Rechts-Links-

Klick in den virtuellen Papierkorb befördert, wie ich es mit Spamverdächtigem routinemäßig tue, aber der erstaunlich seriös wirkende Absender war mir einen Blick in den Inhalt wert. Da wurde mir vorgeschlagen, eine einstündige Lesung auf einem Kreuzfahrtschiff zu geben, dafür die gesamte, einwöchige Kreuzfahrt gratis und auch etwas Gage obendrauf zu erhalten. Ich erbat mir ein wenig Bedenkzeit und holte mir Rat bei Experten.

Meine Eltern waren völlig aus dem Häuschen und ein bisschen neidisch, denn sie würden auch gerne mal dafür bezahlt werden, eine Kreuzfahrt zu machen, meinten sie. Dann hätten sie besser einen ordentlichen Beruf lernen sollen, entgegnete ich, wie Clown, Zauberer, Keulenakrobat oder Comedian. Aber dafür sei es jetzt wohl zu spät. Jedenfalls rieten sie mir aufs Dringendste zuzusagen. Erstens waren sie selbst schon einmal auf genau diesem Schiff gewesen, und zweitens hätte ich mir doch damals als Siebenjähriger nichts sehnlicher gewünscht, als Kapitän zur See zu werden und das Schiffshorn zu betätigen.

Ich hatte daran eine eher vage Erinnerung, aber: Geschichten zu schreiben und Lesungen zu geben, ist immerhin mein Beruf, und was spricht dagegen, diese Lesungen statt in Cottbus und Göttingen auch mal auf hoher See in ... Wo und wann sollte das alles eigentlich stattfinden? Ich las die Mail diesmal bis ganz zum Ende. *Reise: Perlen der Karibik. Start/Ziel: La Romana, Dominikanische Republik. Zeitraum: 23. Dezember bis 30. Dezember.* Uff.

Weihnachten nicht im Land? Nicht tagelang mit der Familie zusammengepfercht sein? Kein sakrales Liedgut singen, keine anstrengenden Diskussionen führen? Keine endlos gedehnten Fressorgien bis zum Wegdämmern im

Sitzen? Ich sagte so was von zu! Meine Eltern würde ich zu gegebener Zeit über das genaue Datum der Reise, die sie mir schließlich aufgedrängt hatten, informieren.

Und so begab es sich, dass ich mich am 23. Dezember im Anschluss an einen elfstündigen Flug in dreißig Metern Höhe auf dem Außendeck eines Kreuzfahrtschiffs mit einer Bloody Mary in der Hand wiederfand. Wir hatten vor Kurzem abgelegt, das Land war außer Sicht und somit die Zeit gekommen, sich mit dem Naheliegenden zu beschäftigen: dem Schiff.

«Also, ich fasse mal zusammen», sagte ich zu meiner zufälligen Sitznachbarin, die mich schon etwas über die örtlichen Gegebenheiten meines neuen, schwimmenden Zuhauses aufgeklärt hatte: «Es gibt hier an Bord ein Casino, eine Disco, einen Friseursalon, ein Malatelier und sogar ein Tattoo-Studio. Fehlt ja nur noch 'ne Dönerbude, was?»

«Die ist auf Deck 12», erklärte sie mit einem Zwinkern.

War mir noch nicht aufgefallen. Was mir hingegen sofort aufgefallen war: Die meisten der auf den loungigen Möbeln der Open-Air-Bar versammelten Passagiere waren mit mir zusammen angekommen und gerade an Bord gegangen. Trotzdem kannten sich viele von ihnen bereits untereinander von früheren Kreuzfahrten. Wahrscheinlich kannten einige sogar meine Eltern. Um mich herum wurde gelacht, geprustet und geprostet, in Erinnerungen geschwelgt, prahlerisch absolvierte Reisen und Routen verglichen, die Laufwege innerhalb der Häfen und die Anlegekünste von Kapitänen besprochen. Nicht so ganz mein Beritt. Ich drehte mich auf meinem Sessel und pfiff gedankenverloren «My heart will go on» vor mich hin. Die Gespräche um mich verstummten abrupt, aufgebrachtes Raunen machte sich breit, aufgelöst im Befehl: «Hören Sie sofort auf zu pfeifen!»

Meine zufällige Sitznachbarin schob die Erklärung nach: «An Deck pfeift nur der Wind. Wenn man trotzdem pfeift, beschwört man den Sturm herauf.»

«Und das meinen Sie ernst?», fragte ich. Ich blickte in versteinerte Gesichter, das war Antwort genug. In was für eine Welt war ich da hineingeraten?

Mein Pfeifen war nicht laut genug gewesen, denn auch am Folgetag schlich der Dampfer gemütlich und absolut schwankungsfrei vor sich hin. Das Wasser lag da wie eine bläulich schimmernde, fest gespannte Folie, als ich mir einen Überblick vom Balkon aus verschaffte. Der Jetlag hatte mich früh ins Bett geboxt und mich noch früher wieder aus ihm heraus gekegelt. Es war sieben Uhr morgens, die Sonne war eben aufgegangen, ich saß in Unterhose und relativ ungeordnet auf meinem Balkonstühlchen und studierte das Tagesprogramm, das ich auf meinem Bett vorgefunden hatte. 24. Dezember, Seetag.

Unser nächster Halt würde die Insel Tortola sein, aber eben erst morgen. Meine Lesung war, wie ich einem ebenfalls auf dem Bett liegenden Brief entnommen hatte – so wurde hier also kommuniziert, per Bettpost – für den 27. Dezember angesetzt. Es war also durchaus ein wenig Zeit zu füllen.

Das Tagesprogramm war reichlich befüllt mit Vorschlägen zum Zeitvertreib, nicht alle davon festlich angehaucht: Ich hätte an einem Volleyballmatch teilnehmen können, oder an einem sechzigminütigen Bootcamp mit Drill Instructor Heiko vom Fitness, am Brotbackkurs, am Kalligrafiekurs, später am Bingo-Abend oder am Tanzkurs für Paare und Singles. Der Besuch des Weihnachtsmarkts ab 20 Uhr war die dick umrahmte Tagesempfehlung. Ich ging erst mal an den Pool.

Das Pooldeck bot eine Liegeparade der krebsroten Schultern, zeitlosen Adiletten und zu knappen Badehöschen. Um die winterweißen Körper herum waren die Vorbereitungen für den Abend in vollem Gange. Die Schiffscrew schob Schubkarren an Lametta durch die Gegend, das durch die Sonnenreflexion zu glühen schien. Auf der Poolbühne landete ein ansehnlicher Tannenbaum in seinem Ständer. Ein Trupp Barpersonal rückte an, ihn auszutarieren. Lichterketten, Pappsterne, mannshohe Zuckerstangen wurden von A nach B und B nach A zu ihren Zielen gebracht, die irgendeine höhere Macht zuvor bestimmt hatte. Ich mittendrin auf einer ganz anderen Mission. Flüchtet man aus dem nur von Festtagsvorfreude angewärmten Deutschland in die hitzemäßig höchst stabile Karibik, in der die Sonne schon am frühen Morgen bei ungeschütztem Kontakt die obere Hautschicht innerhalb von Sekunden weglasert, ist Sonnenschutz durchaus zu empfehlen. Und zwar rundum.

Das Schicksal des Alleinreisenden ist es, keine feste Bezugsperson zum Rückeneincremen zu haben. Die Rezeption wollte ich deshalb nicht anrufen. Ich hatte mir stattdessen die Taktik zurechtgelegt, mit meiner Sonnencreme in der hohlen Hand auf dem Pooldeck herumzustreifen und sympathische, offene Blicke einzufangen. Nach meinem Pfiff-Fauxpas am Vorabend vermutete ich, kein gutes Standing in der Gemeinschaft zu haben. Bei einer Passagieranzahl von 2500 waren aber noch ein paar übrig, die es nicht mitbekommen hatten. Das Problem war, dass meine Mitreisenden sich in geschlossenen Grüppchen, meist Familien, vorsortiert hatten und eher mit sich selbst beschäftigten waren. Logisch. Wer verreist schon über Weihnachten allein in die Karibik?

«Sie haben da etwas, was ich brauche», raunte mir auf einmal jemand ins Ohr.

Ich zuckte kurz zusammen, drehte mich um und erblickte durch die dunkel getönten Sonnenbrillengläser einen enormen Sommerhut aus beigem Bast. Darunter eine farblich zur Kopfbedeckung passende, agil erscheinende Frau, bestes Kreuzfahrtalter, siebzig aufwärts, gut gehalten, wie man sagt, womöglich durch die ein oder andere Botox-Behandlung auch gut gehalten worden.

«Steinle, Böblingen», stellte sie sich vor. «Verwitwet», fügte sie hinzu, ohne eine Miene zu verziehen. «Ist das Lichtschutzfaktor 50?» Ihr Kopf und ihr Hut schwangen in Richtung meiner Hand.

Ich inspizierte meine Sonnencreme. «Leider nur 30.»

«Na gut, lassen wir's drauf ankommen. Man lebt nur einmal, nicht? Sie cremen mir den Rücken ein und ich Ihnen. Abgemacht? Kann ja keiner mit anschauen, wie Sie hier schon ewig so hilflos herumschleichen mitsamt Ihrem blassen Körper, Herr ...»

«Ritter.»

Sie verharrte kurz ungerührt, kreiste dann ungeduldig ihre Hand in Erwartung eines Zusatzes. Ich verstand. «Ritter, Berlin.»

«Na, also», besiegelte Frau Steinle-Böblingen die Abmachung. «Los geht's!» Sie drehte sich um, ich cremte los.

«Sie reisen auch alleine?», frage sie wie nebenbei.

Ich hatte meine erste Schiffsbekanntschaft gemacht. Nach dem Sonnenbad machte ich mich mit dem Schiff bekannt und übte die wichtigsten Laufwege ein. 300 Meter Länge, 35 Meter Breite, 17 Decks, da gibt es viel zu üben. Schon nach einigen Stunden bog ich nur noch ganz selten in den falschen Gang ein, weil ich dachte, ich sei Richtung Heck und nicht Richtung Bug unterwegs.

Das Beruhigende ist, stellte ich fest, dass man sich mit einer gewissen Orientierungslosigkeit innerhalb des Schiffs keinesfalls allein fühlen muss, weil man mit großer Regelmäßigkeit auf vom rechten Weg abgekommene, herummäandernde Mitpassagiere trifft, mit denen man dann gemeinsam überlegen kann, wo jetzt eigentlich Backbord und Steuerbord ist, was davon noch mal links und was rechts ist, und ob es nicht vielleicht die bessere Idee sei, statt dem eigentlichen Ziel nun zusammen die nächste Bar aufzusuchen, denn die findet man immer leicht. Es gab 25 Bars.

Am Abend sah alles ganz anders aus. Der Weihnachtsmarkt war auf dem Sonnendeck rund um den Pool errichtet worden, aus Holzbuden heraus boten festlich dekorierte Crew-Mitglieder Glühwein, Bratwurst, gebrannte Mandeln und Zimtsterne feil. Die Kubikmeter Lametta waren an ihren Bestimmungsorten gelandet und schmückten nicht nur den Tannenbaum, auch die Dächer der Stände, aus denen es dampfte und dudelte. Panflöten und Harfen rangen darum, die Oberhand bei der Verbreitung festlicher Stimmung zu erringen. Ein Weihnachtself überreichte mir Eierlikör, eine Weihnachtspiratin (grüne Augenklappe, Lametta auf dem Dreieckshut) lud mich zum Dosenwerfen ein. Die Tombola winkte mit Preisen von einer Nacht im Grandhotel bis zum goldenen Schiffsmodell. Walking Acts flanierten umher, ließen sich fotografieren und animierten. Engel mit goldenen Flügeln aus Pappmaschee waren unterwegs (einen der Engel erkannte ich als Betty von der Rezeption, die mich eingecheckt hatte), gleich zwei Weihnachtsmänner (einer Backbord – links, einer Steuerbord – rechts) befanden sich hohoho-rufend auf Kinderfang. Drill Instructor Heiko vom Fitness hatte sich eine Clownsnase aufgesetzt und in ein Rentierkostüm gezwängt. Vor dem Weihnachtsbaum auf der Showbühne interpretierte ein philippinisches Gesangsduo «Last Christmas».

Man hatte sich Mühe gegeben, da waren die 30 Grad Lufttemperatur beinahe vergessen. Ich trug meinen fliederfarbenen Sommeranzug mit rotem Einstecktuch, der für mich die Gegensätze Weihnachten und Wärme perfekt vereinte, und stellte fest, dass andere Gäste sich weniger Gedanken über ein passendes Outfit gemacht hatten. Ein guter Teil war noch in Badebekleidung unterwegs, die übrigen teilte ich in zwei Gruppen ein: Cremeleute und Aufschriftleute.

Die Cremeleute trugen ganz schiffs- und wettergerecht sehr helle Klamotten, weiß, beige, hellbraun, hellgrau in allen Variationen und Abstufungen. Die Aufschriftleute präsentierten auf ihrer Brust durcheinandergewürfelte englische Schlagworte wie «Summer», «Adventure», «Windsurfing», «Ocean», «Beach». Komplette Camp-David-Kollektionen der letzten zwanzig Jahre wurden vorgeführt. Eine Buchhändlerin hat einmal die These aufgestellt: «Je mehr es auf einem zu lesen gibt, desto weniger liest er selbst.»

Ich machte auch mir vom Vormittag bekannte Gesichter aus. Die Zwillinge zum Beispiel. Ein Ehepaar mittleren Alters absolut gleicher Größe (etwa 1,60) und gleicher Statur, die sich auch den Gesichtszügen nach bis aufs Haar glichen. Bis aufs Haar sehr wortwörtlich, denn er hatte keine Haare mehr. Würde man ihm die Haare seiner Frau aufsetzen, er wäre einfach sie. Oder der verloren wirkende, grimmig dreinblickende Teenagerjunge, der niemanden seines Alters an Bord hatte, und der strahlend weiße Socken in Adiletten als Modestatement trug, ein Trend, der mir im Sommer auch schon in Berlin aufgefallen war. Er drehte sich weg, um nicht von einem der Weihnachtsmänner angesprochen zu werden.

Da wurde ich selbst angesprochen. «Tschuldigung, ganz kurz mal eben.» Das scheint hier so mein Ding zu sein, dachte ich, von der Seite angequatscht zu werden. Diesmal wendete sich eine weitaus höhere Instanz als Frau Steinle-Böblingen an mich, die sich auch nicht erst vorzustellen brauchte. Sein lebensgroßer Pappaufsteller hatte mich wie alle anderen Gäste beim Eintritt aufs Schiff begrüßt: der Kapitän. Der Kapitän hat mich angesprochen! Der Kapitän, die unnahbare Lichtgestalt, in seiner strahlend weißen, unbeschriebenen Uniform, hält mich seiner Aufmerksamkeit für würdig!

Ich überlegte, ob ich niederknien sollte. Jedenfalls nahm ich umgehend Haltung an.

«Herr Kapitän!», begrüßte ich etwas laut.

«Kommen Sie mal mit, das muss nicht jeder mitkriegen», bat er mich bestimmt. Ich folgte ihm in eine ruhige Ecke, spürte dabei Dutzende neugierige Blicke in meinen Hinterkopf einstechen, und war selbst genauso neugierig auf den Grund unserer Unterredung. Ich hoffte, nicht vom Schiff geworfen zu werden, weil ich gepfiffen hatte.

«Wir haben ein kleines Problem, bei dem Sie uns helfen müssen», flüsterte er, als wir an der Saftbar angekommen waren. Ein fantastischer Rückzugsort, dort hielt sich nie jemand auf.

«Ja, äh, wenn ich kann.»

«Sie müssen sofort Ihre Mutter aus dem Pool holen!»

«Was ist los?»

«Der Pool hat vor einer Stunde geschlossen, aber Ihre Mutter schwimmt immer noch darin herum. Sie reagiert nicht mal auf meine Ansprache. Ich habe es wiederholt versucht.»

«Meine Mutter ...»

«Wir brauchen den Pool jetzt, da soll ein riesiges aufblasbares Jesuskind rein, gleich wird ja das Krippenspiel vom Kids Club aufgeführt.»

«Aber meine Mutter ist doch gar nicht hier. Die sitzt in Baden-Württemberg unterm Weihnachtsbaum und isst Kartoffelsalat.»

«Das ist nicht Ihre Mutter? Aber Sie haben ihr doch heute Morgen den Rücken eingecremt?»

«Woher wissen Sie denn, wem ich den Rücken eincreme?»

Der Kapitän unterdrückte ein Lachen. «Haben Sie sich mal umgeschaut, wie viele Kameras hier herumhängen? Big Brother ist ein Witz gegen ein Kreuzfahrtschiff. Wir wissen alles. Über jeden hier.»

Von den Verwandtschaftsverhältnissen abgesehen. Was der Kapitän aber wusste und mich wissen ließ: Er setze zwar durchaus gern seine Autorität ein, wenn es darum gehe, widerspenstige Passagiere auf Spur zu bringen. Allerdings sei Frau Steinle-Böblingen gewissermaßen ein Sonderfall, was sehr viel damit zu tun habe, dass sie die teuerste Suite des Schiffs bewohne. Da packe er dann doch lieber die Samthandschuhe aus.

Die Videoaufnahmen hätten gezeigt, dass ich der einzige persönliche Kontakt war, vom Barpersonal abgesehen, den Frau Steinle-Böblingen den ganzen Tag über hatte, deshalb setze er all seine Hoffnungen, die Situation gütlich zu regeln, nun auf mich. Die erfolgreiche Aufführung des Krippenspiels, für das sich der Kids Club sehr viel Mühe gegeben habe, liege ganz in meinen Händen.

«Ein Angebot», schloss er ab, «wenn Sie die Frau aus dem Pool kriegen, können Sie mich auf der Brücke besuchen. Dann dürfen Sie mit dem Schiffshorn hupen, wenn Sie wollen. Wie wäre das?»

Tief in mir machte mein siebenjähriges Ich große Augen und jubilierte in heller Vorfreude darauf, den Knopf des alles durchdröhnenden, kilometerweit hörbaren, alle Organe in Vibration versetzenden Schiffshorns zu drücken. Und seien wir ehrlich: Mein 37-jähriges Ich jubilierte genauso. Ich versuchte, cool zu bleiben und mir nichts anmerken zu lassen. Als wir auseinandergingen, spürte ich die Ergebenheit derjenigen, die uns beobachtet hatten. Der Kapitän hatte etwas mit mir zu besprechen gehabt! Seine Aura hatte auf mich abgefärbt! Mir kam es vor, als wollten manche nun vor mir niederknien.

Frau Steinle-Böblingen zog ihre Bahnen in gerader Linie, rückenschwimmend und völlig unbelastet vom um sie herum herrschenden Weihnachtsmarkttrubel. Badekappe und Schwimmbrille saßen. Ich wartete am Kopfende des Pools auf ihren nächsten Anschlag. Als ich mich in ihrem Sichtfeld wähnte, winkte ich, aus ihrer Perspektive kopfüber, und setzte mein breitestes Lächeln auf. Tatsächlich drehte sie sich ein und machte, die Ellenbogen auf dem Beckenrand, halt.

«Sie haben sich aber Zeit gelassen», sagte sie ohne weitere Einleitung und etwas aus der Puste. «Ich dachte, das geht schneller. Ich hatte gar nicht vorgehabt, so lange zu schwimmen. Was hat er Ihnen angeboten, damit Sie mich zum Rausgehen überreden? Eine Einladung zum Captain's Dinner?»

«Mit dem Schiffshorn zu hupen.»

«Na gut. Wenn Ihnen das Spaß macht. Haben Sie eigentlich schon Dinner-Pläne?»

Jetzt hatte ich welche.

Baby-Jesus wurde zu Wasser gelassen, keine Minute, nachdem ich Frau Steinle-Böblingen dazu überreden konnte, den Pool zu verlassen. Auf der Poolbühne begann das Krippenspiel. Eine moderne Form des Krippenspiels, die der Kids Club selbst erarbeitet hatte. Ein kleiner Josef in Lederjacke und mit Sonnenbrille, die Finger zu Peace-Zeichen erhoben, marschierte zu «Eye of the Tiger» auf. Ein deutliches Signal für mich, mal wieder auf meiner Kabine vorbeizuschauen. Dort hatte ich mein Telefon zurückgelassen, auf dem eine Nachricht meiner Eltern auf mich wartete:

Hast du Frau Steinle aus Böblingen schon kennengelernt? Wir kennen uns von einer Reise im letzten Jahr und haben sie beauftragt, dir ein ganz besonderes Geschenk zu machen. Frohe Weihnachten!

Sylvia Witt & Oliver Uschmann

Das Ringlicht

«Was hat sie denn da in den Augen?» Mit spitzem Finger kratzt Opa Gustav auf dem Foto herum, das meine Mutter ihm in die Hand gedrückt hat.

«Das kommt vom Ringlicht», antwortet meine Mutter.

«Vom was?»

«Deine Enkelin macht Videos fürs Internet. Die müssen immer gut beleuchtet sein, und dieses Licht ist eben rund, wie ein Ring, und das spiegelt sich in den Augen.»

Meine Mutter zeigt in die Küche. Durch die Tür sieht man meine Schwester, wie sie ihr Ringlicht auf Oma richtet. Gerade verlangt sie von ihr, die Klappe des Ofens noch einmal zu öffnen und erneut zu schließen. «Damit die Szene mehr Dynamik kriegt!»

«Kind, das geht nicht», sagt meine Oma, «das verdirbt den Truthahn, wenn wir jetzt Hitze rauslassen.»

Oma stellt jedes Jahr einen gefüllten Truthahn her. Keine Gans, sondern eben Pute, wie die Amerikaner an Thanksgiving und eben auch zu Weihnachten. Ginge es nach mir, hätte der Truthahn lieber leben und fliegen können. Aber ich sage nichts. Aileen ist die Laute, seit sie Social Media macht. Ich war immer schon die Leise. Überall im Haus liegt ihr Zeug verteilt, das sie für die beiden Tage hierher mitgebracht hat. Kofferweise Klamotten, weil sie nie wissen kann, wie das Licht ist, wie die Farben sind, das Wetter draußen, die Beleuchtung drinnen. Im Badezimmer hat sie ihre Garderobe aufgebaut. Das kleine

Keramikregal unterm Spiegel, das Waschbecken, der Badewannenrand – alles liegt voll mit ihrer Kosmetik.

«Und was soll das?», fragt mein Opa.

«Deine Enkelin ist Influencerin», seufzt meine Mutter. «Oder möchte es werden. Die Leute sollen ihre Videos sehen und ihr folgen. Die sollen sie liken.»

«Sollen sie liken?»

Opa Gustav kann Englisch. Er ist in Amerika gewesen. Unten im Partykeller mit der gemauerten Theke und den dunklen Regalen hängen Country-Poster von Johnny Cash, Gunter Gabriel und Tom Astor. Er trinkt gern Bourbon, raucht Zigarren und beschreibt mit Hingabe ihre Aromen. Aber Jesus Christus war auch so eine Art Rockstar für ihn. Besonders wegen seiner überraschenden Zugabe, mit der niemand gerechnet hatte.

«Sie hat schon über zweitausend Follower», erklärt Mama.

«Oma, komm schon!», quengelt Aileen in der Küche. «Nur ganz kurz! Nur eine Sekunde!»

Oma sieht Aileen an. Irgendwo in diesem siebzehnjährigen Körper mit gesponsertem Oberteil und geschminktem Gesicht versucht sie das süße siebenjährige Mädchen wiederzufinden, das früher im Garten den Apfelbaum erkletterte und sich stundenlang mit Kleingetier im Gras beschäftigen konnte. Oma schüttelt den Kopf, rückt ihre Schürze zurecht, öffnet für den Bruchteil einer Sekunde die Backofentür und schließt sie sofort wieder. Obwohl es so schnell geht, entweicht eine so große Menge Dampf, dass die Küche davon erfüllt ist.

«Jetzt sieht man gar nichts mehr auf der Aufnahme!», jammert Aileen. «Dann muss ich doch die erste nehmen!»

Mein Vater und Onkel Stefan decken derweil den

Tisch. Es riecht nach Zimtkeksen, nach den Gewürzen im Ofen, nach dem herben Parfüm von Stefan und nach dem Qualm von Opas Zigarren, der sich in Jahrzehnten ins Holz der Möbel und in die Fasern der Tapete gelegt hat. Die Tapete ist strohfarben und hat eine Grasstruktur. Bis heute löse ich hier und da einen der kleinen Halme aus der Verklebung und biege ihn ein Stück nach außen, um zu testen, ob es jemand bemerkt. Auf der historischen Stereoanlage mit den großen Boxen dreht sich eine Weihnachtsschallplatte von Louis Armstrong.

«Onkel Stefan, spiel mal was!»

Unvermittelt steht meine Schwester mit ihrem Ringlicht im Wohnzimmer und leuchtet die Ecke neben dem Weihnachtsbaum aus. Mit der Nasenspitze deutet sie auf die alte Akustikgitarre meines Onkels. Der Lack des Klangkörpers ist oben abgewetzt. Am unteren Teil kleben ein Sticker von Nirvana und das Logo-Männchen von Pearl Jam. Stefan setzt sich auf einen lederbezogenen Sofawürfel neben den Baum. Er zupft die Saiten an und nuschelt eine schwermütige Melodie, in der eine gewisse Polly einen Cracker möchte.

«Nein, nicht so was», sagt Aileen und stoppt die Aufnahme.

«Ring of Fire!», fordert mein Opa vom Sofa. «Oder wenigstens ein Weihnachtslied.»

Stefan legt kurz den Kopf schief, schnalzt mit der Zunge, holt tief Luft und drückt mit der tiefsten Stimme, die er hinbekommt, ein *White Christmas* in den Raum.

«Doch nicht noch älter!» Aileen verdreht die Augen. In den vergangenen zwei Wochen hat sie sich viereinhalb Kilo runtergehungert, damit die täglichen Reels auch nach zwei Tagen Schlemmerei noch akzeptabel aussehen.

Die Moderationstexte hat sie auf der ganzen Fahrt hierher geprobt. Für Schlüsselszenen hat sie neue Handbewegungen eintrainiert. «Das sind Signature Moves!» Mit einer hätte sie mir auf dem Rücksitz des Wagens fast die Nase platt geschlagen.

Mein Vater nippt an seiner Bierflasche. Er sagt ähnlich wenig wie ich. Das Sprechen und auch das meiste Handeln ist der mütterlichen Seite vorbehalten und eben Aileen. «Der Jesus», sagt meine Mutter zu Opa, «der hatte am Anfang auch nur zwölf Follower, und heute sind es zweieinhalb Milliarden.»

«Und du meinst, Aileen kriegt das schneller hin?»

Aileen greift nach Stefans Gitarre. «Was Aktuelleres, Onkel Stefan, bitte. Dua Lipa oder so was. Olivia Rodrigo.»

Stefan hat keine Ahnung von diesen Leuten. Aber Opa fällt was ein. Er beginnt zu singen: «O come, all ye faaaithfuuul, joyful and triuuumphaaant!» Die Lautstärke ist einschüchternd. «O come ye, o come ye, to Bethleeeeheeeeem!» Er muss husten.

«Das gefällt mir nicht», sagt meine Oma in der Küche. Sie meint den Truthahn hinter der gläsernen Ofenklappe. «Das gefällt mir ganz und gar nicht.»

Zwei Stunden später sitzen wir an der Tafel um das riesige glitzernde Geflügel. Opa hält das Tranchiermesser in der Hand. «Ich bin froh, dass ihr alle hier seid», sagt er.

«Stopp!», ruft Aileen. Er wollte gerade den ersten Schnitt setzen. «Bevor du anschneidest, guck bitte kurz in die Kamera.»

Sie hat ihr Smartphone auf einem kleinen Stativ an ihrem Platz aufgestellt. Das Ringlicht ist auf den Vogel gerichtet. «Und sag meinen Followern, dass du mein Opa bist, und wünsche ihnen frohe Weihnachten.»

«Ich kenne diese Leute doch gar nicht.»

«Ist doch egal! Der Bundespräsident kennt dich auch nicht und wünscht dir frohe Weihnachten.»

«Gustav», mischt Oma sich ein, «jetzt schneid bitte den Vogel an. Wir sollten ihn wenigstens bei angemessener Temperatur essen, wenn er schon nichts geworden ist.»

Aileen reißt den Kopf herum.

«Ja, Aileen, dass ich die Backofentür noch mal aufmachen musste, hat alles verdorben.»

«Oma, da ist doch nichts verdorben, der sieht toll aus!»

«Er muss auch toll schmecken. Aber das versteht ihr nicht mit euren Filtern und dem ganzen Betrug da.»

«Ich benutze keine Filter! Nur die nötigsten!»

Als wir am Morgen ankamen, hat Oma immerhin verhindert, dass ihre Enkelin jedem Familienmitglied ein Ansteckmikrofon mit Sender verpasste.

«Fangen wir an», sagt Onkel Stefan und greift nach einer Gewürzgurke. Mama patscht ihm auf die Finger. Mittlerweile habe ich drei Grashalme aus der Tapete nach vorn gebogen, und es ist keinem aufgefallen.

«Sagt ihr doch auch mal was dazu», spricht Mama meinen Vater an und sogar mich, wo es sonst niemanden stört, dass ich den ganzen Abend nichts sage.

«Ich tranchiere den jetzt», sagt mein Opa.

«Nein!», quietscht Aileen. «Nicht!» Sie springt auf, greift nach dem Messer und – «Aua!» – schneidet sich an der Klinge. Die hat Opa so scharf geschliffen wie die Teile in dem Gerät, mit dem er die Zigarren anschneidet. Blut tropft auf den Truthahn, auf die Tischdecke, auf Opas Teller. Mein Vater wird kurz grün im Gesicht, doch Aileen scheint es nicht mal zu stören. Sie springt zu ihrem Platz am Tisch, lehnt sich mit den Ellbogen auf die Decke, sodass Hände und Gesicht ganz nah an der Kamera sind, hält ihren Finger in den Fokus und ruft: «Guckt euch das an! Blutige Weihnachten!» Sie verdreht die Augen. «Bloody Christmas! Falls ich ins Krankenhaus muss, streame ich live aus der Notaufnahme, extra für euch!»

Sie drückt auf Speichern, reißt das Handy aus dem Stativ und sagt, immer noch tropfend: «Den Clip muss ich sofort raushauen. Als Einzelvideo. Besser noch, ich geh direkt danach live.»

«Du lässt mich jetzt erst mal deine Hand versorgen», sagt meine Mutter und greift nach Aileens Telefon. Aileen reißt es an sich und schreit jetzt so, wie sie hätte schreien müssen, als Opas Messer ihr den Finger tranchierte.

Meine Oma schließt die Augen und ballt die Hände zu Fäusten und brüllt: «Habt ihr denn alle keinen Respekt vor dem Fest, vor dem Vogel, vor meiner Arbeit?»

Opa setzt dazu an, den Schnitt erneut zu versuchen.

«Halt!», ruft meine Mutter. «Du willst doch nicht mit dem blutigen Messer in den Truthahn schneiden?»

Opa seufzt, geht in die Küche, spült das Messer ab und poliert es mit einem Geschirrtuch. Aileen versucht, ihren «Bloody Christmas»-Clip online zu stellen. Sie streckt das Handy mit beiden Händen in die Luft. «Was ist das denn hier? Der zeigt euer WLAN nicht an.»

«Dann hat es mal wieder einen Hau weg», sagt meine Oma.

«Wie? Einen Hau weg?» Aileen erbleicht unter all dem Rouge und Concealer.

Opa kommt mit dem sauberen Tranchiermesser wieder ins Wohnzimmer: «Ab und zu fällt es aus. Kann man nichts machen. Kommt dann von selber wieder.»

Jetzt schneidet er das erste Stück vom Truthahn und

legt es behutsam auf den Teller seiner Frau. Mit Mamas Teller macht er weiter. Als Drittes kommt sein Schwiegersohn dran, also mein Vater.

Sprachlos beobachtet Aileen diese Speisung und flüstert schließlich: «Was soll das heißen, ab und zu fällt es aus?»

Opa zeigt mit dem Messer auf Plattenspieler, Fernseher und Bücherregal. «Hören, schauen, lesen, alles da, geht alles ohne Internet. Und ein paar Abos habe ich auch. *Neue Zürcher Zeitung*, *Cicero*, *Country Music People*.»

Aileen kiekst jetzt wirklich wie eine Siebenjährige, aber nicht wie die, die meine Oma sich gewünscht hat. Ihren nächsten Satz presst sie durch die Lippen: «Wir sind zwei ganze Tage hier, und niemand sagt mir vorher, dass es kein stabiles Netz gibt?» Fassungslos schaut sie meine Eltern an. «Wie konntet ihr mich dann hierher mitnehmen?»

Nun entgleiten auch meiner Mutter die kontrollierten Gesichtszüge. Sie zischt, so sauer, als käme die aufgestaute Wut der ganzen letzten Jahre zum Vorschein. «Du kannst froh sein, dass ich dich überhaupt hier filmen lasse. Einstellen kannst du die Sachen dann, wenn wir wieder zu Hause sind.»

«Mama, das ist Social Media! Da gibt's kein Hinterher! Da gibt's immer nur jetzt! Jeden Tag ein Reel, jeden Tag ein paar Stories, hier und da ein Beitrag, ein Karussell. Was sollen meine Follower mit Weihnachtsberichten am 27. Dezember anfangen?»

Sie wird kurzatmig, sieht sich hektisch um, als könne sie durch Wände und Decken sehen. «Euer Router, der stand, Moment, ich hab das doch gesehen ... ja!»

Sie rennt aus dem Wohnzimmer die Treppe hinauf in

Opas Büro, eine kleine Bibliothek mit Schreibtisch und Sessel. Nach zwei Minuten kommt sie wieder herunter. Stefan darf sich jetzt ein Gürkchen nehmen.

«Ich hab das Ding neu gestartet, und es gibt immer noch kein Netz.»

Opa schaut Aileen an. «Sage ich doch. Das kommt und geht, wie das Wetter.»

Tränen der Verzweiflung schießen aus Aileens Augen. Zornheulend schnappt sie sich Ringlicht und Smartphone, hastet in den Flur und fischt dort Mamas Autoschlüssel aus der Messingschale auf der Kommode. Das Geräusch lässt meine Mutter aufschnellen. Sie stürzt vom Tisch und bekommt ihre Tochter gerade noch in der offenen Haustür zu fassen. Der Streit schallt bis zu uns über die Truthahnteller.

«Nein, Frollein, aber ganz bestimmt nicht!»

«Ich hab einen Führerschein, Mama!»

«Ja, du hast begleitetes Fahren – und ich begleite dich ganz bestimmt nicht auf der Flucht vor deiner Familie!»

«Was ist mit meiner anderen Familie?»

«Meinst du dein Publikum? Das nennst du Familie? Wäre irgendjemand von denen da, wenn du blutend vor der Tür stündest?»

«Hier versteht mich ja auch keiner!» Kurze Pause, Schritte, frisches Jammern, Fluchen. «Da muss doch wenigstens ein bisschen mobiles Netz in der Luft liegen!»

«Aileen, du weißt schon, wo wir sind, oder?», erwidert meine Mutter. «Was das Wort Bauernschaft bedeutet?»

«Schnelles Netz ist ein Grundrecht!», kreischt meine Schwester. Ihre Sneaker knirschen auf dem Weg und beginnen, Tempo zu machen.

«Aileen! Bleib stehen! Aileen!»

Die Rufe meiner Mutter verhallen ungehört

Mama schließt die Haustür und kehrt ins Wohnzimmer zurück. «Tja», sagt sie, «da ist sie weg.»

Sie geht ans große Fenster, wir stellen uns dazu. Draußen ist es stockdunkel, aber wir können gerade noch erkennen, wie Aileen auf die Straße läuft und zum Rand des angrenzenden Feldes. Verzweifelt reckt sie ihr Telefon in die Höhe, dazu das Ringlicht, als könne es wie eine Antenne ein Signal aus der Luft empfangen Doch das Haus meiner Großeltern liegt derart weit draußen, dass ein kleiner, kurzer Strich unter dem ländlichen Himmel schon das Höchste ist. Kaum genug, um ein Telefonat zu führen, bei Weitem zu wenig, um eine Story zu posten.

Aileen läuft auf den groben Acker, der im Winter schwer und feucht brachliegt. Sie stolpert, fällt fast hin, arbeitet sich voran, immer weiter auf die freie, baumlose Fläche. Bald sehen wir sie nicht mehr, nur noch das Ringlicht, das wie der Kopf eines unbeleuchteten Strichmännchens panisch durch die Nacht hüpft.

«Vielleicht sollte ihr jemand folgen», schlägt mein Onkel vor, macht aber keine Anstalten, derjenige zu sein. Mein Vater nippt schon wieder an einem Bier. Meine Oma steht als Einzige mit ihrem Teller und einem Stück Truthahn in der Hand am Schaufenster der Wirklichkeit, kostet und sagt: «Ich wusste es. Kurz die Ofentür aufzumachen, hat ihn ruiniert.» Sie lässt die Gabel auf den Teller klirren.

«Ich glaube, die muss von selber zurückkommen», sagt meine Mutter, das Gesicht nun ernst und hart, als sei der mühsame nächtliche Lauf über den Acker die letzte Chance, dass ihre Tochter noch einmal ins Leben findet.

Es dauert zwei Stunden, bis Aileen aufgibt. Wir sitzen

längst auf den Sofas im Wohnzimmer beisammen und haben trotz Omas These, der Truthahn sei ruiniert, eine Menge davon gegessen. Schwer fläzen wir uns auf dem Leder und hören Opa zu, wie er das Aroma einer noch nicht entzündeten Zigarre beschreibt. Er hält sie zwischen den Fingern wie eine Flöte, dann, die Augen geschlossen, quer unter der Nase.

«Eine wundervolle grasige Note, eher strohig, ein Hauch von Buttertoast und ein bisschen Erde dabei.»

Ich frage mich, ob Aileen die verschiedenen Aromen des feuchten Ackers draußen auch so intensiv wahrgenommen hat. Die Haustür öffnet sich, schließt sich. Aileen stapft langsam ins Wohnzimmer, die Schuhe knöchelhoch mit Schlamm bedeckt.

«Ihr seid mich nicht suchen gekommen», sagt sie und ein Hauch der Siebenjährigen ist in ihre Augen zurückgekehrt. Oma bemerkt es sofort. Mit roten Wangen schaut sie meine Schwester an. Aileen wirkt erschöpft, aber anders als sonst, wenn sie müde ist vom Schminken und Abschminken, vom Skripten und Drehen, vom Posten und Beantworten der Kommentare.

«Wir wussten doch, wo du warst», erwidert meine Mutter. Sie beugt sich vor und gießt sich einen Schluck Birnengeist ein. «Auf dem Acker, ein Signal ernten. Und? Hat's geklappt?»

«Natürlich nicht!», stößt meine Schwester aus, wieder ein neuer Tonfall, irgendwo zwischen Fluchen und Weinen.

«Es ist noch Truthahn da», sagt meine Oma, «aber erwarte nicht zu viel.»

Aileen schlurft, den Acker im Haus verteilend, zum Esstisch, setzt sich, legt Ringlicht und Smartphone beiseite, reißt mit bloßen Händen ein Stück aus dem Braten, hält es über einen Teller und beginnt, wie ein Urmensch, der noch nie etwas von sozialen Medien gehört hat, gierig und verzweifelt zu kauen. Nach dem fünften Riesenbissen fällt ihr Blick erstmals wieder aufs Telefon. Augenblicklich hält sie mit dem Kauen inne. Sie wird blass, dann rot, dann leicht bläulich. Als würde sie durch die verschiedenen Filter scrollen. Schnell wischt sie die fettigen Hände an einer Stoffserviette ab, nimmt das Telefon und ruft: «Es ist wieder da! Euer Netz! Es ist wieder da!»

Sie stellt das Ringlicht auf, bückt sich, verschmiert etwas Ackerdreck in ihrem Gesicht, wirft sich in Position, drückt auf Aufnahme und ruft ihrer zweiten Familie dort draußen entgegen: «Ihr könnt euch nicht vorstellen, was ich durchmachen musste, um für euch von hier aus zu post…»

Sie kommt nicht dazu, das Wort zu beenden. «Verdammte Kackscheiße!», schreit sie. «Jetzt ist das Netz wieder weg!»

Mit einem lauten Rumms lässt sie den Kopf auf den Tisch fallen und schlägt ihn noch zweimal neu auf. Schließlich hebt sie ihn, Truthahnreste und Acker darin, steht auf, räuspert sich und verschwindet oben im Badezimmer.

Niemand folgt ihr. Opa raucht seine Zigarre, eine «Nicaragua Toro», und erläutert Herkunft und Banderole. Mein Vater nickt interessiert, Oma und Mama tauschen letzte Geschenke aus, Stefan zupft auf der Gitarre sanfte Jazzakkorde.

Zwei Stunden später kehrt Aileen zurück, frisch gewaschen, geschminkt, umgezogen. Sie richtet das Licht und die Kamera des Handys auf eine Stelle, deren Hintergrund mit ein paar Zimmerpflanzen vor dem kleineren Südfenster so beliebig ist, dass er auch bei uns zu Hause sein könnte, nimmt ein Stück Truthahn in die Hand und startet die Aufnahme.

«Meine Lieben, es ist jetzt einen Tag vor Silvester und schaut her, von dem Weihnachtstruthahn ist immer noch was übrig. Er schmeckt super, auch wenn meine Oma dachte, er sei ruiniert. Sie ist eben eine Meisterin am Ofen. Keinen selbst gemachten Truthahn, dafür aber einen Monatsvorrat gesunder Fertiggerichte in Bio gibt's bei Lunchmaster 2030, perfekt für alle, die wenig Zeit haben, die sich aber trotzdem gesund ernähren wollen. In der Beschreibung findet ihr meinen Rabattcode für euch mit zehn Prozent off von eurer ersten Bestellung.»

Noch eine Weile geht das so weiter, und wir sehen uns das Schauspiel an aus unserer Ecke des Sofas. Aileen folgt Mamas Rat von vorhin, einfach später von zu Hause zu posten, filmt auf Vorrat, simuliert Tage und Daten. Erst als sie fertig ist, kommt sie zu uns herüber und fällt auf das Sofa wie eine Ballonfigur, aus der man die Luft rausgelassen hat. In ihren Augen leuchtet, wie ein eingebranntes Bild im Fernseher, das Ringlicht nach.

Jana Voosen

Hier kommt die Weihnachtsfrau

Es war in dem Jahr, in dem ich nirgends eine Rolle bekommen hatte. Im Theater nicht, im Fernsehen nicht, nicht einmal in der Werbung oder als siebter Zwerg in einem Kinderstück.

Und dann klappte es doch noch, auf den letzten Drücker. Ich bekam ein Engagement, sodass ich meinen Eltern bedauernd verkünden konnte: «Ich wäre wirklich gern an Weihnachten zu einem von euch gekommen, aber es geht nicht, die Arbeit!»

Das klang gut. Es klang nach einer viel beschäftigten Schauspielerin, der man nicht mal in der Weihnachtszeit eine Pause gönnt. Mein Vater war entzückt. Ich konnte seine Gedanken durch die Leitung hören: Vielleicht wird ja doch noch was aus dem Kind. Meiner Mutter wäre es lieber gewesen, wenn ich verkündet hätte, ich würde Weihnachten mit meinem neuen Freund verbringen. Sie hatte den Glauben an die Liebe auch nach der Scheidung nicht verloren. Doch von einem Freund, noch dazu von einem, mit dem ich die Feiertage verbringen konnte, war ich weit entfernt.

Allerdings hatte ich eine Woche vor dem Fest tatsächlich jemanden kennengelernt. Ich war mit meiner Freundin durch die Clubs gezogen und versehentlich in einen grölenden Junggesellenabschied geraten. Es war peinigend. Und trotzdem landete ich mit einem dieser Männer knutschend in einer Ecke. Es hatte damit zu tun, dass es ihm sichtlich peinlich war, mit dieser Horde unterwegs zu sein. Und vielleicht auch damit, dass er ungewöhnlich attraktiv war und dabei anrührend schüchtern.

Ich kann sogar sagen, ich hatte mich schockverliebt in seine meerblauen Augen. Und nun wartete ich auf seinen Anruf, seit sechs Tagen bereits, ohne in Erwägung zu ziehen, dass er womöglich nicht anrufen würde. Ich glaubte an ihn. Deshalb räumte ich ihm auch Zeit bis nach dem Fest ein. Alle Leute haben vor Weihnachten wahnsinnig viel zu tun. Also, alle außer mir.

Doch nun, am Heiligabend, war ich doch beschäftigt. Und zwar zu beschäftigt, um noch an diesen Michael zu denken. An seine wuscheligen, braunen Haare, die sich so gut unter meinen Fingern angefühlt hatten. Daran dachte ich nicht mehr. Auch nicht an seine Küsse. Nein. Und natürlich nicht an den verdammten ausbleibenden Anruf.

Ich befand mich in der Linie 25 auf dem Weg in einen der feineren Vororte, komplett in Rot gekleidet, mit einer langen Weihnachtsmütze auf dem Kopf und schwarzen Stiefeln. Einen Sack mit Geschenken hatte ich nicht dabei, der stand im Garten meiner Zieladresse hinterm Geräteschuppen. Ich könne ihn nicht verfehlen, hatte die Frau am Telefon gesagt, die mich für ihre kleine Tochter gebucht hatte. Ich war die Weihnachtsfrau.

Es sei wichtig, hatte sie mir erklärt, dass Kindern, vor allem Mädchen, nicht schon in frühen Jahren einschränkende Muster vermittelt würden. Daraus könnten leicht Glaubenssysteme entstehen und am Ende etwas, das man für Wahrheit hielt. Die Frau wünschte, dass ihre Tochter, Lola, in der Überzeugung aufwuchs, dass Frauen im Leben mindestens das Gleiche erreichen können wie

Männer. «Ja, finde ich auch!», hatte ich erwidert, denn es brachte mir den Job und damit hundert Euro zuzüglich Fahrtkosten ein.

Unter hohen Bäumen stieg ich aus dem Bus. Von weißer Weihnacht konnte auch in diesem Jahr keine Rede sein. Es nieselte kalt. Trotzdem überkam mich so etwas wie weihnachtliche Vorfreude, als ich meinem Ziel entgegenstiefelte, durch eine Wohnstraße mit den herrschaftlichen Altbauten. Einige der bodentiefen Fenster gewährten einen Blick in warme Stuben, in denen klassisch geschmückte Tannenbäume in echtem Kerzenlicht strahlten. In den Vorgärten glommen die Lichterketten diskreter als anderswo. Energie wurde auch hier verschwendet, aber schön.

Vor dem Haus mit der umschnörkelten Nummer 27 neben dem Gartentor blieb ich stehen. Winterliche Fenstermalereien. Hinter jeder Scheibe Kerzenschein. Der Gedanke lag nahe, dass die Frau, mit der ich telefoniert hatte, ein desperate Housewife war, gelangweilt und nur mit Deko beschäftigt. Vermutlich wollte sie ihrer Tochter nur deshalb partout eine Weihnachtsfrau präsentieren, damit diese Tochter nicht denselben Fehler machte wie sie selbst – auf einen spendablen Angeber reinfallen.

Wie angewiesen schlich ich um das Haus herum in den Garten und wurde tatsächlich hinter dem Schuppen fündig. Der Sack aus grobem Leinen hatte schon Regen abbekommen. Die Geschenke waren hoffentlich unversehrt geblieben. Ich tappte zur Haustür. Ein Blick auf die Uhr bestätigte, dass ich pünktlich war. Schauspieler sind immer pünktlich, solange sie noch keine Stars sind.

So stand ich um vier Minuten vor fünf im mittlerweile nicht mehr nieselnden, sondern strömenden Regen und wurde nass. Der flauschige weiße Bommel meiner Mütze hatte sich in einen traurigen Klumpen verwandelt. Ich drückte den Klingelknopf. Ding, dang, dong, ein melodischer Dreiklang. Hinter der Milchglasscheibe wurde es hell. Ein aufgeregtes Quietschen war zu hören. Das war wohl Lola. Verschwommen konnte ich Gestalten ausmachen, die Stimmen drangen undeutlich nach draußen. Ich hob die Hand und pochte gegen die Scheibe.

«Hallo? Sind hier artige Kinder?», rief ich mit tiefer Stimme. Dann fiel mir ein, dass die Sache mit der Weihnachtsfrau ihren emanzipatorischen Zweck verfehlte, wenn ich so tat, als sei ich ein Mann. «Hallo? Sind hier artige Kinder?», wiederholte ich in normaler Tonlage. Endlich wurde die Tür geöffnet. Warme Luft schwappte nach draußen. Lola, in einem dunkelblauen Kleid mit Einhörnern drauf und halb hinter ihrem Vater versteckt, blickte mich von unten herauf an.

«Es ist der Weihnachtsmann», sagte sie in einer Mischung aus Ehrfurcht und Entzücken.

«Die Weihnachtsfrau», korrigierte die Mutter, die ein paar Schritte dahinter stand und keineswegs so aussah wie eine gelangweilte Vorortshausfrau.

«Kommen Sie bitte herein», sagte der Mann, der die Tür geöffnet hatte. Dann verstummte er. Seine Augen weiteten sich. Er starrte mich an. Ich starrte zurück.

«Ja, nun kommen Sie!», drängte die Frau. «Bitte! Sie sind ja klatschnass.»

«Ja, danke.» Wie ferngesteuert betrat ich die Diele und sah gleich darauf betreten auf meine Schuhe. Nach dem Ausflug in den durchweichten Garten hinterließen sie Schlammspuren auf dem Parkettfußboden.

«Das macht überhaupt nichts», sagte die Frau freundlich.

Aber ich brauchte eine Pause. Ich musste mich sammeln. «Entschuldigen Sie. Dürfte ich ganz kurz ins Bad?»

«Natürlich.» Sie wirkte ein wenig irritiert und deutete auf eine Tür zu ihrer Rechten.

Ich schlüpfte aus meinen Stiefeln und wurde mir peinlich meiner blau-grün gestreiften Socken bewusst, deren Wolle am großen Zeh bereits fadenscheinig geworden war.

«Musst du aufs Klo?», fragte Lola.

«So ähnlich», sagte ich. «Es dauert nicht lange. Und dann legen wir mit der Bescherung los.» Ich schüttelte mit verheißungsvollem Lächeln den Jutesack.

«Oh, toll!» Sie sprang auf und ab wie ein Flummi und klatschte dabei in die Hände. Sie war wirklich süß. Und hübsch. Diese klaren meerblauen Augen. Die wilden braunen Locken. Genau wie ihr Vater.

In dem eleganten, in Grau und Blau gehaltenen Gäste-WC verbat ich mir jede abweichende Erklärung, die mein Hirn zu erfinden versuchte. Es war einfach nicht zu leugnen. Die Tür geöffnet hatte mir der Vater von Lola. Und es war ebenfalls nicht zu leugnen, dass ich vor nicht einmal einer Woche mit genau diesem Mann geknutscht hatte. Und mehr. Wir waren nicht bis zum Äußersten gegangen, aber immerhin so weit, wie man es sich trauen darf in einer sehr dunklen Kneipenecke.

Im Spiegel starrte ich auf mein durchnässtes Gegenüber. Wir waren beide gleichermaßen ratlos. Ich war unfassbar sauer auf diesen Michael. Dieser Feigling hatte mir gegenüber seine Frau und sein Kind mit keiner Silbe erwähnt. Einen Ehering hatte er auch nicht getragen. Aber jetzt trug er ihn.

Ich hatte größeres Mitgefühl mit dem mir unbekannten Kind als mit mir selbst. Auch die Frau tat mir leid. Hatte sie eine Ahnung, dass dieses perfekte Leben, das sie sich hier aufgebaut hatte, von Lügen unterwandert war? War es nicht meine Pflicht, sie darauf hinzuweisen? Besonders wohl war mir nicht bei dem Gedanken. Aber war die ganze Emanzipation nicht eine Farce, solange es keine Solidarität zwischen Frauen gab?

Ich musste eine Entscheidung treffen. Als ich die Toilettenspülung betätigte, rappelte es in der Tasche meines überdimensionalen Samtmantels. Ich zog das Handy hervor und verdrehte die Augen. Na klar. Der Anruf, auf den ich eine Woche lang gewartet hatte. Jetzt kam er.

«Oh, mein Gott, es tut mir so leid», stöhnte Michael, kaum dass ich den Anruf angenommen hatte. «Bitte, sag meiner Frau nicht, dass wir uns kennen. Ich flehe dich an.»

«Du bist also verheiratet!», zischte ich.

«Es tut mir leid.»

«Ich hätte niemals mit dir ... warum hast du nichts gesagt?» Ich wusste selber nicht, warum ich das fragte. Die Antwort war ja ziemlich offensichtlich. Und die Konstellation nicht neu. Warum war ich überhaupt überrascht? Warum sollte ausgerechnet ich dem Klischee entgehen?

«Es tut mir leid.» Sein Beitrag zum Gespräch blieb ebenso karg wie nutzlos.

«Du bist ein Arschloch», sagte ich. «Wieso hast du überhaupt versprochen, dass du mich anrufen wirst?»

«Das habe ich doch gar nicht! Du hast mir deine Nummer auf den Arm geschrieben und gesagt, dass ich dich anrufen *soll*», erinnerte er mich. Bevor ich widersprechen konnte, musste ich einsehen, dass er recht hatte. Also schwieg ich.

«Bitte», flehte er erneut durch den Hörer. «Bitte, verdirb meiner Tochter nicht das Weihnachtsfest.»

«Wieso denn ich?» Das wurde ja immer schöner.

«Es war ein Ausrutscher. Ich mache so etwas sonst nicht. Und ich werde es nie wieder machen. Das behaupten alle, weiß ich, aber bei mir stimmt es. Ich liebe meine Frau. Ich will meine Familie nicht zerstören wegen eines, wegen, na ja ...»

Der Satz blieb in der Luft hängen. Ich starrte meinem Spiegelbild in die Augen. Was er da sagte, war genau das, was ich nicht hören wollte von einem Mann, mit dem ich in der Fantasie schon das nächste Weihnachtsfest geplant hatte. Mama, Papa, es tut mir leid, dass ich nicht kommen kann, aber ich feiere Heiligabend mit Michael. In meiner Begeisterung nach dem Abend war ich gedanklich weit übers Ziel hinausgaloppiert.

«Weihnachtsfrau?» Es klopfte. Ich drückte Michael weg, ohne noch etwas zu sagen.

«Ja, einen Moment noch.»

«Hast du Durchfall?», erklang es mitfühlend von der anderen Seite der Tür. Ich öffnete.

«Nein. Alles gut.»

Ich atmete noch einmal tief durch, nickte und folgte Lola in Richtung Wohnzimmer.

Man hatte eine Art Thron für mich errichtet. Bei genauerem Hinsehen war es einer der Esszimmerstühle, mit einer schweren blauen Decke darüber. Ich setzte mich und sah in zwei erwartungsfrohe Kinderaugen. Lola hibbelte von einem Fuß auf den anderen und ratterte ein Weihnachtsgedicht so schnell herunter, dass ich kaum ein Wort verstand. Der Wald kam vor und ein Himmelstor und goldene Lichtlein und Tannenspitzen. Dann sang sie ein Lied quer durch die Tonleitern. Und dann noch eins und leider noch eins.

Ich beobachtete Michael. Anfangs hatte er mich angesehen wie eine tickende und dringend zu entschärfende Zeitbombe. Jeder Muskel in seinem schönen Körper war angespannt. Doch allmählich hatte er nur noch Augen für seine Tochter. Er konnte sogar lächeln. Er griff nach der Hand seiner Frau. Die beiden tauschten einen langen tiefen Blick. Ich hatte genau zugesehen. Und plötzlich wusste ich, was ich zu tun hatte.

Lola hatte ihren Vortrag beendet und sah mich gespannt an.

«Das hast du sehr schön gemacht, Lola. Vielen Dank!» Ich beugte mich hinunter zu dem Sack vor meinen Füßen.

«Willst du gar nicht wissen, ob ich brav gewesen bin?», fragte sie. Die Frage überraschte mich. Ich hatte mich auf den Job nicht wirklich akribisch vorbereitet, war jedoch der Überzeugung, dass «Bist du denn auch brav gewesen?» mittlerweile total out war. Betont langsam richtete ich mich wieder auf.

«Weißt du, Lola, ob du brav gewesen bist, das ist nicht von Bedeutung», sagte ich. «Niemand auf der ganzen Welt ist vollkommen brav. Wir können nicht perfekt sein. Wir machen Fehler.»

«Du auch?»

«Manchmal auch ich. Wir alle. Deine Freunde, deine Lehrerinnen und Lehrer. Deine Mama. Vielleicht sogar dein Papa.» Ich sah zu ihm hin. Sein Gesicht war bedenklich gerötet. Jetzt hatte er sich verschluckt. Er hustete und hustete weiter, bis seine Augen zu tränen begannen. Seine Frau klopfte ihm auf den Rücken.

«Alles okay?», fragte sie. «Brauchst du ein Glas Wasser?»

Ich grinste froh. Äußerlich mochte ich die Tugendhafte spielen, doch in mir waren niedere menschliche Regungen lebendig. Gerade jetzt. Michael konnte sich glücklich schätzen, dass es in diesem Moment nur Schadenfreude war. Und nicht Rachedurst.

Ich wandte mich Lola zu. «Es kommt nicht darauf an, immer alles richtig zu machen, sondern darauf, dass wir aus unseren Fehlern lernen», sprach ich pädagogisch. «Und dann versuchen wir, es beim nächsten Mal besser zu machen. Alles klar?»

Als ich das Haus verließ, stand Lola noch lange im Türrahmen und winkte hinter mir her. Ich winkte zurück.

«Ich hoffe, dass du dich niemals entscheiden musst, bei wem von beiden du Weihnachten feierst», flüsterte ich und wandte mich ab. Es hatte zu regnen aufgehört, und die Wolkendecke hatte sich so weit verzogen, dass der halbe Mond ein bisschen auf mich herunterscheinen konnte.

An der Haltestelle brummte mein Handy. Danke, danke, danke, danke! Und Entschuldigung! Und frohe Weihnachten!

Auch froh, schrieb ich zurück. Und löschte seine Nummer.

Stefan Maiwald

Stockfisch für alle

Es begab sich aber zu der Zeit, dass ein Gebot von dem italienischen Schwiegervater Augusto ausging, dass der Deutsche an den Herd gelassen werden solle.

Ja. Schwiegervater Augusto hatte sich tatsächlich dazu durchgerungen, mich nach nur zwanzig Jahren in seiner Familie in die Küche und an die Töpfe zu lassen, und das zur *vigilia di natale*, dem Heiligen Abend.

Bislang hatte ich meine fixe Rolle in der Familie. Den drei Lebensphasen des Mannes entsprechend – du glaubst an den Weihnachtsmann, du glaubst nicht mehr an den Weihnachtsmann, du *bist* der Weihnachtsmann – war ich in Phase drei angelangt, mit vor dem Bauch gebundenen Kissen. Und die Kinder glaubten mir! Groß, laut und polternd: Diese Rolle beherrschen wir Deutsche in der italienischen Wahrnehmung.

Weihnachten ist in Italien brutal. Es gibt keine lauten Streitereien, keine dramatischen Beziehungstaten – dafür ist der Valentinstag da. Nein, es ist das große Geesse. Der Koch oder die Köchin werden sanft und gnadenlos kritisiert. *Indietro col sale*, heißt es da, ein bisschen hintendran mit dem Salz. *Un pò morbidi*, ein bisschen weich für völlig zerkochte Nudeln. *Un pò palido*, etwas blass für die Polenta, die so schmeckt, als würde man in einen Stapel Steuerunterlagen beißen.

Wir Deutschen haben kulinarisch in Italien nicht den besten Ruf – wir sind in der Küche für Italiener das, was die Fiats für uns sind. Und auch wenn sich auf beiden Seiten viel getan hat (es gibt deutsche Michelin-Sterne und zuverlässige italienische Automodelle), halten sich die Vorurteile.

Ich lebe auf der Insel Grado zwischen Venedig und Triest, und meine Frau ist Italienerin. Nach vielen Jahren hier unten verstehe ich ein bisschen was vom Essen und vom Trinken. Ich würde mich auch für italienische Verhältnisse als guter Durchschnitt am Herd bezeichnen. Ich weiß, dass Spaghetti schön bissfest gekocht werden sollen und dass die Pasta zur Sauce muss, nicht umgekehrt.

Bloß glaubt mir das keiner. Denn Italiener, man kann es nicht anders sagen, hängen an ihren Klischees und lassen sich ungern davon abbringen. Wenn eine deutsche Mannschaft gegen eine italienische Mannschaft gewinnt, ist in der *Gazzetta dello Sport* sofort von «Panzern» die Rede, die das eigene Team «überrollt» hätten. Wir sind nun einmal für unsere Pünktlichkeit, unseren Ordnungssinn und eine barbarische Küche bekannt.

Das stört mich seit Jahren. Der beste Koch in Rom, Heinz Beck, ist ein Deutscher. Aber das halten Italiener für einen statistischen Ausrutscher. Und obwohl ich meinem Schwiegervater schon köstliche *Pasta alla busara* zubereitet habe, eine pikante Pasta mit Tomatensugo und Scampi – die Familie traut mir nicht ganz. Das spüre ich nicht nur, das wird mir auch gesagt. Italienern sind Menschen suspekt, welche die Kochzeit der Spaghetti mit einer Stoppuhr überprüfen. Ich kalkuliere sogar die fünf Sekunden ein, die ich vom Herd bis zum Nudelsieb in der Spüle brauche. Meine Frau schaut nicht auf die Uhr, meine Schwiegermutter erst recht nicht.

Sie haben mich über Jahre herausgefordert, und jetzt

kommt meine Chance: Ich darf alle konsequent bekochen! Weihnachten feiern wir im kleinen Kreis. Klein, das heißt zwölf bis fünfzehn Gäste. Familie eben.

Dabei gibt es zwei Probleme. Das erste Problem ist mein Schwiegervater Augusto. Er besitzt eine mächtige, nicht zu erlernende Gabe. Sie heißt: natürliche Autorität. Eine echte Superkraft. Kurz vor unserer Hochzeit kam mich die italienische Familie in München besuchen. Ich führte sie in ein zünftiges Wirtshaus, in dem ich von jeder Bedienung die Lebensgeschichte kannte (und sie alle die meine). Wir waren kumpelhaft verbunden. Doch an jenem Abend – wir saßen an einem Achtertisch – hatte keine der Bedienungen Augen für mich. Sie wandten sich ausschließlich an meinen Schwiegervater, obwohl der weder am Kopfende saß noch ein einziges Wort Deutsch beherrschte, geschweige denn das humorvolle Bayerisch auf der Speisekarte lesen konnte. Doch er scherzte und radebrechte, und bald standen alle um ihn herum, erklärten ihm mit viel Liebe und in München gelerntem Küchenitalienisch die ungefähren Zutaten der jeweiligen Gerichte, ja, sie schäkerten mit ihm, während an den Nebentischen schon gemurrt wurde, weil andere Bestellungen hintendran geschoben wurden.

Aber wenn mein Schwiegervater schon schwierig ist, dann ist meine Schwiegermutter nicht nur das zweite Problem, sondern die Endgegnerin. Eine unüberwindliche Wand. Denn sie kocht selbst gern und leidenschaftlich. Und sie akzeptiert keine anderen Götter neben sich. Du kannst sie nicht bezwingen. Als sie einmal von meinem Ragù probierte, das meine Töchter lieben, kommentierte sie: «Das ist gut. Aber das ist kein Ragù.»

Sie zu überzeugen – das wäre mir noch wichtiger. Allerdings sollte es am Heiligen Abend etwas Besonderes geben: *Baccalà*.

«Bekommst du den hin?», frage mich meine Frau.

Ich nickte. Baccalà, Stockfisch, gehört zu den ungewöhnlichsten Lieblingsgerichten der Italiener, insbesondere jener, die in und um Venedig leben. Die Liebesbeziehung der Lagunenbewohner zu einem Fisch aus dem kalten Nordmeer ist schwer zu erklären – schließlich leben sie inmitten reichster Fischvorkommen. Baccalà ist auch das Lieblingsgericht meiner Schwiegereltern.

Dass der Stockfisch überhaupt in die Serenissima gelangte, ist einem Schiffsunglück zu verdanken. Vor beinahe sechshundert Jahren verfehlte ein venezianischer Kapitän im Sturm das Ziel Flandern und strandete Wochen später mit seiner Crew auf den Lofoten. Dort wurden sie von Fischern mit Stockfisch wieder seetüchtig gepäppelt.

Baccalà gilt seither als Speise, die würdig ist, alle großartigen Gerichte schachmatt zu setzen. In Vicenza gibt es eine Baccalà-Bruderschaft, die Reisen auf die Lofoten organisiert und ein Baccalà-Festival veranstaltet. Die Logenbrüder tragen altertümliche Umhänge und goldene Broschen, Neumitglieder werden mit einem Stockfisch gesegnet. Wenn der Gast in einem der Lokale rund um Vicenza den Baccalà nicht aufisst, kommt der Wirt mit der doppelläufigen Schrotflinte aus der Küche.

Bei der Variante *Baccalà mantecato*, die meine Schwiegereltern besonders schätzen, wird der Stockfisch über mehrere Tage in Wasser und Milch eingeweicht und mit Knoblauch, Olivenöl, Petersilie, Salz und Pfeffer zu einem Brei eingekocht.

In der Latteria Popolare in der Calle de la Laca in Venedigs Sestiere San Polo kaufte ich also einen Stockfisch, der genau so unsexy aussieht, wie er klingt, graubraun und an die Schuhsohle von Bigfoot erinnernd. Der Stockfisch maß achtzig Zentimeter, ich machte mich auf den Weg zum Bahnhof, um zurück nach Grado zu fahren. Die Touristen schauten mich an, als hätte ich eine Leiche unter dem Arm. Was genau genommen auch stimmte. Ein paar Japaner taten so, als würden sie ein Selfie machen, fotografierten aber mich – ein Trick, den ich von meiner Tochter gelernt habe, um prominente oder merkwürdige Menschen unauffällig abzulichten.

Es war früher Nachmittag, und ich hatte mit einem leeren Zug gerechnet. War er nicht. Es war ein bisschen peinlich mit diesem ausgetrockneten Reisegenossen. Hinzusteigende Venezianer nickten wissend, Fremde wunderten sich. Und ein bisschen begann es schon zu riechen. Dabei saß ich im Großraumwagen. Und der Fisch war in mehrere Folien eingeschlagen. Das hätte mich warnen müssen.

In der Küche ging es ans Zerkleinern, denn ich besitze keinen Topf mit achtzig Zentimetern Durchmesser. Was mir niemand gesagt hatte: Ein Stockfisch ist wortwörtlich ein Brett. Auch die schärfsten Küchen- und Brotmesser scheiterten beim Versuch, das Biest küchentauglich zu zerlegen. Eine Säge musste her. Ich wühlte durch alle Schränke und fand eine kleine Laubsäge. Die musste es richten. Nach zehn Minuten verzweifeltem Kampf war der Fisch in zwei Hälften zerteilt und passte in den Topf. Auch nach mehrmaligem Händewaschen roch ich nach Lofoten.

«Drei bis vier Tage» bräuchte die Zubereitung, hatte

man mir eingebläut. Ein Fisch, der mehrere Monate getrocknet und dann gewissermaßen wieder zum Leben erweckt wird, riecht genau so, wie man sich das vorstellt.

Es war ein warmer, sonniger italienischer Dezember. Ans Aufbewahren im Inneren war nicht zu denken. Morgens schleppte ich den Stockfisch mit seiner Brühe vom Ostbalkon auf den Westbalkon und am Nachmittag zurück, sodass der Topf wenigstens im Schatten stand. Doch schon das Durchqueren des Wohnzimmers hinterließ eine grauenhafte Geruchsfahne. Die Duftkerze, die von meiner Tochter ostentativ angezündet und in einer Art Privatprozession durchs Wohnzimmer getragen wurde, verströmte weihnachtliches Zimtaroma, was wenig hilfreich war.

Dann ging es einfach nicht mehr.

Ich bin nicht geruchsempfindlich. Meine Großeltern aßen schon Harzer Roller zum Frühstück, und ich kenne kaum etwas Köstlicheres als Gorgonzola in allen Schimmelstadien. Aber was der Baccalà ausdünstete, war eine Nahtoderfahrung für alle Beteiligten.

Ich musste das Projekt beenden. Völlig ausgeschlossen, mit diesen beiden Fischhälften auch noch stundenlang zu arbeiten. An den Geruch in der Wohnung, der für Wochen bleiben würde, wollte ich gar nicht denken. Ich selbst hätte mich über die Festtage olfaktorisch in einen 186 Zentimeter großen Stockfisch verwandelt; ein Sozialleben wäre undenkbar geworden.

Ich verknotete die inzwischen aufgeweichten Fischreste in Plastiktüten und brachte sie zum Müll, und zwar in eine Tonne, die etliche Häuser weiter stand. Dann kippte ich die Brühe weg. Als letzter Mittelfinger suppte mir dabei ein ordentlicher Schwall aufs Bein und durchweichte meine Lieblingshose.

Und dann tat ich das, wozu mir zuvor schon alle geraten hatten: Ich kaufte den Aufstrich fix und fertig, geruchlos verschlossen. Und meine Tochter schaute mich wieder etwas versöhnlicher an.

Meine Schwiegermutter betritt keinen Raum. Sie macht ihn sich untertan. Sie sieht kaum noch. Sie muss aufpassen, wohin sie die Füße setzt. Aber sie weigert sich, einen Stock zu benutzen. Trotz ihrer Gebrechlichkeit ist ihre physische Präsenz einschüchternd. Sie ist in exzentrische Farben gekleidet, deren Namen ich nicht kenne (Flieder, Purpur, Mauve?), und ist das genaue Gegenteil einer graumäusigen Rentnerin. Gewöhnlich verlässt sie ihre Wohnung nur am Vormittag, wenn sie die Familie zum Kaffee im Manzoni am Hafen empfängt (man kann es nicht anders nennen). Zu Weihnachten bringt sie mir Hosen und Pullover mit, die ich auf der Stelle anzuprobieren habe. Meinen Zeitplan bringt das durcheinander. Aber sie besteht drauf. Denn neben den Baccalà-Häppchen auf getoastetem Brot soll es Sarde in saor, Spaghetti vongole und Boreto geben, alles Spezialitäten aus dem Oberen Adriabogen.

Dann sind alle Gäste da. Und alle, wirklich alle, stehen in der Küche, plaudern, trinken, naschen, kommentieren, helfen mit. Brot wird geschnitten, Prosecco geöffnet. Mein Schwiegervater erzählt von den römischen Amphoren, die letzte Woche in der Lagune von Grado gefunden wurden, denn er kennt den Maresciallo, der für die Bergung zuständig ist. Dabei greift er mit Daumen und Zeigefinger ins Pfefferfässchen und verteilt eine Prise über die bereitstehenden Vongole. Ich schwenke die Pfannen und rufe Anweisungen, auf die niemand reagiert.

An eine geregelte Menüfolge ist nicht zu denken, die Baccàla-Häppchen werden noch in der Küche verspeist. Der Aufstrich ist köstlich und duftet, ja, duftet! Die Küche ist voller Menschen, und mein Schwiegervater steht auf Tuchfühlung neben mir, kommentiert und kritisiert.

Ich hatte mir vorgestellt, dass ich die Gerichte von der Küche an den Tisch trage, so wie in einem Hollywoodfilm das Familienoberhaupt zu Thanksgiving den Truthahn. Aber es kommt ganz anders: Das Essen – nein, das Fest! – verlagert sich an den Herd, obwohl ich klar und deutlich angekündigt hatte, dass alle nur sitzen und essen und trinken mögen. Aber alle sind neugierig. Alle wollen mithelfen, und die Kinder meiner Schwäger flitzen kichernd zwischen unseren Beinen hindurch. Keine Ahnung wie ein Dutzend Menschen in unsere Küche passt, aber irgendwie geht's. Ich muss an das Debüt von *Big Brother* im italienischen Fernsehen denken: Die Produzenten hatten Schwierigkeiten, die Protagonisten aufeinanderzuhetzen und Streit zu entfachen, weil sich die jungen Italiener einfach in die Küche stellten und gemeinsam kochten, was alle Differenzen nivellierte.

Mein erster Schwager klopft mir auf die Schulter, und mein zweiter Schwager nennt mich freudig «Stürmer», ein Spitzname, der sich auf meine vermeintlichen fußballerischen Fähigkeiten bezieht – auf den Spitznamen «Chefkoch» werde ich noch eine Weile warten müssen, aber ausgeschlossen ist die Sache möglicherweise nicht mehr. Der Boreto, ein für Grado typischer Fischsud mit Weißweinessig, ist der absolute Höhepunkt. Es schmeckt wie im Restaurant, ich kann es fast selbst nicht glauben.

Die Schwiegereltern sind zufrieden, und meine Frau scheint beinahe stolz auf mich zu sein. Mein Gesicht glüht. Ein bisschen vor Anstrengung, ein bisschen vor tiefer Befriedigung.

Aber ganz ehrlich – ich wusste es ja vorher, aber wenn man selbst kocht, merkt man es doch sehr deutlich: Das Essen ist zweitrangig. Essen fungiert für Familie und Freunde als soziales Schmiermittel, gewissermaßen als Vorwand, einfach lange mit netten Menschen am Tisch zu bleiben und zu plaudern. Wenn das Essen keine totale Katastrophe ist, spielt es keine Rolle, ob es eine simple Pasta ist oder ein stellares Menü. Im Italienischen gibt es ja den unübersetzbaren Begriff der *Spaghettata*: Man trifft sich zum gemeinsamen Pasta-Essen aus einem großen Topf in der Mitte des Tisches.

Es war ein schwieriges Publikum, aber alle wirken satt und zufrieden. Und ich bin es auch. Nichts entschädigt mich für den Stress besser als die Hand des Schwiegervaters auf meiner Schulter und der Finger der Schwiegermutter in der Wange – es ist diese zauberhafte italienische Geste, bei der man mit dem Zeigefinger in die Wange bohrt und die Hand hin- und herrotiert, um zu zeigen, wie köstlich das soeben Gegessene war.

Mein Schwiegervater belehrt mich, dass ich die Sache mit dem Baccalà anders hätte angehen müssen: Er sei früher von seiner Mutter mit dem bretthart en Stockfisch vor die Tür geschickt worden, um ihn am Bordstein oder an einem steinernen Blumenkübel regelrecht zu zertrümmern. Diese Bruchstücke seien in mundgerechter Größe zur Weiterverarbeitung bereit. «Einen eingeweichten Stockfisch bekommst du schwerer klein.« Und dann fängt er an zu plaudern. Er ist ein begnadeter Erzähler. Er war zum Ölsuchen in Kanada und auf Einladung der Kommunistischen Partei Italiens im Jahr 1970 bei der großen Oktoberparade in Moskau. (Als er zurückkam, war er von jedweder kommunistischen Idee geheilt.) Kurz danach lernte er in Sizilien Menschen kennen, die man nicht unbedingt kennenlernen sollte. Er erzählt, wie er mit dem örtlichen Boss quer über den voll besetzten Marktplatz fuhr und wie die Standbetreiber eifrig ihre Stände beiseiteschoben, um dem Auto Platz zu machen. «Es war wie im Film.» Die meisten seiner Geschichten kennen wir schon, er erzählt sie trotzdem fesselnd.

Meine Frau holt einen selbst gemachten Grappa hervor. Schwager Nummer eins schiebt mir sein Glas hin, das ich nachfülle, dann stößt er mit mir an. Das Anstoßen ist in Italien eine ganz seltene Geste und passiert nur in besonderen Momenten – und wäre in all seinen feinen Ausprägungen fast einen eigenen Text wert.

Jede Familie hat Unwuchten im sozialen Gefüge. Unsere auch. Aber am gemeinsamen Tisch wird deutlich, dass die Familie eben Familie ist. Und nennt es, wie ihr wollt: Gruppe, Pulk, Clan, Rudel, Schar, Schwarm, Clique. Am Ende ist es das, was wir alle brauchen. Probleme kommen und gehen. Die Familie bleibt.

Das Fest ist zu Ende, das Eis ausgelöffelt, der Kaffee serviert, der Grappa ausgetrunken. Die Verabschiedung zieht sich, denn wenn jeder jeden umarmt hat, wird doch noch mal ein Thema angerissen oder vertieft, das in den Stunden zuvor zu kurz gekommen ist, und nach fünf Minuten ist qua Gesetz eine erneute Abschiedsumarmung fällig, jeder mit jedem. So geht es einige Male.

Und dann wird es im Haus ganz leer und still. Meine Frau und ich befüllen die Spülmaschine. In meinem Kopf brummt es. Es ist nicht der Wein. Ich bin müde und aufgekratzt zugleich.

Wie hat mir das Kochen für alle gefallen? Ich habe es überstanden. Ich würde mir selbst eine Drei plus geben, vielleicht eine Zwei minus. Ich muss mich mit meinen Kreationen nicht verstecken. Allerdings auch nicht vordrängeln. Ich würde es wieder tun. Aber nicht morgen.

Es gibt drei Arten von Männern, heißt es. Die erste Art lernt aus Beobachtung. Die zweite Art aus Büchern. Die dritte Art muss einfach gegen den elektrischen Zaun pinkeln.

Schöne Heimfahrt euch allen, liebe *famiglia*. Okay, wir Deutschen haben es vielleicht immer noch nicht so mit dem Kochen. Zumal für eine Großfamilie. Ihr macht das besser, souveräner, ohne Panik. Aber mögen euch eure Fiats unterm Hintern wegrosten.

Barbara Ruscher

Wandergeschenke

Wir schreiben den ersten Dezember, zwölf Uhr.

Es klingelt. Eine Frau steht vor der Tür.

«Hallo, ich heiße Birgit, ich bin gegenüber neu eingezogen.»

Ich weiß nicht, wie ich reagieren soll. Was macht man in so einem Moment? Gratulieren? Ihr von den merkwürdigen Machenschaften der Vormieter erzählen? Ihr Männerbesuche verbieten?

Sie spürt meine Unsicherheit und übernimmt die Konversation.

«Ich habe ein Geschenk für dich», sagt sie. «In der Adventszeit ist es ja eine große Freude, auch mal an andere zu denken. Außerdem dachte ich, es ist eine gute Gelegenheit zum Kennenlernen.»

Sie drückt mir einen Christstollen in die Hand.

Was Birgit nicht weiß: Ich hasse Christstollen.

Christstollen, das ist das Armageddon der Adventszeit, der Florian Silbereisen auf dem Iron-Maiden-Konzert, die Flatulenz bei der Darmspiegelung, das Schweinenackensteak beim Veganer-Kongress, die Nonne auf der Erotikmesse. Christstollen ist die kuchifizierte Pest.

Dankend nehme ich das Geschenk an, schließe die Haustür, stelle den Widerling flink wie ein hyperaktives Wiesel auf den Beistelltisch im Flur und übergebe mich in den Schirmständer. Allein der Gedanke an das Zitronat ruft bei mir einen weiteren Brechreiz mit einem Schwall vom Umfang Kleinasiens hervor.

Reiz-Reaktions-Schema in Vollendung. Bei mir würde auch der letzte In-Naturwissenschaften-Versager-Honk beim bloßen Zusehen eine EINS in Bio kriegen können. Man kapiert es einfach sofort.

Reiz Zitronat = Reaktion Orales Entleeren des Mageninhalts.

Oder wie man auch sagt: eine üble Göbelei.

Zitronat. Welcher geschmacksverirrte Delikatessen-Kreateur hat das erfunden? Das harzig-klumpige Zeug wurde mir in der Kindheit den kompletten Dezember lang täglich in die Kau-Luke reingepfriemelt. Ob ich wollte oder nicht.

Christstollen, die Foie gras unter den Weihnachtsspezialitäten, und ich bin die Gans. Ich werde zwar danach nicht gegessen, aber das macht die Sache in meinen Augen noch sinnloser.

Bei Wikipedia steht: Zitronat wird durch Kandieren der Schalen der Zitronatzitrone hergestellt. Und besteht im Wesentlichen aus deren Mesokarp.

Aha. Zitronatzitrone, was bin ich dann? Ein Menschenmensch? Eine Frauenfrau? Mein Zettel ist eine Matritzenmatritze, meine Nachbarin eine Bratzenbratze mit ihrer Katzenkatze?

Man weiß ja so Vieles nicht.

Kurze Zeit später klingelt es erneut. Hastig werfe ich ein Bettlaken über den Schirmständer.

Vor der Tür steht mein Nachbar Bernd-Uwe.

«Ich hab gedacht, es ist mal an der Zeit, dass man sich

für gute Nachbarschaft bedankt. Weil du ja immer unserer Blumen gießt, wenn wir verreisen. Deshalb hab ich ein Geschenk für dich.»

Er drückt mir eine Flasche Rotwein in die Hand.

Was Bernd-Uwe nicht weiß: Ich hasse Rotwein. Wir grillen im Sommer oft gemeinsam und haben unzählige Male über unsere beiderseitige Rotwein-Unverträglichkeit gesprochen, denn auch er hat dieses Magensäureproblem. Ich weiß noch, als ich ihm erzählt habe, wie ich über diese fürchterliche Magenschleimhautentzündung im Krankenhaus diesen charismatischen Chirurgen kennengelernt habe und mit diesem am nächsten Abend ein Vergleichstrinken hatte, mit dem Ziel, herauszufinden, welcher Wein am wenigsten Säure verursacht, bis wir dann irgendwann gemerkt haben: gar keiner. Ein wirklich engagierter Doktor, aber Bernd-Uwe hat die Story offensichtlich nicht mehr parat.

Es ist nun auch mittlerweile Winter, und man vergisst einfach schnell solche kleinen Geschichten. Manche können sich nur noch sieben Minuten auf etwas konzentrieren oder gerade noch auf das erste halbe Wort ihrer zu Hause vergessenen Einkaufsliste, schrecklich ist das.

Deshalb nehme ich ihm das nicht übel, honoriere die nette Geste und sage: «Das ist aber nett! Ein Rotwein! Ich hab auch was für dich!»

Strahlend drücke ich ihm den Christstollen in die Hand.

Es wäre doch schade drum, denke ich, ich werde ihn nicht essen, und er mag ihn vielleicht. Womöglich hat er sogar einen Zitronat-Fetisch, so gut kennt man seine Nachbarn nun auch wieder nicht, dass man von solchen Dingen Kenntnis hätte.

Er freut sich außerordentlich und geht nach Hause.

Froh, den Christstollen losgeworden zu sein, stelle ich den Wein auf das Tischchen im Flur und lese weiter in meinem Roman.

Den habe ich von Daniel bekommen und muss ihn ausgelesen haben, bevor ich ihn meiner neuen Nachbarin Ute zum Geburtstag schenke.

Vielleicht haben Sie es schon bemerkt. Nachhaltigkeit wird bei mir außerordentlich groß geschrieben. Nicht nur am Anfang.

Wenn man selbst genug hat, bin ich einfach dafür, dass man mehr gibt als nimmt.

Am nächsten Tag sehe ich, wie Bernd-Uwes Frau Claudia mit einem Paket die Straße entlanggeht. Von der Form her sieht es aus wie ein eingepackter Christstollen.

Ich bin ja schon ganz irre, lache ich und schüttele den Kopf. Denn ich erinnere mich sofort, dass Claudia für ihr außergewöhnlich saftiges Bananenbrot in der Siedlung sehr bekannt ist.

Sie will es bestimmt jemandem zum Advent schenken. Und tatsächlich, sie klingelt bei Karin im Haus gegenüber und drückt ihr das Päckchen in die Hand.

Wie schön doch eine gut funktionierende Nachbarschaft ist.

Ich winke ihr zu, doch sie guckt den ganzen Weg zurück auf den Boden.

Schade, denke ich, und lese weiter.

Kurze Zeit später steht Karin vor meiner Tür. Freudestrahlend guckt sie mich an.

«Du hast mir so oft mit Mehl oder Eiern ausgeholfen,

wenn ich beim Backen war und mir eine Zutat gefehlt hat, da will ich mich jetzt mal endlich anständig bedanken! Gerade jetzt die schöne Adventszeit ist dafür ein guter Zeitpunkt.»

Sie drückt mir das Bananenbrot in die Hand

Na, na, na, denke ich, das hast du doch gerade erst von Claudia geschenkt bekommen, diese leckere Spezialität, macht man denn so was unter Freunden? Aber bei dem Gedanken an das formidable Bananenbrot honoriere ich die Weitergabe und packe es lächelnd aus der Alufolie aus.

In meiner Hand liegt ein Christstollen. *Der* Christstollen.

Ich erkenne ihn an der kleinen Einkerbung an der Seite, die ihm beim hastigen Abstellen auf meinem Sideboard von meinem Kaktus zugefügt worden ist.

«Nein, wie wunderbar, danke, genau mein Ding, hab ich ewig nicht gegessen!», schreie ich etwas zu laut, werfe die Tür zu und fülle den Topf der Yuccapalme, denn der Schirmständer ist indisponibel.

Am nächsten Tag bin ich zum Adventskaffee bei Ute eingeladen. Ich schenke ihr das Buch.

«Muss sehr gut sein», sage ich, «ich werde das demnächst auch noch lesen, aber, ach, ich hab noch so viele ungelesene Bücher auf dem Nachttisch.»

Nachhaltigkeitsdenken erfordert regelmäßig Notlügen, doch ist es die Umwelt nicht wert?

«Und was trinkt man nicht gerne abends beim Lesen», lache ich. «Rotwein! Hier, eine Flasche für dich, nein, nein, das ist nicht zu viel!»

Großzügig winke ich ab. Wir gehen ins Wohnzimmer.

Der Tisch ist gedeckt mit Plätzchen, Spekulatius, Lebkuchen und einer Zimt-Kardamom-Tarte.

Ich bin der erste Gast, und Ute geht in die Küche, um den Kaffee zu holen.

All meinen Mut zusammennehmend stelle ich den Christstollen auf den Tisch.

Nach und nach trudeln Karin, Daniel und die anderen Nachbarn ein, so auch Bernd-Uwe und Claudia.

«Ist das unser Rotwein?», fragen sie mich und deuten auf die Flasche.

«Nein», sage ich, «der von euch war so gut, da habe ich ihn direkt noch mal gekauft.»

«Da steht aber ‹Von Bernd-Uwe und Claudia› drauf.»

«Ja, schön, oder? Ich habe das Etikett abgelöst und auf die neue Flasche geklebt, so sieht es einfach persönlich und individuell aus», lüge ich wie gedruckt, sehe ihren Gesichtern aber an: Der Zweifel ist nicht souverän genug aus dem Weg geräumt.

«Jetzt sind wir ja vollzählig», lenke ich ab, da klingelt es.

Unsere neue Nachbarin Birgit steht vor der Tür.

«Ich bin gegenüber eingezogen und wollte mich vorstellen. Ich bin die Birgit und habe euch einen Christstollen mitgebracht!»

Ute sagt: «Ach, das ist ja nett, komm doch rein und setz dich zu uns, wir machen gerade ein Adventskaffeekränzchen unter Nachbarn.»

Ich überlege schon, den Christstollen unter den Tisch zu dengeln, da greift Daniel nach dem zitronatverseuchten Gebäck und schneidet sich ein dickes Stück ab.

Mir bleibt nichts anderes übrig. Ich kippe meinen Kaffee darüber, rufe «oh nein, wie ungeschickt», packe das Stück Stollen in meine Serviette, bevor jemand sehen kann, was sich darin verbirgt, und bringe ihn in die Küche. So edel es von mir ist, nichts wegzuschmeißen, was mir geschenkt wird – muss ich doch feststellen, dass nicht jeder meine sinnvolle Weiterschenkerei genügend zu ehren bereit ist. Und so handele ich, um Birgit und mich vor einer peinlichen Situation zu bewahren.

Die nächsten Stunden füllen wir mit Gesprächen darüber, ob wir einen gemeinsamen Weihnachtsbaum auf den Platz am Ende unserer Straße stellen, dass es schön wäre, ein Glühwein-Event draußen zu zelebrieren, und dass der Michael am Ende der Straße immer erst um zehn Uhr die Rollläden hochmacht, der Hallodri.

Ich stehe auch immer erst um zehn auf, habe aber voreingestellte elektrische Rollläden am Küchenfenster vorne. Wegen der Nachbarn, ich will nicht, dass man über mich redet.

Daniel kommt vom Austreten zurück und ruft mir zu: «Du hast Ute das Buch geschenkt, das ich dir geschenkt habe?» Alle Augen sind auf mich gerichtet.

«Nein», sage ich, «ich fand es so gut, da habe ich ihr das gleiche gekauft.»

«Wie beim Rotwein?», fragen Bernd-Uwe und Claudia gleichzeitig. «Ist bei dem Buch auch eine persönliche Widmung drin?»

«Same procedure as every good book», antworte ich, gebe vor, auf Toilette zu müssen, und reiße die erste Seite aus dem Buch. Wie gesagt, Umweltschutz ist beim Schenken nicht jedermanns Sache, da muss man Opfer bringen.

Dann ist das Kränzchen auch schon wieder vorbei. Ute packt mir Reste vom Adventsgebäck ein. Sie sagt: «Du kriegst das Beste, Chérie», und ich habe Angst, dass es der Christstollen ist.

Glücklicherweise kann das aber nicht sein, das Päckchen ist nur halb so groß.

Zufrieden trete ich den Heimweg an.

Zu Hause stelle ich fest: Es ist der halbe Christstollen.

Ich rufe Ute an.

«Ich weiß auch nicht, wo der herkam», sagt sie, «der stand auf einmal in der Küche, ich dachte, das versüßt dir sicher den Abend, gell, da freust du dich, sehr gerne! Der andere Teil war irgendwie nass geworden, den habe ich abgeschnitten, wäre doch schade drum.»

Ich stelle fest: Den Stollen werde ich so wenig los wie ein Pubertier seine Pickel.

Entschlossen halte ich den Atem an, nehme mir einen Plastikbeutel und friere die zitronatverseuchte Ausgeburt der Weihnachtshölle ein.

Zeitsprung.

Es ist der sechste Januar.

Es klingelt.

Die Sternsinger stehen vor der Tür.

Kaspar, Melchior und ein weiß geschminkter dunkelhäutiger Balthasar.

Geld und Plätzchen. An diese Gaben sind sie von mir seit Jahren gewöhnt, trotz ihres gewöhnungsbedürftigen Gesangs.

Das Problem ist: Diesmal habe ich keine Plätzchen.

Hastig suche ich nach einer Lösung, da fällt es mir ein. Ich bitte die Jungs, kurz zu warten, sprinte zur Tiefkühltruhe, hole den Christstollen heraus und taue ihn kurzentschlossen in der Mikrowelle auf.

Ich reiche ihnen das sächsische Brechreiz-Gebäck und sage: «Das müsst ihr sofort essen, das schmeckt nur, solange es noch warm ist.»

Sie zweifeln.

«Ist auch gut für die Stimme!», füge ich hinzu.

Offensichtlich finden sie selbst, dass ihr Gesang wie der Balzgesang von Walrossen auf Viagra klingt, denn sie greifen motiviert zu.

Umgehend fangen sie an zu würgen, und ich reiche ihnen gütig den Schirmständer.

«Nicht aufgeben», rufe ich, «das muss vollständig vernichtet werden!»

Dann wird mir ebenfalls schlecht.

Wie sagte schon der Lateiner: Homo schenkibus, deus lenkibus. Der Mensch schenkt, und Gott lenkt

Manchmal muss man jedoch ein bisschen nachhelfen.

Sören Sieg

Das Ranzentrauma

So atheistisch meine Eltern sich gaben, so heilig zelebrierten sie die Bescherung. Alles war auf Spannung konzipiert: das tagsüber verschlossene Wohnzimmer, das meine Mutter zu Vivaldis Blockflötenkonzerten schmückte; der Einzug in den Bescherungsraum um 16 Uhr zu «Kommet, ihr Hirten», von meiner Mutter auf der Sopranblockflöte gequiekt; das Zählen der Kerzen und das Absingen der Lieder; das Reihum-Auspacken der zwei Dutzend Geschenke pro Person, beginnend mit kleinen «Nebengeschenken», gipfelnd im «Hauptgeschenk». Die erwartete Gegenleistung war: sich ganz doll freuen. Und damit gaben wir drei Kinder uns alle Mühe – in der Hoffnung, der selbst gestrickte Wollpullover würde diesmal nicht ganz so hässlich ausfallen.

Als ich acht war, wünschte ich mir eine Spielesammlung als Hauptgeschenk. Unter dem Haufen von 23 Nebengeschenken hatte ich sofort einen großen verpackten Kasten entdeckt. Das war sie! Beiseite mit Büchern und Stiften, gestrickten Socken und Pullovern mit zu kurzen Ärmeln. Als ich ans Hauptgeschenk gelangte und es anhob, war mir übel. Nicht nur von den Marzipankartoffeln. Ich merkte, dass etwas nicht stimmte. Zitternd riss ich das Papier ab. «Nicht reißen!», rief meine Mutter. «Das Papier können wir wiederverwenden!» Und ich hielt einen Ranzen in den Händen. Einen Schulranzen. Ich schluckte. Was sollte ich denn damit?

«Oh, ist der schön!» Es war zum Heulen. Meine Mutter hatte zu erspüren geglaubt, was wir uns im Innersten wünschten. Während wir selbst glaubten, eine Spielesammlung würde uns glücklich machen, wusste sie, was in Wahrheit dahintersteckte: die Sehnsucht nach einem Ranzen. «Der ist wirklich klasse!» Ich legte das nutzlose Teil unter den überdimensionierten Baum mit den selbst geschnitzten, selbst geklebten, selbst gefalteten Engeln, die niemanden trösten konnten, und mit den selbst gezogenen Bienenwachskerzen, die kein Licht in diese Finsternis brachten.

Meine Omi in Barmstedt betrieb eine fünfzig Zentimeter hohe Plastiktanne mit Kunststofflametta und elektrischen Kerzen. Für uns drei Kinder gab es je einen Umschlag mit einem bescheidenen Schein. Keine Spannung, keine Enttäuschung, die Erwartung des Erwartbaren, so ähnlich wie beim Dienstagabendfilm im zweiten Programm oder bei der Weihnachtsansprache eines farblosen Staatsoberhauptes.

Einmal allerdings stellte sich heraus, dass Birte und ich wie üblich zehn Mark im Umschlag gehabt hatten, mein Bruder Matze aber zwanzig. Matze versteckte seine Schadenfreude hinter heuchlerischer Bescheidenheit. Birte und ich waren entsetzt. Allerdings mussten wir zugeben, dass Matze fast jedes Wochenende bei Omi aus Barmstedt verbrachte, während Birte und ich schon wegen des Geigenunterrichts zu den anderen Großeltern nach Harburg fuhren. Deren Wohnung lag im vierten Stock und hatte einen mit Geranien geschmückten Balkon, es gab Kartoffeln mit Quarkstippe, ich durfte meiner Omi beim Abwaschen helfen, während sie mir Geschichten über Yehudi Menuhin erzählte, und abends beim Zubettgehen erklärte sie mir die «Lichtelein» am Himmel.

Ein einziges Mal nur sollte ich eine Woche bei der Omi aus Barmstedt verbringen. Es roch seltsam, die Omi sprach fast gar nicht, kochte «Snuten un Poten» (Schnauzen und Pfoten), ein angeblich traditionelles Holsteiner Gericht, das zum Glück ausgestorben ist, und ich musste allein in einer winzigen Dachkammer mit Schräge schlafen, in der ein großes Ölbild hing, das einen Schiffsuntergang mit vielen verzweifelten Ertrinkenden zeigte. Schon am zweiten Tag bat ich unter Tränen meine Eltern am Telefon, mich wieder abzuholen. An Stelle der Omi aus Barmstedt hätte ich mir auch nicht mehr als zehn Mark geschenkt.

Später habe ich Eva geheiratet und mit ihr drei Kinder bekommen. Ihre Eltern setzen die Barmstedter Tradition fort: Jedes Enkelkind bekommt einen Umschlag mit 20 Euro. Und dann wird Canasta gespielt. Bei elektrischem Kerzenlicht. Kein Brimborium, kein Mysterium. Und weil unsere Kinder auf keinen Fall ein Ranzentrauma erleiden sollen, dürfen sie uns vor dem Heiligen Abend ganz genau sagen, was sie sich wünschen.

Lina wollte schon lange Meerschweinchen. Das war nicht schwer. Unser Freund Holger arbeitete an einer Stadtteilschule mit «bunter Schülerschaft», die einen eigenen Zoo unterhielt: Kaninchen, Fische, Schlangen, Mäuse, Bienen und Meerschweinchen. Mitte November hatte ein Weibchen fünf Junge geworfen, zwei davon durften wir abholen. Den Käfig hatten wir schon besorgt, Streu, eine kleine Schlafhütte und Spiel-Äste.

Lukas wünschte sich eine iWatch. Das ist eine Uhr, mit der man telefonieren kann. Nur viel umständlicher.

«Das ham jetzt alle», erklärte er uns.

«Wer ist alle?», fragte Eva.

«Zum Beispiel ... Niklas.»

«Und wer noch?»

«Äh ... Niklas. Eben alle.»

Ich erkundigte mich. Das GPS+Cellular-Modell in Silber und Abyssblau, das er sich wünschte, kostete im Sonderangebot 349 Euro. Also 249 Euro über den 100 Euro, die wir maximal pro Hauptgeschenk ausgeben. Eva fand genau das Modell, das Lukas unbedingt haben wollte, auf Ebay-Kleinanzeigen für nur 179 Euro. «Dieses Gerät ist generalüberholt, voll funktionsfähig und in ausgezeichnetem Zustand», versprach Mehmet77, der Verkäufer, über den es 966 positive Reviews gab. Wir warfen alles Geld zusammen, von ihren Eltern, ihren Schwestern und uns, und bestellten die Uhr.

Leo durfte noch keine Haustiere haben. Ich erkundigte mich trotzdem in der Zoohandlung nach Fischen. «Haben Sie 'ne gute Versicherung?», fragte der Verkäufer. «Mein Aquarium ist letztes Jahr geplatzt. 15 000 Euro Schaden.» Nein, Fische kamen nicht infrage. Also wünschte Leo sich von meinen Eltern den Star-Wars-Truppentransporter und von uns eine Beyblade-Arena. Das ist eine kleine, rotbraune Wanne, in der die japanischen Kampfkreisel sich gegenseitig umwerfen. Leos Freunde hatten alle eine.

«Das wird so cool», schwärmte Leo. «Dann können wir jeden Tag bladen, Papa.»

Die Arena war seit Wochen ausverkauft. In der Stadt. Im Umland. Bei Amazon. Meine Eltern klapperten die Läden in Neumünster ab, Evas Eltern das westliche Saarland. Ich ließ meine Freunde in Freiburg, Frankfurt, Mainz und Berlin suchen und bettelte meine 3264 Facebookfreunde an. Nichts.

Dann fiel mir Carl ein. Der Bruder der Frau meines

Trauzeugen. Er studiert an einer International Business School und wird dort Master of Advanced Controlling, Outsourcing and Downgrading. In Singapur. Da kommen die Dinger doch her! Und tatsächlich, Carl ergatterte dort eine Arena. Mitte Dezember flog er nach Hamburg. Wir waren gerettet. Weihnachten konnte kommen.

Das Unheil kam mit dem Besuch meiner Eltern am dritten Advent. Sie hatten sich selbst zum Kaffeetrinken eingeladen, und irgendwie ahnte ich, dass das keine gute Idee war. Es begann damit, dass sie zu früh kamen und wir noch gar nicht mit dem Decken des Tisches fertig waren. Sie klingelten um Viertel vor vier.

«Omi und Opa!», rief Leo und rannte zur Tür, meinen Eltern in die Arme. Mein Vater hob ihn gleich hoch.

«Opa!», rief Leo. «Ich bin richtig reich!»

«Na, mein Spatz!», sagte Opa Herbert, «wieso denn?»

Während die beiden ihre Mäntel ablegten, tanzte Leo begeistert um sie herum.

«Wir hatten Flohmarkt in der Schule!», sagte er. «Ratet mal, was ich verdient hab!»

«Keine Ahnung», sagte Omi. «Fünf Euro?»

Leo strahlte. «Fa-alsch! Opa, rate du mal!»

«Drei Euro?», knurrte Opa Herbert.

«Fünfzig!», platzte Leo heraus. «Das war so krass! Weil Dari wollte für die beiden Feuerwehrautos erst nur fünfzehn Euro rausrücken! Aber ich hab einfach gesagt ...»

Meine Mutter starrte mich entsetzt an. Dann fixierte sie Leo. «Du hast die beiden Feuerwehrautos verkauft?»

«Ja, und die Polizeistation! Und noch ’n paar Bücher. Also Dari ...»

Meine Eltern wechselten unheilvolle Blicke. Es sah aus, als wollten sie gleich wieder gehen.

«Spatzl», sagte Opa Herbert, und es kostete ihn erkennbar Mühe, ruhig zu bleiben, «das waren doch nicht die Feuerwehrautos, die Omi und ich dir letztes Jahr zu Weihnachten geschenkt haben, oder?»

Leo überhörte den besorgten Tonfall.

«Quatsch, Opa!» sagte er. «Das war vor zwei Jahren! Und ich wünsch mir ja jetzt von euch den Star-Wars-Truppentransporter von Lego ...»

Meine Mutter starrte ihren Enkel an. «Leo! Du verramschst die Weihnachtsgeschenke von Omi und Opa auf dem Flohmarkt?»

Meine Schwester wäre mit siebzehn fast enterbt worden, weil sie die Wollpullover verkaufen wollte, die meine Mutter ihr zu Weihnachten gestrickt hatte. Allerdings hatte niemand sie haben wollen. Und dass ich meinem Freund Christian den Fernseher gegeben hatte, den Testsieger, das letzte große Hauptgeschenk, haben sie mir bis heute nicht verziehen.

«Sören», die Stimme meines Vaters wurde scharf, «so üppig ist meine Rente ja nun nicht. Für diese Feuerwehrstation haben wir damals über 100 Euro ausgegeben!»

«Opa, jetzt übertreib mal nicht!», mischte sich Lukas ein. «Das Ding hat doch höchstens 'n Fuffi gekostet. Wenn's kein Sonderangebot war.»

«Das war kein Sonderangebot!», erregte sich meine Mutter mit hochrotem Kopf.

«Aber Omi», verteidigte sich Leo, «ich bin doch kein Baby mehr! Ich bin acht! Ich spiel doch nicht mehr mit Feuerwehrautos!»

Die beiden sahen sich an. Mein Vater fand als Erster die Sprache wieder.

«Wenn du unsere teuren Geschenke mal eben so verramschst, Spatzl, dann können Omi und ich dir auch nichts Wertvolles mehr schenken!»

Leo schluckte. «Heißt das, ich kriege von euch nichts zu Weihnachten?»

Tränen schossen ihm in die Augen.

«Das lag doch alles bloß rum», krächzte Lukas. «Nun gönnt ihm doch seinen kleinen Gewinn! Ich hab auch die Gitarre verkauft, die ihr mir mal geschenkt habt.»

«Die Gitarre?» Meine Mutter war dem Infarkt nahe. Auf keinen Fall durften sie jetzt noch erfahren, dass Lina auf dem Flohmarkt ihr Puppenhaus und ihre Puppenküche vom letzten Jahr verhökert hatte – mit allem Zubehör.

Das Adventskaffeetrinken wurde kurz und eisig, und ich grübelte darüber nach, ob die zwölf Tage bis zum ersten Weihnachtstag reichen würden, meine Mutter wieder milde zu stimmen. Vermutlich würde sie es selbst nicht aushalten, ihren Enkeln keine Hauptgeschenke zu machen, und mein Vater würde das Fehlverhalten auf Eva schieben und auf die Großeltern aus St. Ingbert.

Vier Tage vor Weihnachten saß Lina unglücklich am Abendbrottisch. «Papa, das juckt!» Sie kratzte sich am Kopf. Der Zettel aus der Schule fiel mir wieder ein. Information zu einem aktuellen Kopflausbefall in der Einrichtung. Ich untersuchte ihre Haare und fand zwei Nissen. Das sind Läuse-Eier. Sie sehen aus wie Mini-Brotkrümel, mit dem Unterschied, dass sie an den Haaren festkleben.

«Ich habe Läuse?», fragte Lina verzweifelt. «Direkt vor Weihnachten?»

«Ich fahre zur Notapotheke», erklärte ich.

«Quatsch», sagte Eva. «Haare und Kopfhaut mit Mayonnaise einreiben, Handtuch drum, und nach zwölf Stunden mit Essiglösung auswaschen.»

Lina verzog das Gesicht. «Der ganze Kopf voll Mayonnaise?»

«Olivenöl geht auch», meinte Eva.

Ich fuhr mit dem Fahrrad zur Notapotheke.

«Läusegeist ist der Marktführer», erläuterte der Mann im weißen Kittel. «Der Wirkstoff ist allerdings ein giftiges Insektizid. Nur wenn Sie stattdessen Läusokill nehmen, muss ich Ihnen sagen, dagegen sind viele Stämme schon resistent.» Wir kannten den aktuellen Stamm nicht. «Am günstigsten ist dieses Spray. Sie müssen die ganze Familie behandeln. Nur nicht trocken föhnen! Sonst geht das Haar in Flammen auf.»

«Aber dann sind die Läuse weg?»

Zu Hause hatte Eva schon die Bettwäsche ausgewechselt und alle Kuscheltiere in luftdichte Müllsäcke verpackt. Leo standen die Tränen in den Augen.

«Ich soll ohne Fuchsi schlafen?»

«Leider ja. Zwei Wochen.»

«Was?»

«Dann sind die letzten Läuse geschlüpft und erstickt.»

Leo schluchzte auf. Seine Kuscheldecke verschwand im Müllsack. Sie hatte ihn seit seiner Geburt begleitet.

Lukas studierte die Packungsbeilage des Sprays. «Nebenwirkungen Schwellung, Rötung, Ausschlag?»

«Ökotest sehr gut», behauptete ich.

Wir sprühten alle Köpfe ein und suchten stundenlang die Haare nach Nissen ab. Strähne für Strähne. Ich kam mir vor wie Rübezahl. Eine Nisse übersehen, und alles war umsonst. Eine Laus legte 100 Eier am Tag. Nachts schreckte meine Frau hoch. «Was ist mit den Sofakissen?»

«Hast du sie nicht mit Mayonnaise eingerieben?»

Auch mit Mehmet77 gab es Probleme. Obwohl wir ihm

wunschgemäß die 179 Euro überwiesen hatten, war noch kein Paket von ihm eingetroffen, und seit einer Woche antwortete er auch nicht mehr auf Mails.

Dann kam der Schneesturm über London. Carl, der längst mit der Beyblade-Arena in Deutschland sein sollte, saß drei Tage in Heathrow fest. Irgendwann bekam er einen Flug nach Frankfurt. Aber sein Koffer war im Londoner Schnee verschollen. Mit der Arena. Angeblich war sie nach Mailand geflogen.

Keine Haustiere, keine Arena, kein Kuschelfuchsi, kein Hauptgeschenk von meinen Eltern. Das würde Leo nicht überleben. In letzter Not kauften wir ihm eine Wii: eine Spielekonsole, mit der man fechten, bowlen und Tennis spielen kann – mit lustigen weißen Freihand-Controllern, die man durch die Luft schwingt. Wir hatten keine Ahnung, ob er sich das wünschte. Notfalls würden wir sie auf dem Flohmarkt verkaufen. Für Lukas fanden wir auf Amazon eine marineblaue iWatch aus der älteren Serie 3. Ohne Kopfhörer und Simcard, auch nicht wasserdicht, aber mit Liefergarantie am 24.12.

Heiligabend. Tiefschnee. Morgens schmückten die Kinder mit Eva den Baum. Mittags aßen wir Miracoli, danach las ich wie jedes Jahr unser Lieblingsweihnachtsbuch vor: *Wo bist du, Weihnachtsmann?* Der kleine Bär Berti unterbrach heimlich seinen Winterschlaf und ging fast im Schnee verloren, um einmal dem Weihnachtsmann zu begegnen.

Zum Kindergottesdienst waren wir pünktlich, aber alle anderen waren noch pünktlicher gewesen, sodass wir nur ganz hinten im Gang auf dem Boden Platz fanden.

«Hallo, Kinder!», rief der Pastor in ein übersteuertes Mikro. «Seid ihr alle da?»

«Jaa!», brüllten die Kleinen.

«Wir feiern heute Geburtstag», rief der Pastor. «Wisst ihr denn, wer heute Geburtstag hat?»

«Ich!», rief ein kleines Mädchen.

«Und wer noch?», fragte der Pastor, ohne zu gratulieren.

«Jesus!», schrien zwei versierte Kids.

Es folgte ein Krippenspiel, das gefühlt so lange dauerte wie Wagners Ring, zumal man die Handlung kannte und die Kirche keine Fußbodenheizung hatte.

Um fünf Uhr nachmittags waren wir erschöpft zu Hause. Eva drapierte die Geschenke unterm Baum, zündete die Kerzen an und rief uns. Feierlich trippelten die beiden Kleinen in ihrer schicksten Kluft ins Wohnzimmer. Lukas schlurfte in Zeitlupe hinterher. Wir setzten uns aufs Sofa, und ich genoss den Anblick der leuchtenden Bienenwachskerzen. Im ewigen Kampf zwischen meinem weihnachtskritischen Vater und meiner weihnachtsbeseligten Mutter hatte ich mich früh auf ihre Seite geschlagen.

«Lassma singen», sagte Lukas. «Damit wir mit der Bescherung an Start kommen.»

Ich holte die Gitarre, und wir sangen aus dem bebilderten Weihnachtsliederbuch, das ich für Lukas gekauft hatte, als er drei war. Bei «Es ist ein Ros entsprungen» musste ich weinen, und zwar wie immer an der Stelle «wohl zu der halben Nacht». Und wie immer legte Lina den Arm um mich.

«Können wir jetzt endlich auspacken?», quengelte Leo nach fünf Liedern.

«Wenigstens das Buch zu Ende!», forderte Lina.

«Das ganze Buch?», fragte Leo entsetzt.

«Das sind nur noch fünf Lieder», sagte ich.

«Kompromiss. Zwei Lieder», schlug Lukas vor.

«Vier», sagte Lina. Leo fing an zu heulen.

So ähnlich stellte ich mir die Verhandlungen zwischen Claus Weselsky und der Deutschen Bahn vor.

Bescherung.

«Als Erstes das Geschenk für die ganze Familie», kündigte Leo an. Dafür hatte er letzte Woche sein gesamtes Weihnachtsgeld ausgegeben.

«Ich packe aus», meldete Eva und betrachtete kurz darauf entgeistert die Packung. «Triopse?», fragte sie. «Was ist das denn?»

«Das sind Urzeitkrebse», erklärte Leo. «Die können wir in diesem Becken hier züchten und beobachten.»

«Aber die kommen mir nicht ins Wohnzimmer.»

Damit schien Leo gerechnet zu haben. «Dann ... nehm ich sie gern zu mir.»

Die Kinder packten ihre Nebengeschenke aus. Bücher, Spiele, Klamotten. Lukas war als Erster bei seinem Hauptgeschenk.

«Äh, was ist das denn?»

«Eine iWatch», sagte Eva stolz.

«In Blau?» Er studierte sie ungläubig. «Ohne Cellular?»

«Gebraucht, aber voll funktionsfähig!», erklärte ich. «Die Batterie hat sogar 80 Prozent der Originalleistung.»

Lukas schüttelte den Kopf. «Und Series 3. Alles klar. Habt ihr die aus Afrika bestellt? Series 3 benutzt keine Sau mehr!»

Eva und ich sahen uns betreten an.

«Und nicht mal neu», legte er nach. «Was soll ich mit dem Schrott?»

Wir hatten unseren Kindern beigebracht, ihre Gefühle frei zu äußern. Eva war Psychologin, ihr war das wichtig. Aber musste es gleich so offen sein?

Lina war dran. Wir hatten den Käfig im Schlafzimmer versteckt.

«Das sind Max und Marina!», lächelte Eva.

Lina sah sie bekümmert an. Sie wollte sich zusammenreißen und nicht so pampig sein wie Lukas. Es gelang nicht. «Das hier ist ein Männchen?», fragte sie fassungslos.

«Das ist Max, genau! Keine Sorge, er ist sterilisiert, und das ist doch ganz egal!»

«Ich wollte zwei Weibchen!», brach es aus Lina heraus. Sie weinte los und rannte in ihr Zimmer. Ich sah Eva an. Das war Linas Ranzentrauma. Wir hatten es verhindern wollen. Nun war es doch so gekommen. Ich würde gleich morgen früh Holger anrufen und fragen, ob man Max umtauschen könnte.

Leo hatte in den letzten Wochen ununterbrochen von der Beyblade-Arena gesprochen und in seiner Krakelschrift in langen Listen festgehalten, wann und in welcher Reihenfolge er gegen wen von uns mit welchem Kampfkreisel bladen würde.

Er packte die Wii aus. Starrte sie an. Starrte uns an.

«Wie krass ist das denn?», rief er. «Eine Wii! Ich hätte mich nie getraut, mir die zu wünschen.»

Jetzt standen mir die Tränen in den Augen. «Mein Süßer», sagte ich, «die kriegst du doch nur, weil die Arena ausverkauft war ... und Carls Koffer in Mailand verschollen ist ...»

«Weiß ich doch.» Leo grinste. «Hat mir Lukas schon alles erzählt. Soo geil. Urzeitkrebse und 'ne Wii – das ist das beste Weihnachten, das ich je hatte!»

Eva legte den Arm um mich. Und lächelte. Zu dem Zeitpunkt wussten wir beide noch nicht, dass wir uns gleich dasselbe Überraschungshauptgeschenk überreichen würden: einen original Asia-Wok aus schwarzem Schmiedeeisen.

Leo stand da und kratzte sich am Kopf. Er hörte gar nicht auf damit.

«Oh, nein», sagte Lukas. «Nicht schon wieder, oder?»

«Das bleibt unter uns», bestimmte Eva. «Auf keinen Fall morgen Omi und Opa erzählen! Sonst fahren die gleich wieder!»

Meine Eltern haben es nicht geschafft, ihre Drohung wahr zu machen. Sie schenkten Leo den Star-Wars-Truppentransporter. «Die Ukraine muss verteidigt werden», erklärte mein Vater. «Zur Not von den Jedi. Scholz liefert ja nicht!»

Von Evas Eltern gab es 20 Euro.

Der Koffer mit der Arena ist unterdessen von Mailand nach Nairobi geflogen worden. Ich nehme an, er ist dort zu einem Kind gelangt, das sich zu Weihnachten sehnlichst einen Ranzen gewünscht hatte.

Friederike von Bülow

Marmor ist auch keine Lösung

Zum Seufzen! Eine Menge rot-weißer Barken versperrte die Straße, daneben ein blaues Dixi-Klo, dahinter ein monströser Bagger. «Wir bauen für Sie.» Niemand war zu sehen. Meine Idee, rasch in die Innenstadt zu fahren, um noch ein paar Geschenke zu besorgen, war so nicht umsetzbar. Da konnte ich besser einen Chai Latte trinken gehen. Ich setzte zurück, parkte und huschte durch den Regen. Mein Lieblingscafé war unaufgeregt geschmückt. Nur ein paar warmweiß leuchtende Lichterketten hingen an den Wänden. Ganz im Hintergrund dezente Weihnachtsmusik. So war Weihnachtsstimmung gemütlich.

Ich setzte mich auf einen gepolsterten Holzstuhl am Fenster. Einige ältere Herrschaften fläzten sich in den Ohrensesseln nahe der Theke und lasen Zeitung. Andere starrten aufs Handy. Ich bestellte einen Chai Latte und begann meine To-do-Liste zu revidieren. Einen Weihnachtsbaum kaufen, erster Punkt. Dann: eine Gans organisieren. Die Ingredienzien für die Füllung besorgen. Auch die Beilagen. Und den Nachtisch. Die Wohnung putzen. Den Baum aufstellen. Und schmücken. Ich hatte jetzt schon keine Lust mehr.

Mein Blick fiel auf einen Stapel Zeitungen. Ich nahm mir eine seriöse Wochenzeitung und schlug sie auf. Im Reiseteil blieb ich an einer Anzeige hängen: *«Eine Auszeit nehmen. Bildhauerkurs für Einsteiger. Weihnachten im leuchtenden Tessin.»*

Während ich das las, begann meine Seele zu feiern. Ein Bildhauerkurs war lange ein Traum von mir gewesen. Und dann: Weihnachten ohne Gänsebraten, ohne Geschenke, ohne Bäume im Wohnzimmer? Sogar ohne jammernde Mutter? Wie großartig! Wie außergewöhnlich! Wie ... wunderbar. So etwas kannte ich nicht ... Weihnachten war bisher selten besinnlich oder gar kreativ gewesen. In unserer Kindheit wurden meine Schwester und ich am Heiligen Abend in weiße Wollstrumpfhosen gesteckt. Dann stülpte die Mutter über uns Schwestern je ein Kleid. Gern aus dunkelblauem Samt. Bevor wir zum Weihnachtsbaum und den Geschenken durften, pusteten wir in Blockflöten, um die Eltern mit Weihnachtsliedern zu erfreuen. Anschließend lächelten wir brav.

Dann wurden Jürgen und ich Eltern und feierten mit unserer Tochter. Jetzt beehrte uns schon seit Jahren die Mutter meines Mannes mit ihrer Anwesenheit und ihren Wünschen nach großen, gefüllten Weihnachtsgänsen und erfreulicher Bespaßung.

Ich schaute aus dem Fenster in den Dauerregen. Nannte man das Tessin nicht die Sonnenstube der Schweiz? Zu jeder Jahreszeit? *«In unserem Einsteigerkurs über die Feiertage arbeiten wir mit Marmor, dem klassischen Material für Bildhauer.»*

Allerdings, was würde Jürgen sagen? Und seine Mutter? Ich war an Weihnachten immer für alle da gewesen. In diesem Jahr hatte sich unsere Tochter ohne Umschweife aus den gemeinsamen Plänen verabschiedet. Sie wolle lieber bei der Familie ihres Freundes feiern. Sie hatte abgesagt, ohne ein schlechtes Gewissen erkennen zu lassen. Beneidenswert. Das wollte ich jetzt auch mal probieren.

Ich bezahlte meinen Chai Latte und flitzte durch den Dauerregen zum Auto. Zu Hause öffnete ich die Tür beseelt von der Idee, die Weihnachtstage im Tessin zu verbringen.

«Jürgen? Bist du da?»

«Im Esszimmer!» Er saß vor dem Laptop. «Ich schaue gerade nach Zügen für meine Mutter!»

«Ah so, ja, äh, warte mal kurz.» Ich warf meine Handtasche auf den Küchenstuhl, steuerte Richtung Esszimmer und setzte mich ihm gegenüber.

«Ich möchte über Weihnachten ins Tessin», sagte ich.

«Alles klar», erwiderte er und schaute weiter auf seinen Laptop. Ich erzählte, was ich gelesen hatte, und schwärmte von dem Angebot der Bildhauerschule. Während ich zu verdeutlichen versuchte, dass ich einmal in meinem Leben ein ganz anderes Weihnachten verbringen wollte, bemerkte ich, dass von meiner Erzählung allenfalls Bruchstücke bei ihm ankamen.

«Jürgen? Hörst du, was ich sage?»

«Klar!»

«Ich möchte Weihnachten mal ganz anders feiern! Ich möchte im Tessin in einer Bildhauerschule lernen, wie ich Marmor bearbeiten kann! Das bieten die an. Über die Feiertage.»

«Ach so», antwortete er. «Okay.»

«Es ist okay, wenn ich Weihnachten wegfahre?», staunte ich.

«Ich bin mir nicht sicher.» Er sah an mir vorbei in eine unklare Ferne. «Es wäre mal eine neue Erfahrung, für uns beide.»

Aha.

«Ja», sagte er dann lässig, «fahr ins Tessin! Dann musst

du dich mal nicht um meine Mutter kümmern. Das hast du auch mal verdient.» Er nahm meine Hand. Ich solle gleich buchen und nicht lange grübeln. «Ich komme schon klar.»

Das war ja unkomplizierter als gedacht. Ich war fast ein bisschen gekränkt. Würde er mich gar nicht vermissen?

Egal. Ich rief in der Bildhauerschule an und buchte zum Einsteigerkurs noch ein kleines Apartment mit Selbstversorgung. Der Kurs sollte am neunzehnten Dezember beginnen und am sechsundzwanzigsten enden. Der Dozent fragte in klarem Hochdeutsch, ob ich ein Ziel hätte für meine Arbeit mit Marmor.

«Nicht direkt», bemerkte ich nur.

Dann, sagte er, möge ich bis zu meiner Ankunft steingerecht denken und mir überlegen, ob ich lieber figürlich oder abstrakt arbeiten wolle.

Steingerecht? Klar, warum nicht. Und wie mache ich das? Ich versprach es jedenfalls.

Mir blieben drei Tage bis zur Abfahrt. Genug Zeit für Einkäufe wie festes Schuhwerk, Schutzbrille, Regenmantel. Ich musste keine Weihnachtsgeschenke besorgen, keinen Baum, keine Gans. Die To-do-Liste wanderte in den Müll. Jetzt freute ich mich wie ein kleines Kind auf Weihnachten.

Am Tag der Abfahrt klingelte der Wecker um vier Uhr morgens. Ich versicherte meinem Mann, ich würde mich regelmäßig melden. «Am siebenundzwanzigsten bin ich wieder hier!»

Draußen war es stockfinster und regnete. Aber ich war unterwegs in die Sonnenstube der Schweiz. Tapfer erklomm mein kleines Auto die Kasseler Berge und rauschte durch die Rhön. Die Landschaft war farblos. Es hörte nicht auf zu regnen. Tanken. Kaffee trinken. Weiter. In Graubünden hatte ich neunhundert Kilometer hinter mir. Weitere dreihundert sollten folgen. Die Berge waren verschneit. Ich erreichte Ascona und fuhr eine schmale Straße hinauf Richtung Toccia. Das war der Ort der Bildhauerschule.

Je näher ich kam, desto aufgeregter war ich. Je höher ich fuhr, desto kühler wurde es. Das Thermometer auf dem Display zeigte sieben Grad Außentemperatur.

Toccia war ein kleiner Ort. In der beginnenden Dämmerung erkannte ich schöne alte Häuser mit steingedeckten Dächern. Unterhalb der Schule konnte ich parken. Ich atmete tief durch. Herrliche Tessiner Bergluft. Ich holte die Reisetasche aus dem Kofferraum und sagte laut: «Ich bin da!» Am liebsten hätte ich es vor Freude geschrien.

Ein steiler Pfad führte hinauf zur Schule. Oben entdeckte ich in der Dämmerung unfertige Skulpturen auf dem Platz vor den Gebäuden. Auf der rechten Seite befand sich ein hell erleuchtetes Atelier, in dem Frauen und ein Mann saßen. Er bemerkte mich und winkte. Als ich die Tür öffnete, schlug mir Wärme entgegen, und ein besonderer Geruch stieg in die Nase: das Aroma von Holz und von Farben, neu und doch vertraut. Ein großer schwarzer Ofen wärmte den Raum. An den Wänden hingen Zeichnungen und rote Weihnachtssterne. Es war herrlich gemütlich.

«Willkommen, dann sind wir jetzt vollzählig», sagte der Mann. «Beginnen wir mit der Vorstellungsrunde!» So etwas war unvermeidlich.

Er hieß Reto und war der Dozent. Mitte vierzig, lockiges dunkelblondes Haar und ein offenes Lächeln. Der Weihnachtskurs sei inzwischen Tradition, berichtete er.

Immer wieder kämen Menschen über Weihnachten nach Toccia. Einige wollten der Verwandtschaft entfliehen, andere wiederum würden das Besinnliche dieses Ortes genießen. Er sei gespannt, warum wir dieses Weihnachten gekommen seien.

Im Kreis sechs Teilnehmerinnen. Hendrikje aus Ulm machte den Weihnachtskurs bereits zum dritten Mal. Sie liebe die besondere Tessiner Atmosphäre, erzählte sie. Pramoda war zum vierten Mal hier, angeblich, um mit netten Menschen Weihnachten zu feiern. Arabella und Charlotte aus Kassel waren, wie ich, noch nie an diesem Ort gewesen. Sie hatten Lust auf einsame Landschaften in alpiner Sonne. Mareike, die in Norddeutschland Kunst unterrichtete, teilte uns aufgeregt quietschend mit, sie sei hierhergekommen, um nicht zu Hause allein bleiben zu müssen. Und ich erklärte, dass ich Weihnachten einfach mal ganz anders feiern wollte. Ohne Schwiegermutter, ohne Baum, ohne Gänsebraten und Gedöns. Stattdessen kreativ. Die Damen nickten verständig.

«Ihr werdet hier in Toccia alle ein schönes Weihnachtsfest haben!» Reto schaute uns an und lächelte aufbauend. Wir könnten Heiligabend alles in der Schule nutzen, versprach er. Küche, Atelier, Arbeitsplätze. Alles. Sollte jemand Tannengrün haben wollen, müsse er es aus dem Wald holen. Sägen würden wir in der Werkstatt finden. Das klang gut. Und mal wirklich anders.

Nach unserer Vorstellungsrunde ging ich in mein Apartment. Es befand sich neben zwei weiteren auf dem Gelände der Schule. Zartgelb gestrichene Wände, ein kleiner Holztisch mit zwei Stühlen, eine kurze Küchenzeile, ein kleiner Ofen. Zum Schlafen ein Hochbett. Eine perfekte kleine Wohnung für meine Festwoche. Ich stellte eine rote Kerze und einen Schokoweihnachtsmann auf den Tisch, textete meinem Mann ein paar Sätze, kletterte die Leiter hinauf, las noch ein paar Zeilen über Bildhauerei und schlief ein.

Als ich am Morgen die Gardine zur Seite schob, blickte ich auf den Arbeitsplatz der Schule. Es musste in der Nacht stark geregnet haben. Die aufgebockten Skulpturen spiegelten sich in riesigen Pfützen. Im Atelier berieten sich bereits Reto und ein paar ausgeschlafene Teilnehmerinnen. Neben den Stühlen standen Holzkisten, im hinteren Teil waren Staffeleien aufgestellt.

«In den Kisten findet ihr alles, was ihr für diese Woche benötigt. Zeichenutensilien, Werkzeuge, Spitzeisen, Flacheisen, Fäustel und Knüpfel für euren Stein.» Fäustel und Knüpfel, aha. «Den Stein sucht ihr selbst aus. Ich zeige euch, wo ihr die schönsten Stücke findet.» Reto kam auf mich zu.

«Weißt du schon, was du in dieser Woche machen möchtest?»

«Ich bin mir nicht sicher», antwortete ich. «Ich denke, dass ich eine abstrakte Form bevorzuge.»

«Dann erkläre ich dir erst mal das Werkzeug.»

Zu Beginn würde ich nur das Spitzeisen benötigen und den sogenannten Fäustel. Das war ein Hammer, der mehr als ein Kilo wog.

«Aus der Schulter heraus schlagen», lehrte Reto, während er einen Stein bearbeitete. «Nie aus dem Handgelenk. Hast du Regenbekleidung mit?»

«Einen Mantel.» Ich hatte gelesen, dass auf dem nahen Monte Verità vor hundertzwanzig Jahren lauter Künstler, Schriftsteller, Pazifisten zu jeder Jahreszeit nackt über die Wiesen getanzt und durch die Wälder geschwebt waren.

Damals gab es noch nicht mal den Klimawandel, und sie hatten nicht gefroren. Der Mantel musste reichen.

Im Atelier hatten sich die Frauen derweil in Klumpen von Modellierton vertieft. Damit wollten sie erste Entwürfe erstellen. Einige gaben seltsame Geräusche von sich, während sie die Hände in den Ton drückten, während sie zogen, pressten, glätteten. Glucksende Geräusche waren es, die vor allem Mareike entwichen. Pramoda stöhnte. Von Hendrikje kam ein untergründiges Schnorcheln. Künstlerinnen im existenziellen Ringen mit ihrem Werkstoff. Ich schnappte mir meine Werkzeugkiste und ging nach draußen. Auch hier wurde gearbeitet. Da lagen die Steine zur Auswahl, alles Marmor. Ich suchte mir einen Stein und einen Platz ohne Pfütze.

Reto hievte meinen Stein mithilfe eines Krans auf einen Bildhauerbock und sicherte ihn durch Holzkeile. So würde der Stein während des Schlagens nicht wackeln. Er war nicht besonders groß, wog aber 250 Kilogramm. Ein schöner Stein, wie Reto bemerkte. Er wünschte mir viel Freude damit. Dann ließ er mich unter einem weit aufgespannten Schirm zurück und verschwand zu den gurrenden Tontauben ins Atelier.

Ich setzte mir die Schutzbrille auf, nahm den Fäustel in die rechte Hand, das Spitzeisen in die linke, positionierte die Spitze des Eisens in einem kleinen Vorsprung am Stein und schlug zu.

Dem Geräusch, das ich damit verursacht hatte, folgte unmittelbar ein lautes Piepen in meinen Ohren. Eindeutig Knalltrauma. Aber ich war vor allem beeindruckt – von mir und dem abgeschlagenen Stück Marmor. Gleich noch mal. Jeder folgende Schlag wurde besser und machte mehr Spaß – bis es anfing zu regnen und das Piepen zu einem verlässlichen Begleiter geworden war. Meine Füße waren kalt und nass, die rechte Schulter zwickte. Ich packte das Werkzeug in die Kiste. Schluss für heute.

Es war erst Nachmittag. Aber auch die anderen Teilnehmerinnen hatten bereits ihre Sachen eingepackt und die Arbeit beendet. Sie wollten nun lieber ins Grotto gehen, in das Restaurant des Ortes, bekannt für Polenta und Risotto mit Steinpilzen. Die Einrichtung war rustikal, im offenen Kamin loderte ein Feuer. Wir setzten uns an einen runden Tisch, auf dem ein dicker Porzellanengel ruhte und uns angrinste. Mehr Weihnachten war nicht. Wir genossen die Ruhe. Draußen rutschte die Temperatur gegen null.

Das angepriesene Risotto mit Steinpilzen war lecker, die ebenso empfohlene Polenta sah schwierig aus. Ein Haufen mit einer undefinierten Außenhaut in schmutzigem Gelb und mit bräunlichen Einschlüssen. Ich lauschte den Gesprächen der anderen Frauen. Sie sprachen erst froh über ihr Tagewerk. Dann verfinsterte sich die Stimmung. Nun kam das Gespräch auf weihnachtliche Beziehungsprobleme, winterliche Krankheiten und den spirituellen Zustand der Welt.

«Der Himmel wird sich verändern», verkündete Mareike und schaute erwartungsvoll in die Runde. «Aber habt keine Angst!» Sie riss die Augen auf. «Wir werden alle überleben. Es ist nur wichtig, dass wir uns selbst liebhaben», sagte sie voller Inbrunst. «Ich habe mich sehr lieb», ergänzte sie, umarmte sich und schluchzte kurz auf. Die Damen taten es ihr gleich. Ich ruckelte an meinem Brillengestell.

In den folgenden Tagen arbeitete jede für sich an ihrem Stein. Abends räumten wir gemeinsam auf, schlossen die

Schirme und säuberten die Arbeitsplätze. Immer wieder quietschte Mareike vor Freude, wenn sie der werdenden Skulptur eines Engels eine batteriebetriebene Lichterkette umhängte und uns alle damit der Erleuchtung näher brachte.

Am 22. Dezember schaute ich morgens aus dem Fenster und dachte an das Gespräch im Grotto. Wahrhaftig, der Himmel hatte sich verändert. Die Landschaft auch. Sie hatte sich in ein Wintergemälde verwandelt. Mein Arbeitsplatz, mein Schirm, mein Stein – alles war tief verschneit. Auf den beiden fast runden Formen, die ich mittlerweile aus dem Stein herausgearbeitet hatte, lagen zwei Hauben aus Schnee.

Und plötzlich sah ich eine Skulptur in dem Stein: zwei sich in den Armen liegende Menschen! Ich war wie vom Donner gerührt, starrte auf die verschneiten Berge, dann wieder auf den Stein. Der Eindruck blieb. Zwei Figuren, die sich umarmen. Aufgeregt rief ich Jürgen an.

«Was ist passiert?», fragte er, ohne Hallo zu sagen. Ich erzählte vom Wintereinbruch und von meiner im Schnee erschienenen Skulptur. Er schien beeindruckt.

Den ganzen Tag über machte ich Fotos während der Arbeit. Jürgen textete ich fast stündlich und berichtete von meinem Fortschritt. Abends rief ich ihn noch einmal an.

«Hast du mich eigentlich vermisst?», fragte ich ihn.

«Heute nicht», bemerkte er trocken. «Du hast mir zwanzig Nachrichten geschickt und sechzehn Fotos!»

Aber auch er vermochte tatsächlich zwei Körper zu sehen. Und man konnte ahnen, dass sie einander umarmten!

Ich war gerührt. Plötzlich vermisste ich ihn sehr. Und

vielleicht vermisste ich auch ein bisschen unser gemeinsames Weihnachtsfest. Mit Baum im Wohnzimmer.

An diesem Abend genoss ich mit den anderen das italienische Essen im Restaurant einen Ort weiter. Die Tontauben parlierten über den nahenden Heiligabend. Plötzlich quietschte es: «Weiße Weihnachten! Wollen wir nicht alle zusammen feiern? Wir kaufen uns kleine Geschenke, wir wichteln und kochen, und dann essen wir zusammen. Wir kaufen noch ein bisschen Deko und einen Baum, dann spielen wir gemeinsam und singen. Hat jemand eine Gitarre mit?»

Jetzt quietschten auch die anderen. Wichteln und singen mit Mareike? Bei dem Gedanken verstärkte sich das Gepiepe in meinen Ohren. Etwa doch kein Weihnachten der inneren Ruhe, ohne Geschenke und Gedöns? Die rettende Idee kam ganz schnell: Ich würde Heiligabend morgens wieder nach Hamburg fahren. Am Abend würde ich Jürgen mit meiner Rückkehr überraschen. Und dann würden wir zu Hause feiern. Wir beide zusammen.

Am folgenden Tag verkündete ich, dass ich an der geplanten Weihnachtsfeier nicht teilnehmen würde. «Ich habe beschlossen, mit meinem Mann zu feiern. Die Skulptur lasse ich hier, und beim nächsten Kurs im Frühling stelle ich sie fertig!»

Zumindest für Letzteres erntete ich Verständnis. Jürgen verriet ich nichts, ließ mir nur bestätigen, dass er zu Hause sein würde.

Am frühen Morgen des Heiligen Abends, in vollkommener Dunkelheit, rollte ich von Toccia talwärts. Vierzehn Stunden später stand ich in Hamburg vor unserer Haustür. Drinnen brannte kein Licht. Ich steckte den Schlüssel ins Schloss. Es war zweimal abgeschlossen. Ich öffnete die Tür.

«Jürgen?», rief ich in die Dunkelheit. Keine Antwort.

Ich kramte mein Handy aus der Handtasche und rief ihn an.

Er meldete sich und klang abgekämpft.

«Wo bist du?», fragte ich mit wackeliger Stimme.

«Gleich bei dir, in Toccia.»

Joachim Mischke

Stirb langsam

Och nö. Zwei Striche. Direkt vor meiner plötzlich wie wild laufenden Nase. Und das pünktlich zu Weihnachten. Der zweite Strich war nur sehr blass. Mit einem kleinen bisschen Ignoranz hätte ich mir mühelos einreden können: Nee, nee, nee! Das ist nur das schlechte Licht! Und das Brauchbarkeitsdatum bei diesem ollen Test ist eh längst überschritten. Das Ziehen in meinem Hals, das sind normale Halsschmerzen. Und die Trommelwirbel hinter der Schädeldecke, die deuten lediglich auf Wetterwechsel. Corona ist doch so was von over.

Es war der Abend des 23. Dezember, mein dritter Urlaubstag. Eigentlich hatte gerade so ganz sanft ein erstes kleines Gefühl der Erholung eingesetzt. Ganz allein auf Sylt, in einem der nervensägenarmen Örtchen der Insel. Das war der Plan gewesen. Aber ganz und gar ausgesperrt aus allen Fischbrötchenbuden und Apfelkuchen-Cafés wollte ich nun auch nicht werden.

Vor meinem geistigen Auge formten sich unerfreuliche Szenen: Ich, verzweifelt an einem letzten Brotkanten herumkauend, den letzten Joghurtbecher auskratzend, zu schlapp zum Einkaufen. Harte Quarantäne war die Drohung. Da wollte ich strikt mit mir sein, in einem Apartment, das ich seit Jahren immer wieder buchte und deswegen auswendig kannte, dessen Tagespreis allerdings alles andere als ein Schnäppchen war. Das Besitzer-Ehepaar der reetgedeckten Anlage hatte ich vor langer, langer

Zeit zum letzten Mal hinterm Tresen getroffen. Sie hatten den Gast tiefenentspannt angelächelt und Bilder von ihrem Golden Retriever und von Pazifikwellen gezeigt. Verzogen nach Kalifornien, hieß es seitdem, zum Privatisieren. Im nächsten Leben würde ich gern als Erbe komplett abbezahlter Hotels auf Sylt wiedergeboren werden.

Aber jetzt: zwei gottverdammte Striche, direkt untereinander. Zum ersten Mal überhaupt Corona, nach all den Pandemie-Jahren und mit fünf Impfungen intus. Und trotz Vorstellung, ich sei endgültig durch mit dem Thema, durch Willenskraft, regelmäßiges Joggen und selbst gepressten Orangensaft. Schöne Bescherung. Und dazu schüttete es, badewannenweise, und stürmte. Größere Äste wurden senkrecht am Fenster vorbeigeweht. Wind ist erst, wenn die Schafe keine Locken mehr haben, hatte meine Oma gesagt, die kam aus Nordfriesland. Das hier war Wind.

Ich hätte mein Pech kommen sehen können. Die Fahrt in diesen familienfreien Kurzurlaub hatte bereits herausfordernd begonnen. In die rumpelige, speziell riechende Bummelbahn stieg ich noch so frühzeitig, dass ich eine der begehrten Vierer-Sitzgruppen belegen konnte. Die Tageszeitungen souverän ausgebreitet, einige Magazine dazu. Meins, alles meins. Wenigstens bis Westerland. Die Thermoskanne unübersehbar platziert, daneben die gut gefüllte Brötchentüte. Und die Obstschale. Und die Keksrolle. Die Steckdose musste mit meinem Ladestecker dauerbelegt werden. Zur Abrundung noch das iPad, das mit genügend Netflix-Portionen für einen Interkontinentalflug betankt war. Fertig war die Komfortzone.

Nur hatte ich die Rechnung ohne das Dutzend lebensfroher Rekruten gemacht, die kurz vor der Abfahrt aus

Elmshorn in den Waggon polterten. Alle anderen Abteile hatten sich inzwischen konsequent gefüllt. Mit Schülern und Pendlern, mit Kurzzeiturlaubern, mit Handwerkern plus Werkzeugkästen, die von Drittvilla-Besitzern nach Kampen bestellt worden waren, wo sie die unterirdische Garage für die mit Klavierlack beschichteten Porsche Cayennes mit handgefertigten Jahrgangsfliesen aus Portugal tapezieren sollten, rechtzeitig zum Fest. Diese Handwerker waren bei ihren Sylt-Fahrten immer enorm entspannt angesichts der Höhe der Aufschläge, die sie fürs Braten solcher Extrawürste auf die Rechnung schreiben durften.

Ein voller Zug also. Und volle Soldaten. Sie trugen Weihnachtsmannmützen zur Uniform. Zwei festliche Leidenschaften waren erkennbar: Die eine war Dosenbier von der mitgebrachten Palette. Profis kennen den Trick, um sich das Zeug noch schneller einzutrichtern. Kräftig schütteln, dann mit einem Kugelschreiber im unteren Teil ein Loch bohren und gleichzeitig den Nippel oben öffnen. Geht nur ein Teil dieser Druckbetankung schief, dann: Bierdusche. Bedauernswert, wer Zeitungen und iPad nicht schnell genug aus der gischtenden Flugbahn entfernt hat. Die sanftmütigen Ermahnungen des Zugbegleiters, das Feiern ein klitzekleines bisschen herunterzufahren, zeigten keinen Erfolg. Der Mann murmelte noch etwas von Schichtwechsel und Feierabend in seinen gezwirbelten Bart und ward nicht mehr gesehen.

Die andere Leidenschaft der weihnachtsfrohen Jungmänner: Karussellbremser-Schlager. Das ist die Kategorie Weihnachtsmusik, die erst nach drei Eimern Sangria auf nüchternen Magen richtig festlich stimmt. Bis Husum wurde ich durch einige der größten Ballermann-Hits des letzten Jahrzehnts geschleift: «Ich sauf' den ganzen Tag»,

«Kann ich so nicht sagen, müsst' ich nackt sehen» und «Kopfweh». Bis dahin unbekannt gewesen – nun nicht mehr – waren mir Perlen wie «Freitag Samstag dicht», «Bierbike» und «Ich schieß mich weg».

Einige Choristen halfen ihrer Stimmgewalt mit dem Leeren von Kräuterschnaps-Fläschchen nach. Der Bierdosen-Trick wurde mit jeder Runde weniger gut beherrschbar. Als der Zug die Brücke über den Nord-Ostsee-Kanal passierte, hatte die Dusche auch meine letzte trockene Zeitung erwischt.

Gefühlt erst nach Heiligabend, real aber schon nach drei Stunden, verließen die Feierbiester, randvoll abgefüllt und selig ihre Weihnachtsmannmützen schwenkend, in Husum den Zug. Einer von ihnen, ein Muskelpaket mit Boombox unterm Arm und besonders festlichem Musikgeschmack, wandte sich beim Raustaumeln noch einmal um und nieste feucht: «Schulligung.» Die letzte unangebrochene Palette – «Froeweihnachdnleude!» – blieb als Geschenk im Gang stehen.

Ein Aufatmen ging durch das geschundene Abteil. Gegen den Brauereigeruch half beidseitiges Fensteröffnen. Das hochfrequente Ohrenklingeln durch die Playlist erwies sich als hartnäckiger. An den Bierdosen hatte niemand im Waggon Interesse. Endlich Ruhe. Nur das Pfeifen des winterlichen Westwinds durch die offenen Zugfenster, die Durchsagen in astreinem Friesisch und hin und wieder ein halblautes Husten aus einer Sitzreihe untermalten jetzt dieses Nahverkehrs-Idyll.

Fest der Versöhnung, dachte ich. Also alles halb so wild. Und wir sind gleich da. Dann aber öffnete sich die Zugtür und eines der grausamsten Geräusche, zu denen sehr junge Menschen fähig sind, schwappte ins Innere: Blockflöten. Viele Blockflöten gleichzeitig. Nicht zusammen spielend. Vielmehr lädierten sie, jede in ihrer eigenen Tonart, das unschuldige «Ihr Kinderlein kommet». Zwölf kleine Racker, in skioverallartige Polyesterbeutel gesteckt, mit neongelben Leuchtwesten ummantelt. Jeder von ihnen hatte eine Blockflöte in den Händen. Wäre das alles unter freiem Himmel passiert, der Schaden wäre weniger dramatisch gewesen. Da verpufft vieles einfach und wird vom Wind verweht. Aber in einem engen, niedrigen, voll besetzten Nahverkehrszug? Da hört man jeden Ton ganz genau, von Anfang bis Ende. Und genauso deutlich alles, was weit entfernt ist vom Aggregatzustand «Ton». Dur oder Moll? Dreiviertel- oder Neunachteltakt?

Die zwölf wurden von zwei Erzieherinnen und einem Erzieher begleitet. Auch die trugen Warnwesten, selbst gestrickte Mützen und Schals. Auf allen Warnwesten stand *Die Wattwürmer-Kita Husum*, lustig umkringelt von ebenjenem Wappentier. Diese Quengelgruppe war unterwegs auf einem letzten großen Ausflug vom Festland rüber nach Sylt, Touristen auf der Promenade um eine Weihnachtsspende anquäkend, bevor es in die Ferien ging. Aus den Ärmeln des Erziehers hingen zwei dicke Wollfäden, an denen unförmige Fausthandschuhe baumelten, der linke in entzündetem Rosa, der rechte in giftigem Grün. Die drei Verzieher lächelten uns erschrockene Bestands-Fahrgäste derart glücklich an, als handele es sich bei ihrer Gruppe um den Heiland und seine zwölf Jungapostel.

Die Erklärung für ihr entspanntes Lächeln wurde unter ihren Wollmützen sichtbar: kleine gelbe Ohrstöpsel, tief in die Gehörgänge geschoben. Keine Flötenattacke konnte da durchdringen. Die drei erzogen auf Sicht. Solange keiner der Kleinen blutete oder kopfüber aus dem Zug zu springen beabsichtigte, war für sie alles in Ordnung. Der Rest war Erlebnispädagogik.

Westerland! Gott sei Dank. Wir alle waren kurz davor, den Boden des Bahnsteigs zu küssen. «Aussteigen, Kinder! Alle raus! Schön in Zweierreihe hinter mir! Wir steigen hier aus!» Das Erzieher-Trio hatte die Ohrenpfropfen erst entfernt, als auch die letzte Blockflöte in den bunten Rucksäckchen verschwunden war. «Laura Joy Elise, lass Heinz Montana in Ruhe!» Keine Reaktion. Aber ein Kind weiter eskalierte die Situation. «Max Marie, nein! Die Kapuze bleibt oben! Draußen ist Winter!»

Zwölf kleine Engel rannten los, drei Erwachsene rannten hinterher. Westerland. Weihnachten. Was konnte jetzt noch schiefgehen? Die Antwort bekam ich vom Schicksal, als ich unter der Überdachung auf die Taxi-Spur zuging. Es regnete. Nein. Das Wasser stürzte vom Himmel, von Sturmböen hin und her geschleudert, so heftig, dass schon nach dem kurzen Weg zum nächsten freien Taxi alles durchnässt war. Mein rechter Fuß stieß gegen etwas. Eine rackerlose Blockflöte. Sie wurde von den Regenmassen gleich weitergespült, auf die Fahrspur, und dort von einem massiven SUV-Reifen überrollt. Der Regen war zu laut, um das kurze Splittern des Holzes hören zu können.

Wie überaus schade, dachte ich. Der Taxifahrer vor mir, mit seinem leicht verbeulten Kombi vorn in der Warteschleife, hatte die Szene beobachtet und gab den klassischsten aller Sylter Allzwecklaute von sich: «Jo.» Was, ins Hochdeutsche übersetzt, in etwa heißt: «Der Anblick hat mir gut gefallen. Sie müssen wissen: Als ich klein war, hat man mir das Blockflötenspiel aufgezwungen. Immer, wenn ich mit meinen Freunden Fußball spielen wollte, hat meine Mutter mich zur Flöte genötigt. Geben Sie mir ruhig schon mal das Gepäck und machen Sie es sich auf der Rückbank bequem. Wo soll's denn hingehen, der Herr?» Ende der Simultanübersetzung.

«Rantum, Haus Freibeuter», sagte ich und begann ein Gespräch: «Büschn nass und windig heute.» – «Jo.» Mehr kam dann nicht von vorn.

Der erste Abend verlief eher unspannend. Auspacken bei prasselndem Regen. Einschlafen bei prasselndem Regen. Den Morgen begann ich mit einer Joggingrunde auf der Stammstrecke, durch die Siedlung zu den Dünen und zurück. Es war eine Art Schwimmen mit Turnschuhen. Zum Aufwärmen und Trocknen kurz in die Sauna in einem der Nebenhäuser. In der Abkühlabteilung gab es eine Vorrichtung, die Kunstschnee produzierte. Mein einziger Schnee auf Sylt, das war schon mal klar. Bei einer Runde durch den Ort war die Teilzeit-Belegschaft zu besichtigen, die sich um jedes Klischee bemühte. Mattschwarze Familienlimousinen von Porsche, Mercedes oder BMW, unwesentlich kleiner als ein Panzer und wahrscheinlich genauso schwer. Hunde fanden nur in zwei Größen statt. Entweder klein und hysterisch, in Türstopper-Größe und in Burberry-Schutzwesten gewickelt. Oder als sabbernde Kälber, die mit majestätischer Gelassenheit ihre Besitzer an der Leine führten.

Alle wollten die letzte Gelegenheit nutzen, sich für die Feiertage einzudecken. Aparte Szenen spielten sich mit dieser vergoldeten Schicht ab, sobald sie den inselweit bekannten Delikatessmarkt betraten, den einzigen Laden weit und breit, in dem ihresgleichen halbwegs standesgemäß einkaufen konnte. Standesgemäß hieß: Es durfte gern sehr viel mehr sein auf dem Preisschild. Was günstig ist, kann nichts taugen. Bei den Preisen für Obst und

Gemüse tränten mir die Augen. An der Käsetheke wären Rohmilchgourmets sofort selig seufzend als Untermieter eingezogen. Beim Fleischtresen standen Männer mit Einkaufstaschen von Dior Schlange vor den Wagyu-Steaks aus Japan, von Rindern, die auf sonnigen Wiesen von zertifizierten Fachmasseuren artgerecht zu Tode gestreichelt worden waren. Die Gattinnen trieben das Verkaufspersonal mit Fragen zur molekularen Zusammensetzung der Brotaufstriche in den Wahnsinn. Nebenan kicherten ihre Teenager-Kinder in Turnschuhen von Chanel beim Verkosten von Mineralwasser aus Neuseeland. Und ein Regal weiter war der nächste Boxenstopp fällig, bei den Limited-Edition-Wodkabehältern aus Kristallglas mit vierstelligen Preisen, die noch mächtiger waren als die Drei-Liter-Doppelmagnum-Flaschen im Champagnerregal.

Auf dem Festland, in meiner Alltagswelt, hätte ich bei solchen Sozialstudien das Lästern nicht unterdrücken können. Aber hier galten andere Regeln. Und ich war im Urlaub. Sollten sie doch. Man muss auch gönnen können. Obwohl ...

Na ja, okay. Weihnachten. Ich überließ die Zahnärzte, Immobilienmaklerinnen und Notare ihren Vorstellungen von Weihnachtseinkauf und spazierte drei Häuser weiter in das auf der Insel weltberühmte Spezialcafé mit angeschlossener Schokoladenherstellung. Alles, was man aus Schokolade nachbilden konnte, lag hier in der Auslage, umgeben von Regalen voller feiner Tafeln. An einem der Stehtische köpfte ein kleiner Junge mit konzentrierter Miene einen Marzipanengel, um ihm anschließend erst den rechten, dann den linken Zuckergussflügel zu amputieren. Ich begnügte mich mit einer Tafel meiner Lieblingssorte und holte mir am nächsten Stand ein Fischbrötchen auf die Faust. Der Spaßvogel am Tresen, der aussah wie ein Taxi-Fiete-Klon und auch so klang, hatte das Brötchen mit Lametta garniert. Durch den Sturzbachregen zurück zu meinem Apartmenthaus.

Auf der Treppe merkte ich, wie mir auf einmal ganz anders wurde, erst heiß, dann kalt. Dann ganz anders. So fing das also an mit mir und mit dem zweiten Strich im Sichtfeld.

Es folgte der erste von vielen langen, hartnäckigen, lautstarken Hustenanfällen. Die erste Corona-Nacht war kurz. Und immer noch schüttete es auf die Insel herab. Bis zum Morgen war alles, was im Apartment auch nur entfernte Ähnlichkeit mit Taschentüchern hatte, der unermüdlichen Schleimproduktion zum Opfer gefallen.

Es half nichts, ich musste noch mal raus. Nachschub organisieren, irgendwo, irgendwie. Als ich die Apartmenttür öffnete, stand davor ein Präsentkorb. Viele Taschentücher, Orangen, Tütensuppen, ein Brot, etwas Käse, Tee und eine Tafel Schokolade aus dem Spezialcafé. Dazu eine Notiz auf *Haus Freibeuter*-Papier. «Gute Besserung und schöne Weihnachten! Ihre Nachbarn!» Gerührt schnappte ich mir zuerst eines der Taschentuchpäckchen und dann den Korb.

Gleich begann der Marathon mit John McClane im Fernsehen. Der hatte es ja auch nicht leicht gehabt. Ich konnte mich nicht erinnern, diese Idee auf den Wunschzettel geschrieben zu haben: *Stirb langsam*. Aber hatten nicht die singenden Rekruten das leise Verlangen nach einem baldigen Ende geweckt? Und hatten die quietschenden Kinder es nicht zielsicher verstärkt? Und die Sturzbäche. Und der maulfaule Taxifahrer. Die Wagyu-Schnösel. Das Testergebnis. Der endlose Regen. Ja. Willkommen,

John McClane. Da sind wir wieder, allein gegen die große Weihnachtsschweinebacke der Welt. Machen wir uns erst mal eine Tütensuppe warm.

Pia Faller

Die Nase in der Yuccapalme

Die beiden Mädchen im Kindergartenalter, offenbar Zwillinge, staunen mit offenem Mund und je einer Zahnlücke. Denn kein gewöhnlicher Weihnachtsmann ist hereingekommen, sondern ein Weihnachtsclown! Das Gesicht weiß grundiert, der Mund über die Wangen vergrößert, die Lippen kirschrot wie die Gumminase, die Augen blau umrahmt bis hoch über die Brauen. Unter den Lidern blinkt ein silberner Punkt wie eine Träne.

Die Pluderhose ist viel zu groß, die flickenreiche Jacke zu eng. Schon beim Hereinkommen bin ich ausführlich über die ausladenden Zirkusschuhe gestolpert. Und als ich mir ein Klammeräffchen an den Rücken klemmen wollte, bin ich dreimal verwirrt um mich selbst gekreiselt. Eines der Mädchen ist dabei aufgeregt vom Stuhl gehüpft, vielleicht um zu helfen; das andere kichert scheu.

Nanu!, wundere ich mich jetzt tonlos, denn Clowns reden nicht. Pantomime ist ihre Sprache. Also: Wie zwergenhaft ist denn dieser Tannenbaum? Nase voran, bestaune ich mit übertriebener Ratlosigkeit das Bäumchen, das in einem Kübel aus bruchfestem Kunststoff steht.

Platz für eine wuchtige Tanne wäre in diesem Wohnzimmer allerdings nicht. Das karierte Sofa und der Esstisch mit den vier Stühlen füllen es bereits, ganz zu schweigen von der Schrankwand mit trüber Innenbeleuchtung. Der Schmuck dieser Wohnung sind die beiden Prinzessinnen in ihren Festtagskleidchen.

Gestenreich empöre ich mich über die Winzigkeit dieses Baumes, deute an, wie groß er eigentlich sein müsste, elefantengroß, fesselballongroß, über die Wohnung hinausragend, bis übers Dach! Ich rudere mit den Armen. Die Kinder lachen. Die Eltern lächeln wohlwollend.

Oje, und jetzt gehorchen meine Luftballons nicht mehr! Sie drohen mich glatt aus dem Fenster zu ziehen! Ich stolpere. Die Mädchen kreischen. Obendrein verheddere ich mich in den bunten Geschenkbändern, die sich wie Fesseln winden, wie Schlangen beinahe, ich kann sie nicht loswerden! Eines der Mädchen kommt zu Hilfe und zieht entschlossen. Ein Ruck, ein Riss. Ah, danke!

Ich zaubere ein bisschen: die verschwundene Münze, der tanzende Stab, die drei magischen Becher, das Hütchenspiel. Dann kann ich mich dem Geschenkesack widmen. Die Eltern ziehen ihn hinterm Sofa hervor. Ah, der ist für mich? Wie schön! Ich jubele lautlos und expressiv. Vielen, vielen Dank! Ich verneige mich, immer wieder, ganz gerührt von so viel Güte, so viel Großzügigkeit, und ziehe den Sack Richtung Tür.

Nein, nein!, quietschen die Mädchen. Ich halte erschrocken inne. Nein? Das ist für uns!, rufen sie. Ich öffne den Sack und schaue hinein. Da ist aber nichts! Soll ich etwa hineinkriechen? Das tue ich, so weit es geht. Aber, nein, wirklich, ich kann nichts finden! Schade, betone ich wortlos und gestenreich, sehr schade!, tut mir aufrichtig leid, darin ist rein gar nichts!

Doch, rufen die Mädchen, du musst suchen! Noch mehr suchen, ach, wirklich? Na, gut. Und, ah, wahrhaftig, ganz tief auf dem Grund, da sind tatsächlich Geschenke!

Und die überreiche ich nun. Ein Gedicht wird nicht aufgesagt, nicht mal die erste Zeile. Das verkürzt den Auftritt. Auch auf Gesang sind die beiden nicht eingestellt. Das ist mir recht. Ich hatte mich schon ein wenig verspätet, als ich zu Fuß in den sechsten Stock stapfen musste, in meinen unpraktischen, roten Clownsschuhen. Der Fahrstuhl funktionierte nicht in diesem sechzig Jahre alten Bau, der sein Überleben einer städtebaulichen Erhaltungsverordnung verdankt. Auf dem würdigen Laubengang habe ich dann auch nicht gleich zur richtigen Wohnung gefunden, angesichts der schwer entzifferbaren Klingelschilder neben den Türen.

Aber nun, da das Geschenkpapier unter Jubel zerfetzt wird, ziehe ich davon, zufrieden mit einer Tüte Gebäck und fünf Euro Trinkgeld. Für den Auftritt wird die Agentur mir neunzig Euro überweisen – von den hundertzwanzig, die die Familie bezahlt hat. Das müsste auch anders gehen. Aber für die Selbstständigkeit bin ich noch nicht firm genug. Meine rote Nase hat lange ungenutzt in der Yuccapalme gehangen.

Natürlich habe ich den Clown schon häufig gegeben, nur nie zu Weihnachten. Zuerst hatte ich ohne Verkleidung Erfolg, in der Schulklasse aus der hintersten Reihe. Später auf Partys von Freunden. Da hat mir die Pantomime schon Spaß gemacht: das Laufen gegen imaginäre Wände, das lebensgefährliche Balancieren auf einem Seil, das auf dem Fußboden liegt. Eine Urkunde habe ich in der Studienzeit auch noch erworben, auf einem Clownsseminar, um dann zertifiziert auf Partys aufzutreten, an Geburtstagen und bei Hochzeiten, einmal sogar bei einer Scheidungszeremonie.

Ein Clown darf alles, ein Clown ist egoistisch. Das habe ich mit Vergnügen gelernt. Ein Clown schüttelt seinem Gegenüber so heftig die Hände, dass das Sektglas überschwappt oder das Haarteil verrutscht, und lacht herzlos darüber. Ein Clown hat kein Mitgefühl. Na ja, vielleicht jetzt ausnahmsweise, aber auch nur ein bisschen, zu Weihnachten.

Dieser erste Auftritt am 23. Dezember ist gut gelaufen. Die Bescherung haben die Eltern vorgezogen, weil die Familie sich am folgenden Tag zu am anderen Ende der Republik lebenden Großeltern aufmachen muss. Am Heiligen Abend soll ich in einem der höher gelegenen Gründerzeitviertel auftreten, vor sechs Personen, einer intakten Familie, wie Ines von der Agentur schnippisch vermutet. In meinem Köfferchen trage ich die Zauberutensilien, die magischen Schmetterlinge, die Jongliertücher, das Diabolospiel.

In dem behutsam restaurierten Jugendstilhaus funktioniert der Fahrstuhl. Es geht hoch hinauf, in eine Penthousewohnung, die dem alten Bau aufgenötigt worden ist. Niemand anderes wohnt auf dieser Etage. Das Apartment ist hell und weiträumig. Es verfügt über Fenster nach allen Seiten. Der Blick über die Stadt ist spektakulär. Sie glitzert und leuchtet, die Lichter der Autos strömen, und alles ist still.

«Unsere Eltern haben gerade versucht, die Tannenbäume zu zählen, die man von hier aus sehen kann», sagt der Mann, der mich hereingeführt hat, ein selbstbewusster Mittfünfziger in hellgrauem Anzug. «Bei hundert haben wir aufgehört», sagt seine Frau, die zurückhaltend elegant auftritt. Ich komme mir vor, als sei ich als Hofnarr engagiert. Aber es kommt anders.

Der Mann senkt die Stimme: «Sie sind unterrichtet?» Wie bitte? Unterrichtet in was? Er spürt meine Ratlosigkeit. «Hat man Ihnen nichts gesagt?», forscht er. Nein, nichts Spezielles. Ich sehe nur, dass keine Kinder mich hier erwarten, sondern außer seiner Frau noch zwei betagte Ehepaare. In Feiertagskleidung sitzen sie etwas steif in ihren Sesseln. Der eine Mann haarlos, der andere weiß gelockt, die beiden Frauen mit Sorgfalt getönt. Sie wissen offensichtlich nicht, was sie von mir halten sollen. Und ich weiß es nicht von ihnen.

«Das sind unsere Eltern», sagt der Mann und nennt die Vornamen, die ich mir einzuprägen versuche. Seine Frau nickt mir zu. Die Stimmung ist nicht gerade ausgelassen.

«Dort können Sie sich umziehen!» Der Mann zieht mich am Ärmel in den Flur und weist in ein Gästezimmer. «Hat denn Ihre Agentur nichts gesagt?» Hat sie nicht. Er erklärt, was ich gern früher gewusst hätte. Ines hat einfach nicht in ihre Datei geschaut. Alle vier Anwesenden sind desorientiert, vergesslich, verwirrt. «In unterschiedlichem Ausmaß, aber alle sind tüdelig. Deshalb haben wir Sie gebucht. Als clowneske Weihnachtsfrau. Also spulen Sie ruhig Ihr Kinderprogramm ab.»

Kinderprogramm. Abspulen. Das trifft nicht ganz meine Auffassung von komödiantischer Kunst. Aber natürlich korrigiere ich ihn nicht. Es ist Weihnachten. Und ich bin Clown. Und ich trete jetzt auf, großspurig mit meinen luftigen Pluderhosen, mit der kneifenden Jacke, den stolperfreundlichen Schuhen und mit der kirschroten Nase. Dieser Nase vertraue ich mich an. Sie führt. Der Clown folgt stets seiner Nase. Und hier führt sie mich erst einmal um den Baum herum, zum zweiten Mal, dreimal, zum Aufwärmen und so, als suchte ich verwirrt nach einem Sinn, und dann komme ich in der Mitte vor den vier würdigen Alten zu stehen.

Achtung! Hergeschaut! Ein Blumenstrauß erblüht aus

meinem Ärmel. Ah!, macht die eine Betagte. Die andere fällt ein. Und hier! Fünf farbige Tücher ziehe ich aus dem anderen Ärmel. Mit pathetischer Gebärde werfe ich sie in die Luft. Dann beginne ich mit dem Jonglieren. Schön, höre ich von einer der Damen. Ja, sagt die andere und lächelt. Ein Herr räuspert sich. Sein Nachbar bleibt stumm. Oh!, rufe ich, denn ausgerechnet im Sessel dieses Stummen habe ich etwas entdeckt: einen kleinen Frotteeball in Gelb, Grün, Rot, Blau, wie ihn Babys schon hingebungsvoll beschmusen. Weil er sich gut quetschen lässt, habe ich ihn im Ärmel verborgen. Den Mann beeindruckt das nicht.

Nun pflücke ich einen Weihnachtsanhänger vom Tannenbaum und hänge ihn mir übers Ohr. Er sticht ein bisschen, aber die Ladys lachen. Dies ist eine Bühne. Ich kann den Tannenbaum umrunden, weil er genau in der Zimmermitte steht, kann also verschwinden und wieder auftauchen. Ein Clown ist selbst immer völlig überrascht über solche Möglichkeiten. Er umkreist den Baum und sieht sich selbst verschwinden: Nanu, war er da eben noch, oder war ich das? Wenn jemand hier desorientiert ist, dann als Erstes der Weihnachtsclown.

Aber jetzt kommt das Seil aus meinem Koffer. Ich lege es aufs Parkett. Ja, jetzt wird es gefährlich. Ich beginne zu balancieren. Oha! Fast falle ich herunter, im Kampf mit dem Gleichgewicht kicke ich in die Luft und rudere mit den Armen. Die vier gehen mit, oder zumindest drei reagieren tatsächlich wie Kinder. Oder wie Leute, denen Gleichgewichtsstörungen vertraut sind. Sie suchen mit mir, was ich nicht finden kann, und freuen sich über Geschenke, die ich absichtlich verwechsele. Und auch ein stummer Clown macht mal eine Ausnahme. Wir singen

Weihnachtslieder. «Aber immer nur die erste Strophe!», kündige ich an. Die kann jeder.

Das Ehepaar, das diese Vorführung bestellt hat, hockt auf einem Sofa im Hintergrund, staunt und zieht die Stirn kraus und lächelt allmählich immer mehr. Der Ausgang dieses Abenteuers ist den beiden so ungewiss gewesen wie mir. Und nun ist es ein heiterer Ausgang. Mit Schleifen um den Hals und Plastikblumen im Haar verlasse ich die mittlerweile rotwangige Gesellschaft nach einer Stunde.

Erst auf dem Weg nach unten beschleichen mich Zweifel. Was habe ich hier eigentlich erlebt? Angeblich sind die beiden greisen Elternpaare für diesen Abend aus ihren Residenzen geholt worden. Mit keinem der vier habe ich gesprochen. Clowns sind nun mal stumm. Und die vier waren es auch. Aber gesungen haben wir. Und das hat fehlerlos funktioniert. Sind die Eltern tatsächlich im Gleichschritt in die totale Vergesslichkeit gerutscht? Oder war der eine, der unbewegt dasaß, einfach nur ruhiggestellt? War mein Auftritt womöglich angesetzt, um die Stimmung ins Schwerelose zu heben und dann ein großzügiges Testament abzeichnen zu lassen? Eine Eigentumsübertragung? War ich zum unwissenden Teil eines Betruges geworden?

Nein. Und Mitgefühl gehört sowieso nicht zu den Eigenschaften von Clowns. Detektivarbeit ebenfalls nicht. Obwohl ... In diesem Moment leuchtet auf dem Display eine Message der Agentur auf. Ob ich mir vorstellen könne, am 25. Dezember noch eine Familie zu bespaßen. Am Vormittag. Am Vormittag? Der Vater sei Engländer. Ach, richtig, Engländer legen am Heiligen Abend zwar die Geschenke unter den Baum, aber ausgepackt werden sie erst am folgenden Morgen. Gut. Romantisch ist das nicht, aber harmlos. Drei Kinder sind dabei – drei, fünf und elf Jahre alt.

Die Villa, vor der ich an einem dunkelgrauen Vormittag um zehn Uhr stehe, kommt mir ein bisschen zu groß vor. Ich steige eine Freitreppe empor, zwei Heliumballons in der Hand. Ein Gentleman – hoffe ich jedenfalls – öffnet die Tür. Schwarzer Anzug mit Weste und weißem Stehkragenhemd. Er mustert mich wohlwollend kritisch. Die Lady im Etuikleid wirkt auch ein wenig kühl. Tapfer und gefasst folge ich den beiden, unsicher, ob dies hier ebenso gelingen kann wie die anderen Auftritte. Es ist die falsche Tageszeit. Und die Räume sind einschüchternd. Allerdings, besinne ich mich: Doch nicht für einen dummen Clown! Der ist froh, wenn er – rote Nase voran – so einen Saal umständlich erkunden kann. Zwillingsstehlampen, ah, auf chinesischem Porzellanlampenfuß, oh, und edle Glaskunst auf hölzernen Stelen. Oha. Ich bin schon mal drin in meiner Rolle, zum Aufwärmen, und berieche und bestaune alles und wundere mich und bin närrisch beglückt.

Der Lichterbaum, geschätzte zweieinhalb Meter hoch, steht vor der bodentiefen Fensterfassade und prunkt mit nostalgischen Kugeln, mit Fähnchen des Empire und Dekoanhängern, die ich noch nie gesehen habe: Modelle von roten Doppeldeckerbussen und schwarzen Cabs und den Big-Ben-Glocken. Oder sind das umgewandelte Kühlschrankmagneten? Jedenfalls Respekt!

Von der Seitenwand wirft ein nach drei Seiten offener Kamin sein golden waberndes Licht ins Zimmer. Fünf übergroße rote Socken hängen vom Sims. Von der gegenüberliegenden Wand aus überwachen zwei dunkle Porträts strenger Vorfahren den Raum. Der Clown verneigt sich vor ihnen und grüßt militärisch.

Maureen und Matthew heißen die beiden Kleinen, die auf dem Sofarand sitzen und kichern. Der elfjährige Aaron hält sich bereits für erwachsen. Er lümmelt abseits auf einem Zweisitzer und gibt sich so blasiert wie möglich. Ihn wird nichts erschüttern.

Zu dem ätherischen Weihnachtsjazz aus unsichtbaren Wandlautsprechern beginne ich mit der Jonglage. Verzückt blicke ich den farbigen Tüchern nach. Sie imponieren dem Clown, aber niemandem sonst. Bei einem Ausfallschritt Richtung Sofa schnappt Aaron mir das rote Tuch weg. Er bindet es sich um den Kopf wie ein Bandana. Das steht ihm sogar. Ich applaudiere, als sei das genau so mit ihm verabredet, und verneige mich vor ihm. Die Kleinen lachen und prusten los. Aaron will seine Überlegenheit aufrechterhalten: «Kinderkram.» Maureen und Matthew verstummen unsicher. Die Eltern, leger an den Kamin gelehnt, sehen einander kurz an, wissen nicht genau, was sie von alldem halten sollen, und schlürfen Sekt.

Ein Clown darf alles. Ein Clown ist nicht manipulierbar. Ich konzentriere mich auf die beiden Kleinen, die von den Tricks überrascht sind. Ich zaubere Plastikblumen aus ihren eigenen Kleidern. Ich lasse eine große Spinne aus den Kissen des Sofas krabbeln und sogar springen. Hui! Sie kreischen. Keine Sorge: Ich selbst erschrecke maßlos, als eine Wolfshandpuppe sich langsam aus meinem Köfferchen erhebt. Sie lachen. Die Eltern prosten mir zu.

Ich bitte Matthew pantomimisch um einen Stuhl und setze mich prompt daneben. Die beiden lachen begeistert. Aaron bewirft mich mit Jelly Beans. Ah! Ich schnappe danach und bedanke mich übermäßig. Ich rolle mich unter den Glastisch und wundere mich, wieso meine Hand, die ich auf die Glasplatte gelegt habe, nicht zu mir gehört. Ich kugele über den Fußboden und gerate unter den Tannenbaum. Der wird doch nicht etwa umfallen? Das nicht, aber eine Figur aus Glas stürzt herunter und zerbricht klirrend. Was war das denn? Ein Abbild von Megan Markle? Aaron bekommt einen Lachkoller.

Die beiden mit Helium gefüllten Luftballons, die heute zum Repertoire gehören, habe ich beim Hereinkommen an das Kaminbesteck geklemmt. Einen dritten, gewöhnlichen Ballon versuche ich jetzt unter Mühen und grotesken Verrenkungen aufzublasen. Die Kleinen kugeln sich. Aaron tippt sich mit dem Finger an die Stirn. Ah da! Danke, Aaron! Ich halte den Ballon an meine Stirn. Aber komisch, da entweicht auch keine Luft! Ich bedaure. Aaron ist irritiert. Die Kleinen lachen. Die Eltern schenken sich ein. Die Heliumballons sollen mich nun wegziehen in Richtung Fenster und mich davonfliegen lassen. Ich hüpfe. Doch ganz unprofessionell entwischt mir dabei ein Ballon, er gerät in den Bannkreis des Baumes und platzt. Das Gas, zum Glück unbrennbar, bläst gleich drei Kerzen aus.

Und nun biegt sich Aaron und brüllt vor Lachen. Ich tue so, als sei alles exakt so beabsichtigt, und ringe verzweifelt die Hände. Die Eltern schauen einander an, wissen nicht genau, was Plan und was Zufall ist, und schenken sicherheitshalber noch einmal nach.

Jetzt sind die Socken dran. Sie sind gekennzeichnet mit A, zweimal M, L und J. Da die beiden Ms einmal mit rosa und einmal mit blauem Band bestickt sind, traue ich mich mal genderkonventionell zu kombinieren, welche wem gehört. Nun vergrabe ich meine Arme in den Socken und kann sie nicht mehr befreien, kann mich lange nicht entscheiden, wem ich welche Socke übergebe. Ich tue so, als würde ich die Geschenke behalten wollen. Die Kleinen springen an mir hoch. Ja, auch ein grauer Vormittag kann turbulent sein.

Aaron reißt mir seine Socke aus der Hand. Sein Vater weist ihn in einer Mischung aus Lallen und Zischeln zurecht. Das spielt keine Rolle mehr. Aaron ist mir auf einen Schuh getreten, und ich stolpere gefährlich. Das Rudern mit den Armen ist nicht gespielt, doch alle lachen. Ich plumpse um, pardauz, wie man das kennt von Clowns und wie ich es bisher vermieden habe. Ich falle gegen einen chinesischen Lampenfuß. Oje. Zahlt bei Clownereien die Haftpflichtversicherung? Die Agentur sicher nicht. Die kassiert nur. Der flauschige Berberteppich rettet die Lampe und mich. Die Lady kommt, geht in die Knie und versucht mir aufzuhelfen, wobei sie selber ausrutscht. Es war zu viel Sekt. Nun helfe ich ihr. Aaron grölt.

Das ist jetzt fast vollwertiger Zirkus. Gestisch und ganz unterwürfig bitte ich Aaron, auf dem Stuhl Platz zu nehmen. Mit blasierter Trägheit kommt er der Aufforderung nach. Und nun schlinge ich blitzschnell die Tücher um seine Füße und verknote sie mit den Stuhlbeinen. Und fordere die Kleinen auf, seine Hände zu fesseln. Sie machen begeistert mit, und Aaron lässt es geschehen. Ich klopfe ihm gönnerhaft auf die Schultern. Und lege ganz langsam den Stuhl um, so, dass er nicht fällt und dass Aaron doch wie eine Schildkröte auf dem Rücken zu liegen kommt und sich nicht befreien kann. Die Kleinen schreien vor Vergnügen. Die Eltern stoßen an.

Zeit für die Befreiung. Ich applaudiere, damit Aaron sich nicht gedemütigt, sondern als Stuntman fühlt. Der

Hausherr applaudiert ebenfalls, auch seine Frau – und dieses Klatschen ist zugleich das Zeichen, dass jeder seine Geschenke auspacken darf. Für mich sind keine dabei. Aber die Lady bietet mir Tee und Scones an. Wunderbar. Diese Auftritte machen hungrig. Und durstig.

«Not too bad, really», lobt der Hausherr, bevor er die schwere Tür schließt. Ich nehme jedenfalls mal an, dass das ein Lob ist. In der Straßenbahn höre ich deutlichere Bewunderung für meine Verkleidung. Am folgenden Tag ruft Ines an, aus dem Homeoffice. Die Agentur bleibt zwischen den Jahren immer erreichbar. Die Seniorenresidenz Rosenhof habe sich gemeldet. Ob ich dort als Weihnachtsclown auftreten könne, möglichst bald. «Jemand hat dich empfohlen», sagt Ines. In der Residenz werde noch mehrmals gefeiert, in Schichten. «Du könntest viel verdienen.» – «Nein.»

Meine rote Nase habe ich in die Yuccapalme gehängt. Da leuchtet sie wie eine Blüte, rot und rund, und wird Staub ansammeln. – «Ach so, und der englische Kindergarten?», fällt Ines noch ein. – «Was soll das denn? Weihnachten ist zu Ende.» – «Die fangen gerade erst an.» – «Forget it. Meine Nase hängt in der Yuccapalme.» – «Wie bitte?» – «Ich überleg's mir.»

Rolf-Bernhard Essig

Warum wir Billard spielen

Eigentlich passt Roulette gut zu Weihnachten. Die roten, schwarzen, grünen Farben, das Warten, die Aufregung, die Enttäuschung, das befreite Lachen nach einem Gewinn.

Ich war neun und das, was die oberbayerischen Freunde «dramhabbad» nannten. «Traumverloren» klingt zu positiv; ich war schlicht so versponnen in wechselnde Ideen, dass ich über Jahre immer blaue Flecke mit mir herumtrug.

In der spitznamenverrückten Familie hatte ich schon «Zack die Bohne» und «Zack Kartoffelkopf», «bulgarischer Donnerbrocken» hinter mich gebracht. An den Feiertagen kam «Meep, meep Doorrunner» dazu. So wie der Rennkuckuck aus *Bugs Bunny* rannte ich ständig; im Gegensatz zu ihm freilich gegen Hindernisse, die für normale Menschen keine sind. Geschlossene Türen gehörten dazu, weil ich zu viel Schwung hatte – und zu wenig Geschick fürs rasche Öffnen. Und häufig schlug ich mit dem Kopf gegen den Türrahmen. Ich war der Doorrunner.

Als siebtes von acht Kindern empfand ich den Spitznamen als ebenso ehrenvoll wie gemein. Überhaupt wahrgenommen zu werden von den älteren Geschwistern, das war schon was. Der Besuch meiner kanadischen und meiner sozialistischen Tante machte es sowieso unmöglich, etwas anderes als eine Rolle zu spielen. Wie Königinmutter eins und zwei thronten sie in den Wohnzimmersesseln und kommentierten das Chaos.

«By gosh, du bist einfach lazy. Du weißt, was ‹lazy› heißt? Fett, faul und gefräßig.» Bei den Punkten faul und gefräßig konnte ich nicht widersprechen. Es hing aber von der Tagesform ab. «Huusch, huuusch, mach di fodd!», trieb mich Tante zwei an. «A Schneggn is ja a Rennpferd geega dii.» Ihr Deutsch zeugte zwar auch nicht von einem Raketenantrieb, aber ich schaute, dass ich weiteren Weihnachtskram vom Dachboden holte.

Am Nachmittag stand der Baum. Kartons und Kisten stapelten sich daneben. Dann fiel der Vorhang vor der Glastür zum Weihnachtszimmer. Nur mein Vater durfte darin weiterwerkeln. Allein war er nicht, denn seine Schwestern ließen sich nicht aus den Sesseln vertreiben. Es machte ihnen zu große Freude, den kleinen Bruder spüren zu lassen, dass er auch mit vierzig noch kleiner Bruder blieb. Bis er sie dann doch rausschmiss.

«Spazieren jemand?», fragten die Tanten. Die Rolle des Begleiters blieb an mir hängen, weil ich zu anderem kaum zu gebrauchen war. Beide waren dick und «hatten Zucker», und ich überlegte, ob das eine gute oder eine schlechte Krankheit wäre. Zuckerzeug aß ich immer gleich auf. Bei sieben Geschwistern hatte man sonst zu fix Schwund zu beklagen.

Die Tanten schnauften die Auffahrt hinunter und dank meiner Führung unbehelligt um die gefährlichsten Hundebesitzerhäuser herum. Nach einer halben Stunde kamen wir am abschüssigen Teil der Bergstraße an.

«By golly», stöhnte die erste Tante. «I'll have to ...»

Sie ließ sich nieder, kniete flach überm Boden, was wie ein Zeichen für die zweite Tante wirkte, denn sie tat es ihr nach. Wozu und warum, das erwies sich, als unter ihren langen, schweren Röcken, die nur knapp überm pulverschneebepuderten Asphalt hingen, Rinnsale hervordrängten und die Straße hinab Spuren ins Weiß zeichneten. Ich wusste nicht, wohin ich sehen sollte. «Wir sollten vielleicht heim», fiel mir ein. Die Tanten grunzten zufrieden. Sie stampften noch kurz mit den Füßen auf und folgten mir dann.

Als Dank für die Begleitung bekam ich fünf kanadische Dollarnoten mit einer hübschen Königin drauf, die versonnen in die Ferne blickte, mit kleinen Ohrsteckern als Schmuck und einer Kette aus Gold und Perlen. Der Text, der links unter *Canada* stand, passte zu der Herrscherin: *This Note is a Legal Tender*.

Tender, das kannte ich von meinem Vater und meinem Bruder, die in der Marine gewesen waren. Tender waren Versorgungsschiffe. Auf der Rückseite der Geldscheine sah man zwei Boote inmitten zahlloser Baumstämme, im Hintergrund – alles Grün in Grün – eine burgähnliche Ansammlung von Gebäuden. Leider verlor ich meinen Schatz so schnell, wie ich ihn erworben hatte.

Denn wir Geschwister vertrieben uns die Zeit vor dem Essen mit Roulette. Bunte, vielformige Jetons, grünes Tuch und ein Rouletterad, das in seiner Plastikhalterung einigermaßen lief, wenn man die Achse vor Spielbeginn mit Seife schmierte.

Nach wenigen Durchläufen mit vielen Erklärungen und dem Verlust meiner fünf Dollar passierte es dann. Während die Gewinne verteilt wurden, durfte ich die Kugel halten. Ich spielte dramhabbad damit herum, und irgendwann war sie in meinem rechten Nasenloch verschwunden.

«Igitt! Was machst du?», schrie mein Bruder, die anderen schlossen sich an, als sie den Grund bemerkten.

Verschämt drückte ich, schob, fummelte und bekam die Kugel nicht mehr aus der Höhlung. Das muss seltsam ausgesehen haben, denn zum Ekel gesellte sich Gelächter. Was aber tun?

Vater holen. «Kannst du nicht deine unegalen Finger von so was lassen?», schrie er. «Ich hätte mir doch den Mercedes damals kaufen sollen statt der Familienkutsche und die Kinder sein lassen.» Seine kraftvollen Hände näherten sich beängstigend, und ich schrie schon mal vorsichtshalber. «So ein Feigling ist mir noch nie untergekommen. Ich hab noch gar nichts gemacht. Halt still!» Ich schrie weiter, hielt das Gegenteil von still, egal, was er sagte, und raus ging die kleine weiße Kugel nicht.

«Wir müssen ins Krankenhaus», sagte meine Mutter. Was mein Vater sagte, verschweige ich. In den fünf Jahren auf See hatte er viele Wörter gelernt, die einem Piratenkapitän alle Ehre gemacht hätten. Weil das Weihnachtszimmer noch nicht fertig und er fassungslos war über die Blödheit seines Sohnes, zog er sich zurück: «Macht euren Scheeß alleene!»

Im Krankenhaus kam ich überraschend rasch in ärztliche Obhut, meine Mutter an der Seite. Wahrscheinlich lag es an unserer Bekanntheit, meine Mutter war Lehrerin und Arzttochter und ich Stammgast. Im Sommer hatten sie mir einen Angelhaken aus der Schulter entfernen müssen. «Großer weißer Fisch!», hatte die Ärztin damals gesagt und den Widerhaken pragmatisch abgezwickt, den Rest Metall herausgebogen und die Wunde desinfiziert.

Steigerungen sind immer möglich, wie ich bald erfuhr, doch erst einmal musste ich aufs Klo. Meine Mutter hatte noch was auszufüllen, ich machte mich also allein auf den Weg, nach links und rechts in Zimmer schielend, die mit sparsamem Weihnachtsschmuck kaum weniger schrecklich aussahen. So viele Leute, die über die Feiertage hierbleiben mussten!

Eine Schwester stellte sich mir in den Weg. «Wohin willst denn? Zum wem ghörst?» Fremde erschreckten mich immer, diese hier in Grau und Weiß mit Haube erst recht. Sie inspizierte mich genauer. «Musst an Wiss?» Verständnislos sah ich sie an. «An Wiss?», wiederholte sie. Immerhin konnte ich die Schultern heben, um Verwirrung zu signalisieren. Das brachte sie nicht aus dem Konzept: «An WISSI?»

Sie erhob die Stimme, als wäre ich schwerhörig. Und ich musste inzwischen wirklich dringend ein Klo finden. «Pschtscht, pschscht!», versuchte sie es jetzt, und wäre nicht ein junger Patient im Rollstuhl vorbeigeschoben worden, der übersetzte, es wäre in die Hose gegangen: «Ob du pieseln musst, du Knirps!»

Erleichtert kam ich zurück zu meiner Mutter, die mich zur Ärztin ins Sprechzimmer führte. Die fragte: «Was ist denn passiert?»

«Ich ha hab mir ’ne, hm, Bill… Billardkugel in die Nase gesteckt», stotterte ich.

Meine Gesichtsröte wechselte von Scham auf Wut, denn so eine Gackerei wie nach diesem Geständnis hatte ich noch nie erlebt. Sicher, es war dämlich, was ich getan hatte, das wusste ich, aber dass es dermaßen dämlich gewesen sein sollte, wollte ich nicht verstehen. Die hübsch behaubten Rotkreuzschwestern, die Ärztin, selbst meine Mutter krümmten sich vor Lachen und zeigten immer wieder auf meine Nase, wo eigentlich nichts zu sehen war.

«Rou-, Rou-, Roulette …», brachte meine Mutter mit Mühe hervor, aber für «kugel» reichte es nicht mehr. Das

Wort ließ das Ausmaß an Albernheit dieses Krankenhaushühnerhofs sogar noch weiter ansteigen. Die Ärztin machte Drehbewegungen nach, eine Schwester mimte das Hineinstopfen einer gigantischen Kugel in ihr Stupsnäschen. Und ich dachte, es würde niemals aufhören.

Noch lachend, schniefend, röchelnd nahm die Ärztin eine langbeinige Pinzette in die Hand, welche sich vorn füßchenartig verbreiterte. Damit fuhr sie umstandslos in mein Nasenloch und, flutsch, hatte sie das Ding ans Licht befördert. Erst angesichts der Kugel begriff ich den Grund für das Irrenhaus um mich her.

«Ich hab mich versprochen», gab ich zu, was freilich nicht so viel half wie die pure Erschöpfung der Weißkittel um mich herum. «Eine schöne Bescherung», sagte die Ärztin, reinigte die Kugel und ließ sie in meine Hand fallen. Halb Wunsch, halb Dank, halb Ironie schien das zu sein. Egal, ich wollte nur raus und heim.

Dort kam die Kugel noch einmal ins Rollen, nicht so gewaltig wie im Krankenhaus, weil zu viel noch zu erledigen war, aber «Billardkugel» hörte ich die Weihnachtstage noch oft genug, und dass ich Glück im Unglück gehabt hätte, denn bei so einer Billardkugel wäre ich um eine Operation nicht herumgekommen. Und so kommt es, dass Roulette an den Festtagen seither bei uns verboten ist. Dass ich aber bis heute meine Familie nötige, zu Weihnachten an unserem zerschlissenen alten Tisch Billard zu spielen. Ich bin nicht abergläubisch. Ich glaube nur, es hilft gegen Verstopfung und Schnupfen und bringt einfach Glück.

Christine Weiner

Die Ohana in Wien

«Meine Güte, Freddy!» Ich begann mich in Rage zu reden. «Das Weihnachtsessen muss doch nicht zwanghaft am Heiligabend stattfinden! Der 3. Advent ist viel entspannter! Eine Menge Firmen feiern erst im Januar!»

Es half nichts, Freddy stieg nicht ein. «Wir sind doch kein Unternehmen! Wir sind eine Ohana-Familie. Die feiert traditionell am 24. Dezember, wie andere Familien auch!»

Richtige Familie, Ohana-Familie – ich wollte einfach mehr Ruhe in die Weihnachtstage bringen und fand, dass die Vorverlegung des Heiligabends das bewirkte. Kein gehetztes Einkaufen noch am Vormittag und keine atemlosen Anreisen aus ganz Deutschland, denn auch Wahlfamilien leben heutzutage verstreut.

Ohana, den Begriff hatte Amelie, unsere zehnjährige Wahlenkelin, vor ein paar Jahren aus der Schule mitgebracht. «Ohana nennt man in Hawaii die erweiterte Familie! Mit allen Freunden und allen Freundinnen. Und in Hawaii sind alle in der Ohana füreinander da, keiner ist allein!»

Alle mussten es ja vielleicht nicht sein. Aber ein paar Wahlverwandte hatten wir. Hawaii klang gut. Nun also Ohana. Das war jetzt unser neues Wort für die Wahlfamilie, und ich war stolz, dass wir eine hatten. Da war Harald, Freddys alter Studienkollege, ein kultivierter Mann, der leider nicht zu Jana passte, meiner Freundin aus Grundschultagen, obwohl beide Single waren. Dann gab es noch Toni und Tobi, ein befreundetes Künstlerehepaar, die am Heiligen Abend immer Tante Ingeborg und Melanie mit Kräuterlikör bedienten. Und Uta, eine frühere Studentin von mir, mit ihrer Tochter Amelie. Ich liebte unsere Ohana-Weihnachtsabende, aber dieses Jahr sehnte ich mich nach etwas Entspannung.

«Wir könnten in Wien feiern!», griff ich nach dem Rettungsring. Freddy stellte sofort die Ohren auf. Wien war seine Lieblingsstadt. Ich erinnerte ihn an die Riesenradfahrt in der Hochzeitsgondel. Die hatte er mir zum Hochzeitstag geschenkt. Riesenrad wirkte bei ihm immer!

«Aber», kam ihm noch ein bremsender Gedanke, «was machen wir mit Tante Ingeborg und Melanie?» Herrje! Tante Ingeborg war Freddys alte Patentante und Melanie seine altjüngferliche Cousine. Als letzte Menschen seiner Ursprungsfamilie waren sie am Heiligen Abend immer dabei.

«Die beiden kommen mit!», lächelte ich so fromm, als säße ich bereits in der Christmette. Für mich waren Ingeborg und Melanie wie aus einem viktorianischen Roman entsprungen. Ich setzte auf ihre Umständlichkeit. «Wien? Das ist zu weit», hörte ich sie schon sagen. Überdies litten sie an diversen Allergien. Der bekannte Hausstaubalarm in Ferienwohnungen – ich würde sie daran erinnern.

«Also gut», stimmte Freddy zu, und ich schwärmte ihm vor, was ich für uns sah: «Viele Stunden für uns, Gespräche, Lachen, Geschenke, jede Menge Geschichten, Lieder und Zuneigung.»

«Und das Riesenrad?»

«Das winkt uns durch die Fenster zu.»

Überraschenderweise war es nicht schwer, in Wien eine große Ferienwohnung zu finden. Ich wollte nicht, dass sich die Ohana in verschiedene Hotels aufteilte. In meiner Fantasie schnippelten Harald und Jana in der Küche Gemüse und warfen sich dann doch ein paar romantische Blicke zu. Amelie malte Weihnachtsbilder. Uta häkelte auf dem Sofa. Freddy half den Tisch decken. Tobi und Toni buken Plätzchen, und ich befestigte goldene Seidenschleifen am Baum.

«Handtücher sollte ich mitnehmen.» Mit diesem Gedanken schreckte ich in einer der Vorbereitungsnächte hoch. Nichts war schlimmer als kratzige Ferienwohnungs-Handtücher. «Und das alte Märchenbuch.» Die Geschichte vom Tannenbaum hatte mich schon als Kind gerührt.

«Machst du bitte das Licht wieder aus?»

«Ja», beruhigte ich Freddy und kritzelte noch schnell Gitarre nicht vergessen dazu. «Hast du die Tanne bestellt?»

«Wieso ich?», grunzte er.

«Es ist doch nicht nur *mein* Weihnachten!»

Jetzt richtete sich auch Freddy auf. «Hallo!? Wir kaufen den einfach in Wien!»

«Und wenn die ausverkauft sind? Am 3. Advent!!!»

«Dann nehmen wir einen von hier mit», meinte er, untermalt von genervtem Augenrollen. Freddy ließ sich wieder in sein Kissen fallen.

Mein Puls beruhigte sich.

Eine mitreisende Tanne bedeutete auch, dass es im Auto eng werden würde. Viel Platz war bereits für eine Auswahl winterlicher Dekoartikel reserviert. Alles sollte so festlich werden wie daheim. Mit jeder neuen Schachtel wurde unser Auto immer kleiner, und am Ende war sogar die Ukulele zu viel.

Zum 3. Advent machten wir uns mit einem Leih-Transporter auf den Weg, und auch der war voll bis unters Dach, denn zu dem anfänglich gepackten Baumschmuck und dem Festtagsgeschirr hatten sich noch zwei dreistöckige Präsentierteller, etliche Kerzenständer, zwei Teppichläufer, ein Gemälde «Kutsche, gezogen von Rentieren im Weihnachtswald», fünf Kissen, verschiedene Plüschdecken mit aufgedruckter Winterstimmung, acht dunkelrote Hussen für die Stühle, der Kleiderbutler in Nikolausform und mehrere Pappmaschee-Engel hinzugesellt.

Eine Kollegin hatte mir den Tipp gegeben, Lebkuchensterne an rote Seidenbänder zu knüpfen und sie so von der Decke baumeln zu lassen. Vor der Abfahrt ging es also noch zum Bäcker. Die zwei großen Tüten pressten wir in meinen Fußraum, und ich faltete mich auf dem Sitz zusammen.

«Haben wir nicht viel zu viel dabei?» Freddy versuchte mühsam im Rückspiegel etwas zu erkennen. Männer haben einfach keine Ahnung, was es alles braucht, damit Weihnachten ein Fest wird. Im Grunde hatten wir nur das Nötigste mit.

Am frühen Nachmittag kamen wir in Wien an. Jana wartete bereits vor dem Biedermeierhaus. Ich suchte in den Papieren nach dem Zahlencode für die Haustür. Eine alte Wienerin im Pelz, die mir mit «Gnä Frau» die Schlüssel überreicht, wäre mir lieber gewesen. Immerhin, der Code war 4711. Das konnte ich mir merken.

«Alles im grünen Bereich?», fragte Jana und klappte den Stadtführer zu, mit dem sie die Wartezeit überbrückt hatte. Ich hatte nicht vor, mit der Ohana eine Stadtbesichtigung zu machen.

«Wunderschön!», bejubelte ich die Wohnung. Ein Blick

genügte, um zu wissen, dass keine Schachtel zu viel dabei war.

«Als ob wir umziehen würden.» Freddy schob sich an Jana vorbei und stellte den Tannenbaum auf den Balkon.

«So eine schöne Idee.» Jana umarmte mich. «Ich kann es kaum abwarten, mit euch durch Wien zu bummeln.»

Dafür war keine Zeit vorgesehen. Wir wollten ja vor allem zusammen kochen, singen und lachen. Es klingelte, und Toni und Tobi kamen die Treppen hochgesprintet, hinter ihnen hörten wir Harald japsen.

«Ich muss nur eben den Transporter wegfahren», entschuldigte sich Freddy. «Wir stehen schlecht.»

Wir hatten versucht herauszufinden, in welchen Wiener Bezirken günstig zu parken wäre. Aber man musste einem Geheimbund angehören, um zu verstehen, wann man wo wie lange parken durfte. Ganz Wien war eine einzige Kurzparkzone

«Angeblich verteilen hier sogar die Anwohner Strafzettel», informierte uns Jana.

«Ab heute Abend und übers Wochenende kostet es nichts», wusste Freddy, «aber bis dahin muss der Bus woanders hin.» Schon sprang er los.

«Essen wir oder warten wir auf ihn?», wollte Jana wissen.

«Warten», entschied ich.

Wir setzten uns und ich ließ mir die letzten Online-Dating-Geschichten von ihr berichten. Es klingelte.

«Freddy», sagte ich. Aber es waren Uta und Amelie.

«Hier gibt es viele Weihnachtsmärkte!», freute sich Amelie, kaum, dass ich die Tür geöffnet hatte. «Mama hat gesagt, wir schauen uns noch heute einen an.»

«Ich habe das Monopoly-Spiel mitgebracht», versuchte ich zu bremsen.

«Von Wien?»

Das allerdings nicht.

«Mama, Mama, kaufen wir bittö, bittö, bittö ein Monopoly-Spiel aus Wien? Biiiittttöööö!»

Ich beobachtete aus dem Augenwinkel, wie Uta sich beschwichtigend zu Amelie hinunterbeugte. Im nächsten Moment erstarb der Protest. Uta hatte ihr hoffentlich erzählt, dass wir gleich zusammen singen würden.

«Aber Zeit, auf den Flohmarkt zu gehen, haben wir schon, oder?» Tobi war leidenschaftlicher Sammler von Kitsch und Krempel und begann, vom Naschmarkt zu erzählen und dass es dort einen Flohmarkt gab, der berühmt war für seine Schätze.

«Wenn wir schon mal hier sind, sollten wir auch das Museumsquartier anschauen», meinte Harald, der sich sonst nicht im Geringsten für Kunst interessierte und auch nicht wusste, dass er hier nicht nur von einem, sondern von mehreren Museen sprach.

«Ruft einer Freddy an?», fragte ich in die Runde. Er war nun schon länger weg. Die Reste der mitgebrachten Vespertüten kamen auf den Tisch. Freddy hatte den Tannenbaum nach oben getragen, aber nicht die Kühltasche.

«Sicher gibt es hier einen Adventsbasar?», vermutete Toni. «Mit Glühwein!» Es roch so, als hätte er schon einen getrunken.

«Wir sind ja vor allem hier, um miteinander Zeit zu verbringen», brachte ich in Erinnerung.

«Aber ein Stadtbesuch wird ja wohl noch erlaubt sein», äußerte er.

Jana klappte einen Stadtplan aus, auf dem verschiedene Kreuzchen und Ausrufezeichen zu erkennen waren. Als hätte sie sich auf eine mündliche Prüfung vorbereitet, leierte sie die Straßen herunter, wo kleine Boutiquen von jungen Designern zu finden waren. Harald erinnerte an Schönbrunn. Tobi war versessen darauf den Zentralfriedhof zu besuchen. «Da liegt Udo Jürgens, und Falco auch.»

«Okay», sagte Ute. «Dann suche ich mal einen Friseur.»

Freddy rief an. Er war immer noch unterwegs. Es gab keine Parkplätze in Wien. Als ich aufgelegt hatte, bekam ich mit, dass Jana sich eine Karte für die morgige Nachmittagsvorstellung der Oper reservierte. Davor wollte sie sich noch die Fingernägel machen lassen.

«Morgen schmücken wir den Baum», erinnerte ich die Ohana und ging auf den Balkon. Ich öffnete das Netz, in das der Baum gequetscht war. Wie ein großer grüner Regenschirm klappte er nach allen Seiten auf und duftete ein bisschen.

«O ja! Baum schmücken!», begeisterte sich wenigstens Amelie. «Aber vorher in den Weihnachtszirkus!»

«Weihnachtszirkus?»

«Es gibt hier doch einen!?», hoffte Uta. «Den wir jetzt besuchen können?» Auf der ganzen Fahrt hatte sie ihrer Tochter davon vorgeschwärmt, wie farbenprächtig und romantisch der hier war.

«Davon habe ich noch nie gehört.» Ich zuckte mit den Schultern. «Und wir wollen ja eh den Tannenbaum schmücken!»

Amelies Begeisterung verflog sofort. Vorpubertär schmiss sie sich hin und schluchzte in das Fell ihres Plüschbären.

«Ich lass mir die Nägel machen», beharrte Jana.

Amelie hieb in die Sofakissen.

«Angeblich gibt es auch sehr gute Maßschneider», hatte Toni gehört.

«Jetzt ist Schluss!» Ich richtete mich majestätisch auf meinem Stuhl auf. «Keiner verlässt die Wohnung! Weder jetzt noch morgen!» Ich erschrak selbst über den autoritären Klang in meiner Stimme.

«Aber, aber», stotterte Tobi. «Ich muss noch mal weg. Es gibt noch eine Weihnachtsüberraschung. Sie ist bestellt, ich muss sie abholen.» Ich fühlte mich schrecklich. Tobi schien ein Geschenk geplant zu haben – hatte er mir nicht zugezwinkert –, und ich war so dominant aufgetreten! Wenn Freddy da wäre, dachte ich, dann würde er mich jetzt beruhigen. Aber Freddy war nicht da.

«Hat er sich bei niemandem gemeldet?», fragte ich kleinlaut in die Runde. Ich wollte eben selbst anrufen, da klingelte das Telefon. Endlich! Freddy! Die Verbindung war schlecht.

«Wo steckst du?»

«Im 15. Bezirk», erklärte er. «Ich glaube, hier könnte ich einen Parkplatz ergattern.» Außerdem hatte er beim Würstelking einen Käsekrainer gegessen. «Und ich habe mich super mit Schurli unterhalten. Die sind ja urnett, diese Wiener.»

«Schurli?»

«Dem der Imbiss gehört. Der Bus mit dem Klumpatsch parkt hier gut. Ich komme mit der U-Bahn.»

«Der Klumpatsch ist das, was wir jetzt hier brauchen!»

Freddy hörte schon nicht mehr zu. Ich vernahm noch, wie er einen Leberkas bestellte. Dann war die Leitung stumm.

«Ein Stück Stollen?», fragte ich über den Tisch. Wenigstens den hatte ich mit hochgenommen. «Jetzt nicht», meinte Toni und rieb sich den Bauch. «Da soll noch Platz für ein Schnitzel bleiben.»

«Schnitzel?» Der Stollen zitterte an der Kuchengabel.

Einen Moment später waren alle ausgeflogen, wie aufgeregte kleine Vögel aus einem Nest. Ich sah ihnen vom Balkon aus nach. Unglaublich, dachte ich. Aber dann toben sie sich halt aus. War vielleicht nicht verkehrt, man reist nicht jeden Tag nach Wien. Ich vertröstete mich selbst auf den folgenden Tag, der ja der eigentliche Festtag werden sollte. Ich wanderte durch die Räume und plante, wo ich was hinlegen und hinstellen würde.

Und endlich stand Freddy in der Tür. «Wo sind denn die anderen?»

«In Wien», informierte ich ihn und stellte meinen Teebecher in die Spüle.

«Es war schrecklich», berichtete Freddy. Er erzählte, wie er mit dem Transporter durch die halbe Stadt gefahren war, bis er endlich einen kostenlosen Parkplatz gefunden hatte. Nun war er nach Hause gekommen, um von seiner Odyssee zu erzählen, obwohl er sich gleich schon wieder auf den Weg machen konnte. Inzwischen durfte man auch vor unserem Haus kostenfrei parken. Er hatte sich an Wurstimbissen orientiert und zählte sie mir einzeln auf, mit den Fingern auf der Stadtkarte. «Da arbeiten noch echte Wiener», erklärte er mir. «Die kennen sich mit dem Parken aus!»

Jedes Mal hatte er auch eine Wurst verzehrt. Und danach einen Schnaps, um dem Magen die Arbeit zu erleichtern. Freddy platzierte eine Flasche Kräuterbitter auf dem Tisch. «Bitte sehr, aus einem Klosterladen.» Er legte den Kopf schief. Offenbar ging er davon aus, dass der Schnaps gesegnet war.

«Ich fass es nicht!», wollte ich gerade sagen, da klingelte es und überglücklich hörte ich die Schritte von Toni und Tobi auf der Treppe. Und sie waren nicht allein! Zwei gouvernantenhafte Silhouetten erschienen: Tante Ingeborg und Melanie! Und ihre Aversion gegen Hausstaub in Ferienwohnungen?

«Überraschung!», posaunte Toni, und Tante Ingeborg streckte ihren Kopf vorwitzig durch die Eingangstür. «Wie sieht es denn hier aus?», rief sie aus. «Dafür haben wir die lange Reise gemacht? Ist ja nichts dekoriert!»

«Da biste platt, ne?», jauchzte Toni mir zu. «Ich habe ihr was gegen Hausstauballergie besorgt! So hat's geklappt!»

Ergriffen von seinem eigenen Engagement umarmte er erst die Tante, dann Melanie, dann mich. «Ja so was», atmete ich in seinen Ärmel. Freddy war vor Rührung völlig aus dem Häuschen, und auch ich hatte Tränen in den Augen – aber nicht unbedingt aus Freude.

«Bei euch zu Hause isses schöner!», wusste Melanie bereits, da stand ihr Koffer noch im Flur.

«Das wird noch, ihr werdet staunen», beruhigte Freddy. «Ich hole jetzt den Transporter und dann geht's los.» Seine Hände klopften alle Manteltaschen ab. «Die Autoschlüssel!» Er sah jeden einzeln an. Niemand von uns hatte seinen Mantel berührt.

«Hört das denn nie auf?» Etwas in mir brach gequält zusammen.

«Regt euch nicht auf», beschwichtigte Jana. Sie hatte einen Termin in dem Nagelstudio bekommen, in dem sich auch Conchita Wurst ihre Fingernägel machen ließ. So war es auf der Webseite zu lesen. Als Freddy «Wurst» hörte, griff er sich an den Magen. Ihm war flau.

«Trink was», empfahl Tobi und schob ihm den Kräuterbitter hin. «Ich muss noch fahren», widerstand Freddy schwach und genehmigte sich einen Schluck aus der Flasche.

«Dafür brauchst du aber den Autoschlüssel», erinnerte ich ihn.

«Typisch», raunte Tante Ingeborg, machte einen Zitronenmund, und Melanie nickte ihr zu.

Das Telefon. Schurli war dran. Auf der Ablage seines Wurststandes hatte er Autoschlüssel und Handynummer gefunden. Freddy lachte erleichtert. Dann wandte er sich ab. Man konnte zusehen, wie er verspannte. «Aber ...», hörten wir, und: «Wäre es denn nicht möglich ...» Schurli ließ ihn offenbar kaum zu Wort kommen. Unversehens war das Gespräch beendet.

«Ja, also, ich kann das Auto morgen holen, hat Schurli gesagt, jetzt ist der Imbiss zu.»

Ich wedelte operettenhaft mit den Armen. Wobei ich riechen konnte, dass mein Pullover wechselbedürftig war.

«Ich habe für uns beide genug Kleidung dabei», tröstete Uta.

«Ihr seid ja schlimmer als echte Verwandtschaft!», brach es aus mir heraus. «Die zankt sich, aber bleibt dabei wenigstens unterm Baum!»

«Ich geh' dann mal Wein kaufen», teilte Harald mit. Die anderen schlossen sich an. «Ach, Franziska, unser Fest ist doch erst morgen!», meinte Uta, während das Riesenrad gemächlich eine weitere Runde drehte. Und vielleicht hatten sie ja recht. Morgen war ein neuer Tag. Freddy würde den Transporter holen, und alles wäre vergessen.

Als ich am nächsten Tag mit den Kipferln und dem Frühstückskaffee ins Wohnzimmer kam, hing Freddy schon am Telefon. Er telefonierte mit Schurli, das war unschwer zu überhören.

«Aber ich brauche den Wagen», hörte ich Freddy wieder und wieder ins Telefon knattern. Schurli entschuldigte sich so laut, dass ich mitbekam, dass er erst um zwölf den Imbiss öffnen würde. Seine Enkelin hatte eine Weihnachtsaufführung im Kindergarten.

«Ihr braucht's doch in Wien kein Auto!», bestimmte er für uns und begann, den Wiener Nahverkehr zu loben. «Überhaupt», mit einem Mal wurde er grantig, «es gibt eh viel zu viele Autos, und ihr Touristen seid zu faul zum Spazieren und sitzt lieber beim Schnitzelwirt, als dass ihr Käsekrainer esst!»

«Mein Mann *hat* Käsekrainer gegessen», plärrte ich von der Seite ins Telefon. «Und zwar bei *Ihnen*!» Schurli legte auf. Drei Stunden später legte er nach, der Würstelstand bliebe den ganzen Tag geschlossen, leider, seine Großmutter im Waldviertel habe um Hilfe gebeten.

«Unternimm was!», befahl ich Freddy. «Dieser Typ will uns das Auto nicht wiedergeben.»

Ich legte mich aufs Sofa. Ich war in einem Wiener-Weihnachts-Albtraum gelandet. Alles, was wir benötigten, befand sich in dem geliehenen Van. Die Kleidung, das Essen, die Deko, die Lebkuchensterne, die Ukulele. Nur der Tannenbaum stand hier auf dem Balkon. Und Tante Ingeborg und Melanie saßen am Küchentisch und zogen zwischen sich einen Strudelteig lang. «Wenn's schon nichts gibt, dann wenigstens Apfelstrudel», meckerten sie vor sich hin.

«Wie gemein das Leben sein kann», stöhnte ich und raufte mir die Haare.

«Mama hat ein Monopoly von Wien besorgt!» Amelie

lief überglücklich auf mich zu. «Wollen wir?» Ich nickte ergeben. Dann flanierte auch ich durch Wien, wenn auch nur auf dem Spielbrett. Ich fühlte mich vom Glück verlassen.

Aber wer eine Ohana hat, ist nie allein. Während Amelie und ich Straßen und Gebäude aufkauften, besorgten Toni und Tobi Glühwein und Gebäck, Harald rührte eine Suppe aus beinahe nichts zusammen, Jana kümmerte sich um die Fertigmenüs, Uta deckte den Tisch. Und Freddy erinnerte sich an Wilhelm Busch, der Likör als probates Mittel für Sorgen empfahl. Er spazierte erneut zum Klosterladen, diesmal für mich, um hochprozentig heilende Frauenkräuter zu erwerben.

Nichts war so, wie ich es geplant hatte. Aber nach dem zweiten Stamperl merkte ich: Es war egal. Am Abend saßen wir an einer langen Tafel, die Fertigmenüs waren gar nicht so schlecht, die improvisierte Deko herzerwärmend, und der Kräuterbitter schaffte es, dass wir bald über alles lachten. Sogar ich.

Wir saßen um den Tannenbaum, an dessen Zweigen mit Wäscheklammern Bonbons, kleine Papiergirlanden und Sternchen befestigt waren, amüsierten uns darüber, wie blöd alles gelaufen war und wie schön wir es dennoch – oder vielleicht deswegen? – hatten. Der Klumpatsch wurde nicht vermisst, weil niemand außer mir wusste, was ich alles mitgeschleppt hatte. Natürlich funktionierte der CD-Player in der Wohnung nicht, und das Radio brachte nur Orgelmusik und eine Adventsmesse.

«Dann lasst uns doch singen!», schlug Tobi vor. Und wir kramten in unseren Köpfen die ersten beiden Strophen von «O Tannenbaum» zusammen.

«Aber richtig Weihnachten ist ja noch nicht», erinnerte

uns Amelie. Es war ja erst der dritte Advent. «Das kommt doch noch!»

«Weihnachten zu Hause ist sowieso am schönsten», sagte Freddy. «Der Hausstaub dort ist einem vertraut.»

Tante Ingeborg und Melanie nickten im Takt.

«Also, ich würde kommen», schmunzelte Jana. «Dann feiern wir am Heiligabend noch einmal!» Toni und Tobi hoben die Gläser.

«Und wir müssen nichts vorbereiten», grinste Freddy. «Es reicht, wenn wir alles aus dem Transporter wieder in die Wohnung tragen.»

Mich musste niemand überzeugen. Denn das Wichtigste war: Die ganze Ohana wäre dann auch wirklich da, am Heiligen Abend haben schließlich spätestens ab Mittag die Läden geschlossen.

Wer es wissen will: Es wurde ein wunderschönes Fest. Und vielleicht sind Ohanas doch nicht so anders als ganz normale Familien.

Judith Luig

Confessions of a Tutti Mutti

Berlin, 1. Dezember

Liebe Mama,
wir freuen uns schon sehr auf Euren lieben Besuch an Weihnachten. Martin ist schon ganz aufgeregt. Das wird sicher sehr schön. Die Kinder freuen sich. Wir haben total viel vorbereitet, damit es schön entspannt wird, wenn Ihr kommt. Fürs Essen brauchen wir ja keine Pläne, ich würde sagen, wir machen wieder unser klassisches Menü. Damit bist Du sicher einverstanden. Hoffentlich spielt das Wetter mit. Noch ist es etwas grau und mau in Berlin, aber vielleicht schneit es Weihnachten ja sogar. Dann könnten wir mal durch den Grunewald laufen, im Schnee ist der ganz gut zu ertragen. Wir können uns auch das Schloss-Museums-Monster anschauen, das ist ja immerhin mit West-Knete finanziert worden (ich glaube, Dein Bruder Heinz hat da nicht unwesentlich gespendet, wir sind also familiär belastet). So oder so: Wir haben ganz viel Zeit miteinander. Es wird so schön. Bleibt Ihr auch wieder eine ganze Woche? Dann ist nicht alles so gedrängt und wir können richtig viel unternehmen und trotzdem viel zu Hause sein. Dann schaue ich mir auch mal den Spielplan von der Deutschen Oper an, das wäre doch was für Papa. Ach, und dann gibt es noch eine Sache, die ich Dir sagen wollte …

Berlin, 3. Dezember

Liebe Mama,
wir freuen uns schon sehr auf Euren lieben Besuch an Weihnachten. Das wird sicher sehr schön, für uns alle. Die Kinder basteln schon eifrig an den Geschenken für Euch. Achtung: Selbst gebastelt! Die Kids wünschen sich übrigens, dass wir die ganze Speisefolge vom Heiligen Abend vorbereiten. Louisa hat schon gesagt, ohne Opas Buletten sei es für sie kein Weihnachten. Für den Lachs habe ich hier einen neuen Fischladen entdeckt. Letztes Jahr war das ja ne ziemliche Pleite. Ich verspreche, das wird viel besser. Übrigens: Die Kinder haben angedroht, die rote Grütze diesmal selber machen zu wollen. Das ist wohl diese Selbstwirksamkeit, von der jetzt immer alle reden. Mal schauen, wie das wird. Die beiden werden jeden Tag selbstständiger, gerade haben wir mit ihnen zusammen ihre Zimmer fast ganz neu eingerichtet (danke noch mal für die Schreibtischlampen), ich bin gespannt, was Ihr sagt. Ihr werdet staunen über Eure Enkelkinder und was die jetzt schon alles können. Martin und ich haben jetzt auch wieder viel mehr Zeit füreinander. Das ist wirklich toll. Dann sind wir alle an Weihnachten auch viel entspannter. Die Kinder können echt schon richtig mithelfen. Louisa hat sogar ihrer Freundin einen Adventskalender gestaltet, und wir alle gemeinsam haben neue Sterne für die Fenster gefaltet. Also wir alle außer Martin, der war beim Fußball – war ja klar. Ach, das wird ein ganz besonderes Fest. Schön, dass Ihr wieder in Berlin feiern wollt. Diesmal haben wir sogar noch eine extra Überraschung für Euch …

Berlin, 6. Dezember

Liebe Mama,

ich wünsche Euch einen frohen Nikolaus. Hat Papa seinen Christstollen gemacht? Entschuldigt, ich habe es nicht geschafft anzurufen. Hier ist so viel los. Die Arbeit stresst mich. Typische 80-Prozent-Falle, an meinem freien Tag mache ich Care-Arbeit. Noch ist es nicht sehr weihnachtlich hier. Ich habe einmal Plätzchen gebacken, aber die Kinder hatten eigentlich keine Lust, also habe ich die dann alleine verziert. Christstollen gab es hier auch nur für mich, die anderen mochten mein Werk nicht. Ich habe versucht, nach Papas Rezept zu backen, aber es gelingt mir einfach nicht so gut. Ehrlich gesagt, war es ein Fiasko. Die Kinder haben das trockene Teil nur zerbröselt. Ich weiß echt nicht, wer mir eingeredet hat, dass es Spaß macht, mit Kindern zu backen, die haben die ganze Zeit nur diese bescheuerte Zuckerglasur von den Pinseln geleckt. Irgendwie sind die beiden gerade anstrengend, und es ist noch total viel zu tun, bevor hier Festtagstimmung aufkommt. Wir freuen uns umso mehr, wenn Ihr endlich kommt. Die Kinder fragen jeden Tag, wie lange es noch dauert. Und weißt Du was? Martin hat auch noch eine Überraschung, es kommt nämlich auch ...

Berlin, 9. Dezember

Liebe Mama,

Überraschung: An Weihnachten soll man doch ...

Berlin, 9. Dezember

Liebe Mama,

bitte mach jetzt kein Theater: Ilse kommt auch an Weihnachten. Es tut mir leid.

Berlin, 9. Dezember

Liebe Mama,
ich habe noch ganz vergessen, Dir zu sagen: Ilse kommt.

Berlin, 10. Dezember

Liebe Mama,
hättet Ihr was dagegen, wenn wir Ilse einladen zu Weihnachten? Du hast doch selbst gesagt, sie wirke etwas einsam auf Dich nach Günthers Tod. Ist das nicht die Idee an Weihnachten, dass man Leute glücklich macht? Die einem nahestehen? Okay, so nahe steht uns Ilse jetzt nicht, aber sie ist immerhin Martins Mutter und er …

Berlin, 11. Dezember

Liebe Mama,
ich habe aufregende Neuigkeiten: Martin hat seine Mutter zu Weihnachten eingeladen! Ist das nicht toll? Dann feiern wir endlich mal als richtige Großfamilie. Ilse freut sich auch schon sehr auf Euch und hat gefragt, was sie Euch schenken kann. Martin sagt, wir können ihr auch ruhig mal das Kochen überlassen. Das entspannt uns beide doch auch, oder? Sie ist mehr so der Typ Hausmannskost, aber das ist doch auch mal schön, oder? Kohlrouladen und so? Ich glaube, die kocht sie echt sehr lecker. Glaubst Du, Ihr könntet Euch vertragen? Es wäre ja auch ganz praktisch, wenn sie mal die Kinder übernimmt, dann könnten wir mit Euch ins Theater. Habe ich Dir schon von dem neuen Intendanten erzählt am –

Berlin, 11. Dezember

Liebe Mama,
tut mir leid, dass ich es Dir jetzt erst so spät sage, aber wir

haben Martins Mutter zu Weihnachten eingeladen. Ich weiß, Du findest Ilse manchmal etwas anstrengend, aber wenn es Dir und Papa zu viel wird, dann könntet Ihr ja mit mir zusammen eine Stadtrundfahrt machen, Ihr wart ja nun schon lange nicht mehr in Berlin. Kennt Ihr eigentlich das neue Schloss schon von Nahem? Wir waren jetzt selber erst einmal da. Es ist gruselig. Wie ein russisches Hotel. Hat da nicht Dein Bruder mitgespendet? War klar. Ach so: Wollt Ihr Euch nicht mal ein Hotelzimmer gönnen? Dann habt Ihr mehr Ruhe. Ilse hat auch angeboten, dass sie einen Abend das Kochen übernimmt. Wäre das nicht super entspannend? Martin sagt, ihre Kohlrouladen seien einsame Spitze. Das wäre auch für Martin gut, er hat gerade so irre viel zu tun im Job und kommt fast gar nicht mehr dazu, Ilse zu besuchen. Und sie ist eben auch oft einsam. Mir tut sie leid. Auf jeden Fall habe ich sie eingeladen. Ehrlich gesagt, sie hat mir auch schon oft geholfen, wenn es richtig stressig war mit den Kids. Da dachte ich, ich mache ihr eine Freude. Könnt Ihr das verstehen? Bitte sei nicht sauer. Ich habe mich nicht getraut, es Euch zu sagen, ich wollte nicht, dass Ihr enttäuscht seid. Wir freuen uns doch alle so auf Weihnachten. Und die Kinder finden es auch schön, mal alle Großeltern vereint zu haben. Ich bin sicher, wir werden uns alle gut verstehen ...

Berlin, 14. Dezember

Liebe Mama,
jetzt komme ich endlich dazu, Dir mal zu schreiben. Im Job ist gerade megaviel los und ich bin eigentlich dauergenervt von den Kollegen bzw. Kolleg*innen (müssen wir jetzt). Ich habe immer wieder einen Brief angefangen,

aber dann ist immer was dazwischengekommen. Meistens weil jemand vor mir stand und sagte: Mama, wo ist eigentlich ... Oder auch beliebt: Mama, Hunger. Ich frage mich, wie andere Eltern das machen. Wie hast Du das damals gemacht? Ich glaube, ich stresse mich zu sehr mit den Kindern und dem Job. Und das Schlimmste ist, ich jammere die ganze Zeit. Jammer-Mama. Steht auf meiner Stirn, wenn ich morgens in den Spiegel sehe. Ist wie das Geschreie bei den Wehen zu Louisas Geburt, ich habe irgendwann angefangen und jetzt kann ich einfach nicht mehr aufhören. Ich mache Martin in einer Tour Vorwürfe. Und je mehr der das ignoriert, desto mehr jammere ich. Wenn ich die Küche aufräume, dann stöhne ich immer ganz laut rum, damit der das bis auf das Sofa im Wohnzimmer hört, wo er natürlich liegt. Dabei bin ich echt selber schuld, ich kann einfach nicht entspannen, dauernd räume ich was auf oder beschäftige die Kinder oder shuttle sie rum. Ich meine, die könnten echt mal selber irgendwo hinfahren. Mit elf war ich nicht so unselbstständig. Aber Du hast uns damals halt einfach nicht dauernd bespaßt. Obwohl ich ehrlich gesagt mich schon gefreut hätte, wenn Du mehr zu Hause gewesen wärst. Ich dachte nur gerade übers Elternsein nach, weil Martin und ich Krach hatten über das Thema. Es ist nämlich so ...

Berlin, 18. Dezember

Liebe Mama,
Du kannst Dir nicht vorstellen, was passiert ist. Martin hat seine Mutter über Weihnachten eingeladen. Ich bin komplett ausgerastet, aber nun ist es so. Wir können sie nicht wieder ausladen. Glaubst Du, Ihr kommt damit klar? Könnt Ihr es bitte mir zuliebe versuchen? Mir geht sie ja

selber total auf die Nerven. Dieses Hausbackene. Alles an ihr ist praktisch. Sie will auch wieder ihre ätzenden Kohlrouladen machen. Wer isst denn so was? Und dann dieses ewige Über-alles-noch-mal-Drüberwischen. Das erträgt doch kein Mensch. Außerdem räumt sie immer meinen Kühlschrank auf, wenn sie kommt. Ich meine, ich habe keine Ordnung in meinem Kühlschrank, weil ich keine Ordnung in meinem Kühlschrank will. Außerdem habe ich halt auch ein Leben außerhalb dieser Familie (anders als sie). Ich brauche auch diesen ganzen Kram nicht, den sie ständig für mich auf dem Wochenmarkt kauft. Ich brauche keine Eierkochuhr, keine lustigen, bunten Eierbecher und schon gar keine Eierwärmer auf meinen Eiern, wir mögen ja noch nicht mal Frühstückseier. Ich brauche auch nicht drei verschiedene Sorten von Essigreinigern. Und diese Wischtücher, auf die sie so fixiert ist. Und ich will auch nicht zu jedem gottverdammten Fest mit diesen billigen Schokoladenhohlfiguren in Stanniolpapier ...

Berlin, 19. Dezember

Liebe Mama,
erschrick bitte nicht. Ich habe Krach mit Martin. Er hat seine Mutter eingeladen an Weihnachten. Und jetzt behauptet er, es sei meine Idee gewesen. Ich meine, wie verrückt muss ich sein, um mir das auch noch freiwillig anzutun? SEINE MUTTER. Er sagt jetzt, seine Mutter hilft wenigstens und will nicht ständig ins Theater oder Museum. Jetzt ist es also auch noch was Positives, wenn man sich nicht für Kultur interessiert. Ich meine, er wälzt echt seine gesamte Betreuungsverantwortung auf seine Mutter ab. Als ich letztens dieses Wochenende mit

Katia und Anne in Amsterdam gemacht habe, ist natürlich Ilse angereist. Hinterher waren sogar die Fenster geputzt. Aber nicht so als liebevolle Handlung, mehr so als Vorwurf. Martin sagt, seine Mutter habe sich, als er und seine Schwester klein waren, vielleicht nicht selbst verwirklicht, aber immerhin habe sie sich nicht ständig beschwert über Haushalt und Familie. Ich habe ihm gesagt, wenn er sich mehr beteiligen würde, müsste ich auch nicht ständig jammern. Da hat er gesagt, ich würde mich doch immer aufdrängen und könne ihn nie mal was alleine machen lassen. Ich meine, dann soll er es halt auch mal machen. Heike war im Oktober ne Woche mit ihrer Freundin im Yoga-Retreat. Und ihr Typ war zu Hause mit drei Kindern. Das wäre doch mit Martin nicht möglich. Du kannst es Dir nicht vorstellen. Jeden Tag lässt er seine Müslischale auf dem Küchentisch stehen nach dem Frühstück. Einsam und alleine steht sie dann da und wartet darauf, dass ich sie wegräume. Wieso macht er das? Er hat doch auch Jahre alleine gelebt, bevor wir zusammengezogen sind. DAS KANN JA GAR NICHT IMMER SEINE MAMA GEMACHT HABEN FÜR IHN. Überhaupt findet er, dass ich mit Weihnachten zu viel Theater veranstalte. Das ist natürlich praktisch für ihn, statt mitzumachen bei der Arbeit und statt Verantwortung zu übernehmen, sagt man: Du machst zu viel Stress. Wenn es nach ihm ginge, würden wir Chips unterm Christbaum essen. Ich meine, das wird ja wohl ein trostloses Fest, wenn wir uns alle so benehmen würden wie er. Er wusste doch auch, dass ich gewisse Erwartungen habe, als er mich geheiratet hat. Er hätte ja bei Annette bleiben können, wenn er sich sein Leben so vorgestellt hat, dass er da immer nur auf dem SOFA liegt. Wie kann man eigentlich so gar keine Ambitionen haben. Und um seine nervige Mutter muss ja wohl wieder ich mich kümmern, sonst wischt die mir wieder die Bude feucht den ganzen Tag. Mann, Mama, ich habe so dermaßen ...

Berlin, 19 Dezember

Liebe Mama,
weißt Du, was gerade passiert ist? Ich drehe durch. Martin hat ...

Berlin, 20. Dezember

Liebe Mama,
Überraschung: Die Kinder und ich feiern Weihnachten bei Euch! Ihr müsst nix vorbereiten, wir machen das dann zusammen. Wir kommen mit dem Zug um 14:23. Heute schon. Kann Papa uns vom Bahnhof abholen? Wir freuen uns,
Deine Jule

Bernhard Weßling

Schnee in Shenzhen

Ein Abend Anfang Dezember. Es sind wohltuende 22 Grad. Ich bin spät, aber nicht zu spät, mit dem Flugzeug von einem Kundenbesuch einige Tausend Kilometer entfernt zurück in Shenzhen. Es ist dunkel. Doch die Geschäfte sind hell erleuchtet. Sie sind abends bis zehn geöffnet, manche bis Mitternacht. Viele Menschen sind unterwegs; sie arbeiten lange und können erst abends oder nachts einkaufen.

Ich schaue selten in Schaufenster, und wenn doch, bemerke ich kaum, was ausgestellt ist. Aber plötzlich fällt mir etwas auf: Sternchen und Schneeflocken auf einer Scheibe, in der Auslage ein mit bunten Kugeln geschmückter Tannenbaum. Er ist besprayt mit Pulverschnee, genau wie der Boden, auf dem Nikoläuse und Engelchen angeordnet sind. Was, um Himmels willen, soll hier angepriesen werden?

Ich möchte schreiend weglaufen. In Deutschland würde ich das nicht tun. Aber hier würde es niemandem auffallen. Die Straßen sind voller Leute, die bestenfalls auf ihre Begleiter achten, wenn sie nicht auf ihre Smartphones schauen oder laut telefonieren. Eigentlich darf jeder tun, was er möchte. Man könnte sich auch hinstellen und Posaune spielen oder singen, niemand würde Anstoß nehmen.

Ich laufe nicht weg. Ich schreie auch nicht. Ich versuche nur, meinen Schwindelanfall zu beherrschen. Ich verstehe die Welt nicht mehr. Oder genauer: Ich stelle wieder einmal fest, dass ich sie noch nie verstanden habe.

In meinem dritten Jahr, dachte ich, hätte ich mich einigermaßen eingelebt in China. Ich kann immer besser Chinesisch sprechen und verstehen, sofern ich die Gesprächspartner überreden kann, langsam zu sprechen. Ich habe auch angenommen, ich könne allmählich etwas von der chinesischen Weltsicht verstehen. Aber was sollen künstliche Schneeflocken, hier, wo es seit Menschengedenken nicht geschneit hat? Diese Stadt liegt auf dem nördlichen Wendekreis, der vom Äquator aus tatsächlich «nördlich», von Deutschland aus aber ganz schön weit im Süden liegt. Er durchläuft Libyen, Ägypten, Oman – und in China Shenzhen.

Ich gehe weiter. Da tönt aus einem anderen Geschäft, das zum Anlocken von Kundschaft Lautsprecher auf die Straße gestellt hat, «Jingle Bells». Im Schaufenster sind Rentiere zu sehen, die einen Schlitten ziehen oder zumindest so tun, als könnten sie es, die leblosen Schaumstofftiere. Ich eile weiter, um an mein Ziel zu kommen, zu einer Bar, in der ich gelegentlich abends ein Bier trinke, nach einer langen Woche mit komplizierten Debatten in lauten Produktionshallen an 35 Meter langen Maschinen, in denen meine Chemikalien ihren Dienst tun, wovon meine Kunden allerdings nicht überzeugt sind, weshalb sie mich herbeizitieren. Nach solchen Tagen, von denen es jede Woche vier oder fünf gibt, bin ich ausgelaugt. Da tut ein frisch gezapftes Bier gut in einer Bar, in der keine Musik gespielt und wenig geredet wird.

Es ist ein kleiner, einfacher, gemütlich eingerichteter Raum. Die meisten Tische stehen draußen an der Straße. Dort sitze ich gerne und beobachtete das vorbeiflutende

Treiben. Obwohl es nur das chinesische Bier gibt, *Tsingtao* (korrekt «QingDao»), das im Vergleich zu deutschen Bieren dünn wirkt, bin ich lieber hier als in einer der Ausländerbars. Da mag das Bier besser schmecken, hier aber kann ich Chinesen treffen, und das *Tsingtao* aus dem Fass ist frischer als das aus Flaschen.

Ich schaue durch die Eingangstür hinein, um zu zeigen, dass ich draußen sitzen werde. Und bekomme einen Schrecken: Die Chefin, die so perfekt zapfen kann, diese Chinesin, deren zehnjährige Tochter manchmal aushilft und mit der ich dann chinesisch reden übe, trägt eine weiße Zipfelmütze mit rotem Bommel! Genau so eine Mütze, wie sie für den Heimflug auf den Köpfen des deutschen Kabinenpersonals zu erwarten ist, weshalb ich mich Wochen vorher aufs Ignorieren vorbereite. Damit ist es nun vorbei: meine authentisch chinesische Stammkneipe in vorweihnachtlichem Outfit.

Ich frage, warum – ich sage nicht «um Himmels willen», weil ich das nicht auf Chinesisch sagen kann, sondern umschiffe es mit «天啊», in Umschrift «tian ah», wird gesprochen «tiän-aaaaahhhhh», mit der Bedeutung «omg» in sozialen Netzwerken. Also, warum macht sie das? «Wir haben doch westliche Gäste! Vor allem die Deutschen und die Amerikaner mögen das!» Offenbar kennt sie mich nicht richtig, ihren nach meinem Gefühl wichtigsten westlichen Stammgast, der sich zumindest bemüht, Chinesisch zu sprechen. Und den nun durch kopierten Weihnachtsterror zu verprellen, ist das eine kluge Geschäftsstrategie?

Ich gebe vor, in Eile zu sein, schlurfe nach Hause und trinke auf dem Balkon ein einsames Flaschenbier aus dem Kühlschrank, in milder Nachtluft und betrübter Stimmung.

Von meinen Mitarbeitern und von Freunden aus dem Fußball (alles Chinesen) erfahre ich, dass die Geschäfte immer mehr auf Weihnachten dekorieren. Keineswegs nur für die paar Ausländer hier, sondern für die Chinesen. Das sei jetzt der Trend.

Bei meinen Kunden hängen keine Adventskränze im Foyer, auf den Konferenztischen werden weder Zimtsterne noch Lebkuchen angeboten. Und niemand stöhnt: «Jetzt vor Weihnachten schaffen wir das nicht mehr!» Alles wird wie immer über Nacht erledigt oder spätestens nach einem Tag, wie man das halt tut in China.

Ich meide die Einkaufsstraßen, und frisch gezapftes Bier gibt es auch nicht mehr. Wochenlang nicht. Bei den 20 Grad tagsüber hätte der Kunstschnee im Schaufenster gern schmelzen und die Engelchen mitreißen dürfen. Ich fliege zu Weihnachten nach Deutschland, überlebe die Nikolausi-Zipfelmützen an Bord, den Adventskranz in der Ankunftshalle und die Weihnachtsmusik im Kulturradio. Anfang Januar bin ich wieder in China.

Es geht nun auf das chinesische Neujahrsfest zu. Vorläufig bleibt es das wichtigste Fest in chinesischen Familien. Hunderte von Millionen Menschen reisen nach Hause. Geschäfte und Fabriken sind für eine oder zwei Wochen geschlossen. Die Einkaufsstraße in meinem Stadtteil mit den kleinen Läden und den vielen Handwerkern wird wie ausgestorben daliegen, wie ein Lost Place, wie fehlgeplant.

Ich stelle wieder fest, dass das Abebben geschäftlicher Aktivitäten in der deutschen Vor- und Nachweihnachtszeit nur ein schwächliches Abbild ist vom drastischen Stillstand der chinesischen Geschäftswelt vor dem Neujahrsfest. Und ein nochmals verdünntes Abbild des mühseligen Wiederauflebens der Geschäfte nach dem chinesischen Neujahrsfest ist unser Wiederbeginn nach Neujahr, der im Vergleich zum Wiederanlaufen in China geradezu dynamisch ist. Das chinesische Neujahr ist einzigartig.

Ein Kunde lädt mich zum Neujahrsessen seiner Firma ein, und ein paar meiner Mitarbeiter gleich mit. Sie sind begeistert; ich selbst habe keine Feier geplant. Wir sitzen oft genug abends zusammen und essen gemeinsam. Nun werde ich gefragt, ob ich etwas darbieten könne. Wie bitte? Ja, das sei üblich, erfahre ich. Man sitze nicht einfach zusammen und esse und trinke und quatsche, nein, es gebe immer ein lustiges Programm. Alle Abteilungen oder Gruppen tragen etwas bei. Ob ich nicht ein paar deutsche Weihnachtslieder vorsingen könne? Das sei doch bestimmt romantisch! Ich sacke innerlich zusammen.

Vom Regen in die Traufe, lautet ein altes chinesisches Sprichwort. Oder ist es ein deutsches? Ich bin verwirrt. Warum bin ich nicht in Deutschland geblieben, wo Weihnachten um diese Zeit längst ausgestanden ist?

Ich sage zu. Ich wolle aber keine Lieder vortragen, teile ich mit, sondern lieber ein paar Fotos zeigen, von Vögeln in Parks von Shenzhen, und von meinen Beobachtungen etwas erzählen. Auch gut, meint der Programmplaner, aber dann bitte auf Chinesisch. Die Tage vor dem Essen verbringe ich mit emsigem Üben unter Aufsicht meiner Lehrerin. Bei der Veranstaltung selbst verspreche ich mich dann zuweilen beim Ablesen der Schriftzeichen. Dafür ernte ich Gelächter und Respekt. Eine Darbietung von *Stille Nacht* wäre peinlicher. Überhaupt erscheint mir das Neujahrstreffen (*vor* dem chinesischen Neujahr, wie bei uns Weihnachtsfeiern auch vor Weihnachten stattfinden) lockerer und lustiger, das Programm abwechslungsreicher als in Deutschland. Und um viertel nach neun abends ist plötzlich Schluss. Alle fahren nach Hause. Noch besser!

Und nun erst nähert sich das eigentliche Neujahrsfest. Ein Geschäft nach dem anderen, ein Handwerker nach dem anderen lässt die Rollläden herunter. Die Straßen leeren sich. Ich entdecke einen Markt, auf dem man Beiwerk kaufen kann für die Feiern: rote Girlanden, roten Wandschmuck, Plakate, Wandbehänge, Süßigkeiten, Feuerwerk und Klebefolien mit Symbolen des neuen Jahrestieres, des Tigers. Ich will einen Blick darauf werfen – und bin gleich in einer Menschenmasse gefangen, die unerbittlich vorwärtsschiebt. Ich kann sicher sein, dass ich nicht umfallen werde – wohin und wie? –, ich werde ja praktisch getragen. Aber was für ein Spektakel an knallroten Farbtönen! Rot ist in China die Farbe des Glücks, des Wohlstands und der Freude.

Für den Neujahrsvorabend, also für das chinesische Silvester, bin ich eingeladen zur Familie des Fahrers, den ich gewöhnlich für Geschäftsreisen anheuere. Wir haben uns angefreundet. Mit seiner älteren Tochter und ihrem Freund unterhalte ich mich gern. Sein jüngerer Sohn, drei Jahre alt, ist mein Ersatzenkel; meine eigenen in Deutschland sind weit weg. Mit ihm spreche ich am liebsten, denn er lernt ja auch erst Chinesisch, wenn auch anders als ich; er kommt besser voran, ohne zeitraubende Kurse. Ich nehme ihn als Beispiel, wenn wieder mal ein Europäer seufzt, er habe die Versuche im Chinesischen aufgegeben: «Du kannst doch sehen, sogar kleine Kinder lernen Chinesisch, bei denen dauert es ein paar Jahre, also versuchen wir es auch ein paar Jahre!»

Ich denke also, wir werden nun an diesem Neujahrsabend gepflegt zusammensein, vielleicht zu sechst, und der Kleine wird mit mir Chinesisch üben, er für sich, ich für mich, wir beide zusammen. Stattdessen sind ein Dutzend und noch mehr Menschen da. Es kommen wieder weitere Gäste, und andere gehen. Im Kern sind es zwei Familien, die meines Fahrerfreundes und die seines Bruders. Dazu allerlei engerer und weiterer Anhang. Alle reden auf mich ein, der Kleine sitzt auf meinem Schoß und ist genauso überwältigt von der Menschenmenge in der kleinen Wohnung. Alle laufen ständig hin und her.

Nebenan wird geschnippelt, gekocht, arrangiert, hier wird aufgetragen, begutachtet, probiert, mit Stäbchen von den Tellern geräumt, während alle auf mich einzureden scheinen oder untereinander schwatzen und lachen. Niemanden scheint es zu stören, wenn ich kaum antworte; jeder meiner kargen Gesprächsbeiträge wird begeistert belobigt. Ich bitte nicht mehr um langsameres Sprechen, sie sprechen ohnehin immer schneller, je häufiger angestoßen wird: «Auf ein gutes neues Jahr!» Da ich den Kleinen erst auf dem Schoß, dann schlafend im Arm habe, bin ich entschuldigt und muss nicht mithalten beim Anstoßen und Mittrinken.

Als die Knallerei losgeht, stehen wir alle auf dem Balkon, die Eltern freuen sich, dass ich noch immer ihr Kind hüte. So können sie mitfeiern. Ein kleines Bettchen ist nicht vorbereitet, offenbar haben sie damit gerechnet, dass ich das handhaben werde. Erst weit nach Mitternacht radele ich nach Hause.

Am folgenden Tag möchte ich in den Botanischen Garten am anderen Ende von Shenzhen. Der Freund, der Fahrer, rät von Bussen ab. Er fährt mich also. Als wir die Schnellstraße an der Abfahrt verlassen, geht nichts mehr.

Schon Kilometer vor der Abfahrt hat sich ein Stau aufgebaut. «Wir tun so, als wollen wir abbiegen», erklärt er. Er hat Lkws gefahren und als Rennfahrer Erfahrungen gesammelt. Als er nun wie zufällig und mit vielen gestischen Entschuldigungen in die Abbiegeschlange drängen will, sehen wir weiter vorn ein stattliches Polizeiaufgebot. Es lässt kein einziges Auto durch. Nur Busse dürfen passieren. Wäre ich doch mit dem Bus gefahren!

Halb Shenzhen will am chinesischen Neujahrstag in den Botanischen Garten. Das liegt, lerne ich nun, an einem Tempel, der oberhalb des riesigen, teils wilden Parks liegt. Dort sollen für das neue Jahr alle notwendigen rituellen Voraussetzungen geschaffen werden. Nur ein paar Hunderttausend Einwohner werden bis dorthin gelangen. Wir gehören nicht dazu.

Später sehe ich in den Nachrichten die dichten Menschenschlangen auf dem Weg den Berg hinauf. Der Bus hätte mich also auch in keine entspanntere Lage gebracht. Und auch ohne Opferriten komme ich gut in dieses Jahr. Auch ohne dass ich – wie alle anderen – vom Balkon aus allabendlich Raketen abfeuere und Multiexplosionsknallsets zünde, zwei Wochen lang.

Ich bleibe noch in China, dieses Jahr und die folgenden, und ich lerne die Sprache so weit, dass ich in der Lage bin, beim nächsten großen Fest einen Witz zu erzählen. Das Problem für westliche Ausländer ist im Chinesischen die exakte Betonung der Silben. Auf die kommt es an: Geht es auf oder ab oder erst ab und dann auf, wie in einer Welle. Wer falsch betont, sagt etwas ganz anderes oder produziert einfach nur Kauderwelsch. Und wer einen Witz erzählt und bei der Pointe falsch betont, erntet höfliche Ratlosigkeit.

Ich übe also einen Witz ein, mit dem ich mich selbst aufs Korn nehme. Ich bin ein Experte aus dem Westen. Und ich schließe mich dem Trend an, sich über Experten lustig zu machen. Sie liegen mit ihren Expertisen oft genug daneben.

«Ihr wisst ja, ich bin euer Experte», beginne ich. «Nun erzähle ich euch, wie wir Experten so arbeiten.» Erwartungsvolles Gelächter. «Ein Bauer und ein Experte wandern an den Wiesen entlang. Sie sehen zwei Schildkröten nebeneinanderliegen, die sich nicht bewegen. Der Experte erkundigt sich: ‹Was machen die da?› Der Bauer antwortet: ‹Die machen einen Wettbewerb; wer sich zuerst bewegt oder spricht, hat verloren.› Der Experte antwortet: ‹Was für ein Unsinn die linke von den beiden ist doch schon tot!› Da sagt die eine Schildkröte: ‹Das ist ja unfair, du bist tot, dann habe ich gewonnen!› Darauf die andere: ‹Du hast verloren, du hast dich bewegt und gesprochen! Ich bin nicht tot. Glaube niemals einem Experten!›»

Am Gelächter kann ich ablesen, dass ich verständliches Chinesisch gesprochen habe. «Jetzt sind Sie angekommen in China», sagt der Gastgeber.

«Ich liebe Ihre Feste», sage ich höflich.

«Dann freuen Sie sich aber bitte auch über unser Weihnachten und unsere Engel und den Kunstschnee in den Schaufenstern!»

Claudia ten Hoevel

Willard, Ohio

Das seltsamste Weihnachten, das ich bisher erlebt habe, begann im August. Ich war Austauschschülerin, und ich war in der einzigen Gegend gelandet, in der ich auf keinen Fall sein wollte. Im Mittleren Westen. Man hatte mich nicht zu coolen Surfern nach San Francisco geschickt, nicht zu wilden Musikern nach New Orleans und schon gar nicht nach New York City. Überhaupt in keine Stadt.

Ich war nach Willard, Ohio, gekommen, in eine Sammlung von Häusern an einer längst unwichtig gewordenen Bahnstrecke. Schon ewig hielt hier kein Zug mehr. Nur das Stationsschild gab es noch. Demnach nannte sich die Siedlung «The City of Blossoms», denn entlang der Main Street gab es ein paar blühende Bäume zu sehen.

Mein Bild von Nordamerika hatte sich aus Serien gespeist. Schnurgerade Straßen in die Freiheit, Holzhäuser auf grünen Grundstücken, High Schools, in denen Jugendliche zwischen Klassenzimmern und Metallspinden hin und her tanzten, Bücher und Stifte unterm Arm, verwickelt in vibrierende Dramen um Mobbing, Drogen und Sex.

«Welcome in The United States of America, Claudia!», grüßte ein selbst gemaltes Schild, das zwei zarte blonde Frauen hochhielten, Shirley und ihre Tochter Peggy. Das sollte meine neue Familie sein, für die nächsten zwölf Monate. «Was, ein ganzes Jahr?», hatten sie mich zu Hause gefragt. «Aber wenigstens Weihnachten fährst du doch wohl nach Hause!»

Nein. Alle anderen mochten für das Fest in die Heimat reisen. Austauschschüler nicht. Die sollten pausenlos für die Völkerverständigung unterwegs sein und den friedlichen kulturellen Austausch beschleunigen. Dazu mussten sie alle Jahreszeiten miterleben, alle Feste, alle familiären und regionalen Gewohnheiten, alles, was die andere Kultur ausmacht.

Als Gastgeschenk hatte ich etwas Typisches aus meiner eigenen Kultur mitgebracht: Weihnachtsschmuck. Die Experten des Austauschprogramms hatten uns gebrieft. Engel, Kugeln, Leuchter und Sterne aus dem alten Europa seien in Amerika besonders beliebt, vor allem aus dem Erzgebirge oder von König Ludwig persönlich gebastelt.

Binnen weniger Tage stellte ich fest, dass die Amerikaner vieles andere spannender fanden, wenn sie hörten, dass ich aus Deutschland kam: das Oktoberfest zum Beispiel und die Autobahnen und diesen Hitler. War der nicht der Komponist von «Stille Nacht»?

Willard hatte neuntausend Einwohner. Es gab eine Cookiebäckerei, eine Fabrik für Aufsitzrasenmäher und eine Druckerei, die vorübergehend Berühmtheit erlangte, als Madonnas Buch «Sex» dort gedruckt wurde. Wer nach der Schule im Ort bleiben wollte, hatte kaum Möglichkeiten. Die meisten gingen zur Army, in die Navy oder – aber das war fast unerreichbar für jemanden aus Willard – zu den Marines.

Mochte die Bahnstrecke keine Rolle mehr spielen, Shirley und Peggy lebten, so fühlten sie sich jedenfalls, «on the wrong side of the tracks», in der Hälfte der Stadt, in der noch weniger abging als auf der anderen Seite. Nun aber hatten sie eine Austauschschülerin. Und die zählt aus Mangel an anderen Events sofort zu den Top-Attraktionen.

Weil gerade das örtliche Oktoberfest geplant wurde, und zwar mit einer Parade, bekam ich als echte Ureinwohnerin des Oktoberfestlandes eine Einladung des Organisationskomitees. Einladung? Freibier? Warum nicht! Doch als ich mich am Parade-Sonntag pünktlich einfand, bekam ich flugs eine Schärpe umgelegt, mit meinem Namen darauf, und wurde genötigt, einen mit Deutschlandfähnchen geschmückten Wagen zu erklimmen. «Und jetzt einfach immer von oben winken!»

Das Lokalfernsehen freute sich. Es begann, mit mir als Deutschland-Expertin zu planen. Vor allem bei der Sendereihe «Weihnachten in aller Welt». In meinem allmählich sich glättenden Englisch berichtete ich von Christkindlmärkten, von Zwergen im Schnee und von Schlössern auf Bergen, denn die meisten Amerikaner freuen sich, wenn Deutschland durchweg bergig und mit Märchenschlössern verziert ist. Auf Geheiß stimmte ich Weihnachtslieder an, zumindest die erste Strophe, und erzählte von handgeschnitzten Engeln und Lametta und von der heinzelmännchengestützten Keksbäckerei.

Meine Redseligkeit blieb nicht unbemerkt Rotarier und Lions meldeten sich, bald auch die Future Homemakers of America und die Future Farmers of America, dann Kirchengemeinden, Seniorengruppen und weitere Lokalsender, die ihre Programme auffüllen müssten. Sie meldeten sich bei der Schule, um mich zu buchen. Manchmal wurde ich morgens nach dem Schwur auf die Flagge aus der Klasse geholt (bei diesem Fahneneid brauchte ich nur zu stehen, nicht mitzusprechen). Und manchmal versäumte ich über ein Weihnachtsgespräch sogar ein Match des unbesiegbaren High School Football Teams.

Der Winter legte sich auf die kahlen Maisfelder, und ich überraschte bei jedem Talk neu mit der Mitteilung, dass Geschenke in Deutschland bereits am Abend vor dem ersten Weihnachtstag überreicht werden. Meine Mutter schickte mir Rezeptvariationen für Vanillekipferl und Zimtsterne. Ich übte Weihnachtslieder, die ich längst vergessen hatte. Ich berichtete von Kränzen und Tannenbäumen und lieferte den freundlichen Ausklang zu den News im Advent, während ein Baby auf der Schultoilette geboren wurde, eine Sauftour ungeübter Schüler in Randale endete und ein Senior Citizen spurlos verschwand.

Mit jedem Tag leuchteten und blinkten die Lichterketten und die Rentiere in unserer Straße greller. Es fand sich immer ein Nachbar, der eine weitere Glühbirnen-Installation in seinem Keller entdeckte. Die Weihnachtsmänner kletterten über die Balkongeländer, während das Kabelwirrwarr auf den Veranden mit Kunstschnee berieselt wurde. Abends stiegen alle fast zeitgleich in ihre Pick-ups oder Mini-Vans und schoben zum Weihnachtscruisen durch die Stadt. Es war eine maximal kontaktarme Besinnlichkeit.

Allmählich spürte ich eine Art Burn-out. Ich hatte so viel von gebrannten Mandeln, Glühweinständen und Krippenspielen fabuliert, dass die Luft raus war, jedenfalls bei mir. Kurz vor dem Fest ereignete sich der Supergau. Aus den in der Klasse installierten Lautsprechern dröhnte am frühen Vormittag die Stimme des Direktors, einfach so mitten hinein in den Unterricht. Das geschah selten. Der Direktor war ein Mann von anderthalb Metern Größe, der in einem dreiteiligen Anzug steckte und kraftvoll brüllen konnte. «Clawdiiia!» Mein Nachname war in Willard überflüssig. «Come to the office immediately!»

Immediately, das war kein gutes Zeichen. Hatte etwa jemand gemerkt, dass der idyllische Weihnachtsmarkt in meiner Heimatstadt in Wahrheit keineswegs in verschneiten mittelalterlichen Gassen stattfand, sondern in einer Mehrzweckhalle? Und dass ich die zweite Strophe von «Stille Nacht» falsch zitiert hatte?

Schlimmer. Jemand hatte mir ein Päckchen geschickt. Ein selbst aufgenommenes Tape in einem Umschlag, den er mit Texten von «Public Enemy» verziert hatte. Und mit einem Witz auf Englisch: «Don't drop, this is a bomb». Vermutlich meinte er damit seinen spektakulären Musikgeschmack. Doch aus Langweile hatte ein Mitarbeiter des örtlichen Postamtes diese Zeilen entziffert und sofort den Sheriff alarmiert. Ein Entschärfungskommando war aus der nächstgelegenen Stadt herbeigerufen worden. Ein Experte für Kampfmittelbeseitigung hatte dann nach eingehender Inspektion immerhin Entwarnung geben können.

Aber nun musste der Verursacher der Aufregung ermittelt werden. Ich sollte den Namen des Versenders aus dieser irren Weihnachtsrepublik Deutschland sofort preisgeben. Der Name stand nicht auf dem Päckchen. Ich konnte mich also maximal uninformiert geben. Ich hatte absolut keinen Schimmer, wer auf so eine absurde Idee verfallen könnte. Niemand aus meinem Bekanntenkreis, das war sicher. Mir wurde nahegelegt, noch mal darüber zu schlafen und am nächsten Tag im Büro des Direktors Bericht zu erstatten, was mir an Anhaltspunkten noch eingefallen sei. Ich schlief schlecht.

Und dann geschah ein Weihnachtswunder. Morgens hatte ich das Haus gewöhnlich für mich alleine. Wenn ich aufstand, lag meine Gastschwester Peggy bereits im Bett, nachdem sie von der Nachtschicht in der Cookiefabrik gekommen war, und meine Gastmutter war bereits aufgebrochen zum Montageband der Aufsitzrasenmäher. Ich hatte den Morgen und den Fernseher für mich allein und glotzte so lange Music Videos, dass ich es knapp noch mit dem Rad zur Schule schaffte. Ich war die Einzige in der Schule, die in meinem Alter noch radelte. Alle anderen besaßen längst ein Auto, und jeder einzelne fand es originell, mich beim Überholen anzuhupen.

Doch an diesem Morgen war alles anders. Gegen sieben Uhr wurde das Fernsehprogramm unterbrochen. Nur noch grieseliger Schnee war zu sehen, und eine Geisterstimme verkündete unheilvoll: «Annnouncement for Huron County. Due to weather conditions all Willard Schools will be closed until further notice.» Was war das denn? Schulschließung? Zu viel Schnee? Ja. Das Telefon klingelte, und am anderen Ende schrie Tiffany euphorisch: «Snow Day!»

Damit war für mich der höchste Feiertag im Kalender von Willard, Ohio, verkündet worden. Über Nacht war so viel Schnee gefallen, dass die rumpeligen gelben Schulbusse nicht mehr ausschwärmen konnten, um jüngere Schüler einzusammeln. Die Schule war dichtgemacht worden. Schneefrei. Und ich hatte nicht mal gebetet.

Als die Schule ein paar Tage später wieder öffnete, hatte der Direktor die Sache mit der Bombendrohung vergessen oder verdrängt. Er sprach mich nicht mehr darauf an. Nur beobachtete er mich für den Rest des Jahres etwas skeptischer, oder so kam es mir vor.

Es wurden uns noch mehr solcher Snow Days beschert. Die Schüler der älteren Jahrgänge verbrachten diese geschenkten Tage von morgens bis abends im überheizten Einkaufszentrum der übernächsten Stadt, dauerbeschallt von Christmas Hits. Ich wurde eingeladen. Ich war nicht mehr die Weihnachtsstreberin, sondern auf einmal sehr interessant. Die Sache mit dem brisanten Paket aus Germany hatte sich herumgesprochen.

Zu Hause fand ich in diesen Tagen zum ersten Mal einen Sack frisches Obst vor. Cranberrys! Die Küche von Peggy und Shirley war gewöhnlich von Convenience und Mikrowelle geprägt. Und nun diese leuchtend roten kirschgroßen Beeren. «Was machen wir damit?» – «Wir fädeln sie abwechselnd mit Popcorn auf Schnüre und wickeln sie um den Tannenbaum!» Na gut. Der Schmuck machte sich überraschend hübsch und erforderte ausnahmsweise keine Steckdose.

Heiligabend passierte dann, was mir bereits angekündigt worden war: gar nichts. Nur ein letztes überdrehtes Last-Minute-Shopping zur tausendsten Schleife von «Rocking around the Christmas tree», obwohl wir schon in den Wochen zuvor kaum etwas anderes unternommen hatten. Am 24. Dezember mussten wir vor allem deshalb los, weil meiner Gastschwester eingefallen war, dass auch ich für den nächsten Morgen, den Höhepunkt des Festes, unbedingt einen Xmas-Schlafanzug bräuchte plus eine Wichtelmütze, genau wie der Rest der Familie.

Mangels Kamin hängten wir die Weihnachtssocken am 24. abends am Nachtspeicherofen auf. Wir stellten Kekse und Milch raus für Santa und seine Rentiere. Und gingen sehr früh ins Bett.

Der größte Teil meiner Gastverwandtschaft war noch bedient vom Familientreffen an Thanksgiving und kam nicht schon wieder angereist aus Georgia oder Kentucky.

Aber die drei aufgedrehten, blondlockigen Nichten waren da, steckten alle mit ihrer Vorfreude an und sorgten für eine schlaflose Nacht.

Weit vor Morgengrauen läuteten sie die Weckrunde ein, kreischend, was dazu führte, dass alles Folgende einer seltsam schläfrigen Pyjama-Party glich, nur ohne Alkohol. Bescherung am Morgen. Wer hat sich so was ausgedacht? Innerhalb weniger Minuten hatte sich das Haus in eine Verpackungsmüllhalde verwandelt, die Kinder tobten, und die Erwachsenen, zu denen ich mich zählte, versumpften bei Truthahn und Weihnachtsfilmen und bekleckerten sich mit Bratensauce. Feierlich war das nicht, aber entspannt. Wir befanden uns im tiefgläubigen Mittleren Westen. Der Kirchgang wurde trotzdem auf den nächsten Tag verschoben.

Von meiner Schwester bekam ich Tickets für ein Sting-Konzert, obwohl ich Public Enemy bevorzugt hätte, die ebenfalls in Cleveland auftraten. Die fand meine Gastmutter zu gefährlich. Den Xmas-Schlafanzug habe ich Jahre später aus einer Flohmarktkiste gerettet und besitze ihn immer noch. Ein bisschen sieht man noch die Schatten eines Gravy-Saucenflecks. Bei meiner Familie zu Hause konnte ich die Gammel-Feiertage nicht so richtig etablieren. Aber in manchen Jahren fädle ich Popcorn und Cranberrys – hier leider frisch nur in sehr mickrigen Größen zu bekommen – auf Fäden. Dann träume ich davon, dass jemand in der Adventszeit mal «Snow Day!» ruft und die Welt für ein paar Tage stehen bleibt. Und hole das Päckchen hervor, das mein Ex-Freund mir damals geschickt hat und das die größte Weihnachtsaufregung war in Willard, Ohio.

Hans Zippert

Das gefährlichste Fest des Jahres

Vier Fünftel der Deutschen halten Weihnachten für das Fest des Weihnachtsbaumes. Nur ein Drittel verbindet damit die Geburt Jesu. Vielleicht weil Jesus nicht unter einem Weihnachtsbaum zur Welt kam. Jedenfalls werden die Deutschen in diesem Jahr 450 Millionen Euro für Weihnachtsbäume ausgeben. Würde man davon nur einen einzigen Baum kaufen, bekäme man eine 37 Millionen Meter hohe Blaufichte oder eine immerhin noch gut 20 Millionen Meter große Nordmanntanne. Elon Musk könnte sich so ein Bäumchen leisten, aber auch für ihn wäre es nicht leicht, den Baum zu schmücken. Bis man alle Wachskerzen angezündet hätte, würden drei Lichtjahre vergehen. Allerdings könnte man den Christbaum dann problemlos vom Mond aus erkennen.

Wir sind bescheidener. Die Umweltschutzorganisation WWF hat dazu aufgerufen, nur ökologische Weihnachtsbäume zu kaufen. Abgeraten wird von Bäumen aus Käfig- oder Bodenhaltung, die oft kaum noch Nadeln haben, weil sie nicht artgerecht aufgezogen worden sind. Die Massenbaumhaltung sei nicht gesund für die Pflanzen, die häufig psychische Schäden davontragen, die zur Persönlichkeitsspaltung führen – der Verbraucher hat dann plötzlich zwei Weihnachtsbäume.

Wer jemals miterleben musste, wie Tausende von Bäumen an einem einzigen Tag eingesammelt, geschlachtet und verkaufsfertig gemacht wurden, dem kann ohnehin die Lust auf das Fest vergehen. Ein völliger Verzicht auf einen Tannenbaum, wie ihn radikale Naturschützer fordern, hält der WWF aber nicht für sinnvoll, da Alternativbäume aus Tofu bisher noch nicht serienreif sind.

Der Christbaum trägt die Äste in diesem Jahr lang mit schmalen Nadeln, zeigt aber auch gerne mal Stamm. Technikfans sollten darauf achten, dass der Baum mindestens eine Schnittstelle hat. Die Krippe kann bedenkenlos mit Ochs und Esel bestückt werden, denn die Pharmaindustrie plant diesmal weder Rinderwahnsinn noch Eselsgrippe. Wer ganz sicher sein will, entscheidet sich für eine Krippeschutzimpfung.

Denn so ganz und gar ungefährlich ist das Fest ja nicht. An Heiligabend brennen mehr Weihnachtsbäume ab als an allen anderen Tagen im Jahr. In unmittelbarer Nähe zu einem Baum kann es überdies jederzeit zu einem unkontrollierten Ausbruch von Hausmusik kommen. Selbst eine Ökotanne bietet davor keine Sicherheit. Personen mit einer Lametta-Allergie sind aufgerufen, vom 20. Dezember an Wohnzimmerbereiche weiträumig zu umgehen. Der TÜV-Rheinland empfiehlt, vor der Bescherung alle Weihrauchmelder auszuschalten.

Auch die Wahrscheinlichkeit, mit dem Partner mehr als drei Sätze reden zu müssen, ist während der Feiertage extrem hoch. Deshalb werden um diese Zeit doppelt so viele Personen mit Herzinfarkt eingeliefert wie an anderen Tagen. Das Aggressionspotenzial steigert sich in der Adventszeit und erreicht an den Festtagen seinen Höhepunkt. Das Bundesamt für die Sicherheit im Haushalt rät davon ab, Geschenke wie Äxte, Stichsägen, Baseballschläger oder Kleinkaliberpistolen unter den Baum zu legen. In jedem Fall sollten alle Familienmitglieder kugelsichere Westen und Bescherungsschutzhelme tragen.

Zeitgleich steigt die Gefahr, in einen Weihnachtsgottesdienst zu geraten. Nach Berechnungen des Statistischen Bundesamts ist sie am größten zwischen dem 24. und 26. Dezember. Fast vierzig Prozent der Bevölkerung behaupten, sie gingen Heiligabend freiwillig in eine Kirche. Sie müssen darauf vorbereitet sein, dass der Raum überfüllt ist. Kirchen werden zu Weihnachten gern als Zwischenlager für Minderjährige genutzt, denn das Kinderparadies von Ikea hat geschlossen. In den heiligen Räumen wird es immer noch nicht gerne gesehen, den beanspruchten Platz vorher mit einem Handtuch zu markieren. Meistens bieten die Veranstalter zum Ausgleich eine Spätveranstaltung an, die häufig unter dem Namen Mitternachtsmesse läuft.

Trotz der unheimlichen Zeit wird man in den Bankreihen nur wenige ausgehöhlte Kürbisse, Menschen mit Vampirzähnen und wandernde Untote sehen. Es kann aber sein, dass unvorbereitete Besucher durch die Darstellung eines bärtigen Mannes erschreckt werden, der an ein Holzkreuz genagelt wurde. Wie der Mann in diese unangenehme Lage geraten konnte, wird im Verlauf der Veranstaltung selten zufriedenstellend erklärt.

Interessierten empfehlen die Kirchen ihre Einführungskurse und Merkblätter. Teilzeitgläubige wollen oft wissen, warum es zwei christliche Konfessionen gibt. Ob das so sei wie mit Hertha und Union oder wie mit Wagenknecht und der Linkspartei? Ist der Protestantismus wirklich besser für die Knie? Warum wird Jesus Weihnachten geboren und stirbt schon zwei Tage vor Ostern?

Und am wichtigsten: Wo wird man zum Weintrinken eingeladen, wo trinkt der Pfarrer alleine?

Theologen raten dazu, die Familie unbedingt vor der Bescherung in die Kirche zu schicken. Andernfalls fehle es im Gottesdienst an Konzentration. Auch bestehe die Gefahr, dass Beschenkte gar nicht mehr zum Gottesdienst erscheinen können – wegen der weihnachtlichen Unfallhäufigkeit. Viele Geschenke, speziell für Kinder, enthalten heute verschluckbare Kleinteile. Völlig unterschätzt wird jedoch die Gefahr durch verschluckbare Großteile. Heutige Kinder sind in der Lage, Bauklötze von Rattengröße zu verschlucken. Im Magen vieler Dreijähriger befinden sich erstaunliche Holzmengen, die zwar nahrhaft, aber kaum verdaulich sind. Führende Pädagogen empfehlen daher Spielzeug aus unverschluckbaren Riesenteilen oder die mobile Magenauspumpstation von Kärcher.

Dazu kommt, dass fast alle Kuscheltiere lebensgefährliche Giftstoffe enthalten. In den Füßen eines Plüschpinguins wurde zuletzt Formaldehyd gefunden. Zum Verzehr ist so ein Tier nur noch bedingt geeignet, es empfiehlt sich, den Pinguin mindestens vier Stunden zu kochen. Kinder sollten nicht länger als zehn Minuten mit einem Plüschtier in Berührung kommen und danach gründlich abgeduscht werden. Der Biss eines Plüschteddys gilt als tödlicher als der einer Kobra. Kuscheltiere müssen deshalb in einer gut gesicherten Stahlbox gelagert werden. Keinesfalls sollte man sie mit ins Bett nehmen, und wenn, sollte man ihnen nicht den Rücken zuwenden oder neben ihnen einschlafen. Viele Tiere sind heute WLAN-fähig und mit Geheimdiensten vernetzt. Ihnen anvertraute Geheimnisse melden sie sofort weiter. In mehreren Plüscheseln konnte Pferdefleisch nachgewiesen werden. Allergiker hingegen dürfen aufatmen, lediglich in einem Eichhörnchen wurden Spuren von Nüssen gefunden.

Was Waldpädagogen empfehlen, ist auch nicht mehr ohne. Die Stiftung Warentest hat festgestellt: Jedes zweite Holzspielzeug ist gefährlich. Und es kommt noch schlimmer: Die andere Hälfte ist brandgefährlich! Tatsächlich war Holzspielzeug in 99,8 Prozent der getesteten Fälle brennbar und zwar mit teilweise beachtlichen Heizwerten. Ein Holzeisenbahnbaukasten sorgt etwa vier Stunden lang für wohlige Wärme im Wohnzimmer. Danach ist der Holzzug allerdings nur noch begrenzt einsetzbar. Die Stiftung Warentest gab den Spielwert einer verbrannten Holzeisenbahn mit 2,4 Prozent an.

Die andere Stiftung, die Stiftung Lesen, empfiehlt als Alternative lesbare Geschenke, sogenannte Bücher. Schenkende machen sich damit allerdings nicht beliebt. Jungs stehen nach Erkenntnissen der Stiftung auf Abenteuergeschichten mit männlichen Helden, Mädchen wollen was mit Pferden lesen. Pferde, die Abenteuer erleben, interessieren Jungen nur, wenn es Hengste sind, während Mädchen sich nur dann für männliche Helden begeistern, wenn die ein Pferdegebiss haben. Pferde lesen dagegen so gut wie keine Bücher. Eine Kommission der Stiftung soll die Gründe herausfinden.

Übrigens werden Pferde zu Weihnachten nur in privilegierten Haushalten verschenkt. Weniger begüterte Familien müssen auf kleinere Tiere zurückgreifen. Verbraucherschützer machen darauf aufmerksam, dass es schwierig ist, ein Tier ansprechend zu verpacken Hamster, Meerschweinchen oder Katzen können sehr lebhaft sein. Sie lassen sich nur schwer einwickeln, sträuben sich gegen Schleifchen und andere Dekorationen und wollen sich auch nicht wehrlos beschriften lassen.

Tote Tiere sind dagegen leichter zu handhaben und billiger in der Unterhaltung, sorgen aber zuweilen für enttäuschte Gesichter. Eine Schildkröte bietet sich als Kompromisslösung an. Sie läuft bereits in einer stabilen und formschönen Verpackung herum und ist nicht hyperaktiv. Allerdings sind Schildkröten nicht besonders kuschelig und sprechen nur wenig oder undeutlich.

Wenn Kinder sich ein Tier zu Weihnachten wünschen, sollte man ihnen klarmachen, dass damit auch Pflichten verbunden sind. Hunde wollen ausgeführt, Katzentoiletten müssen sauber gemacht, Hamsterräder müssen geölt und Kaninchennachkommen archiviert werden. Außerdem ist zu beachten, dass Papageien Mittwochnachmittag keine Sprechstunde haben.

Tiere, die lange leben, sind als Geschenke ungeeignet. Schildkröten, Papageien oder Krokodile können ein hohes Alter erreichen und sogar ihre Besitzer überleben. Es sollte also schon zu Weihnachten geregelt werden, wer das Krokodil erben und pflegen muss. Dem Tier ist es jedenfalls nicht zuzumuten, die Pflege eines hinfälligen Besitzers zu übernehmen; auch gelten Krokodile – vielleicht zu Unrecht – als wenig einfühlsam.

Wenn es unbedingt ein Tier sein muss, rät die Verbraucherzentrale zu einer gebratenen Gans. Daran kann sich die ganze Familie erfreuen, und das Problem der Urlaubsbetreuung fällt gar nicht erst an. Ein Marzipanschwein ist noch günstiger in der Anschaffung, macht so gut wie keinen Dreck und kann noch am Heiligen Abend rückstandsfrei entsorgt werden.

Solche Bescheidenheit entspricht auch der Wirtschaftslage. Die Kaufhaltung wird als zurückhaltend eingestuft. Führende Wissenschaftler haben ermittelt, dass Weihnachtsbäume in diesem Jahr durchschnittlich 16 Zentimeter kürzer sind; auch kommen drei Kerzen weniger als im Vorjahr zum Einsatz. Jeder dritte Schwibbogen und jeder vierte Engel musste entlassen werden. Kinder bekommen nach einer Umfrage nur noch Spielzeug im Wert von 81 Euro geschenkt. Nach Recherchen eines Nachrichtenmagazins gibt es allerdings kein kindgerechtes Geschenk für 81 Euro. Ermittelt werden konnte lediglich ein vom Kleintierversand angebotener «gebrauchter, runderneuerter Leguan (mit Gehhilfe)» für 81 Euro. Rechtsexperten raten wegen der fehlenden Herstellergarantie davon ab.

Sowohl für Kinder als auch Erwachsene kommen wohl wieder vor allem Gutscheine zum Einsatz. Fragwürdiger Trend waren schon im vergangenen Jahr Gutscheine für Schönheits-OPs. Experten warnen davor. Gerade unter dem Weihnachtsbaum könnten Gutscheine für ästhetisches oder plastisches Upgrading zu Streit führen. Häufig werde dem Überbringer das Geschenk nicht einmal gedankt: «Ach, du glaubst, ich hab das nötig? Dann guck dich erst mal an!»

Ehepaare sollten sich immer Gutscheine für eine gemeinsame Operation schenken, auch der Nachhaltigkeit zuliebe. Das Fett, das beim Mann abgesaugt wird, kann bei seiner Partnerin zur Brustvergrößerung oder zum Lippenaufspritzen benutzt werden. Abzuraten sei von Schnäppchenangeboten zum Fest wie zwei Nasenkorrekturen zum Preis von einer oder Ohrenanlegen mit der bulgarischen Klebepistole. Das einzig Sichtbare sei in solchen Fällen die Kreditkartenabsaugung. Dagegen sei ein Schönheits-OP-Baukasten für Kinder von Kosmos mit Bügeleisen zum

Faltenglätten für die ganze Familie nützlich und könne sofort ausprobiert werden.

Wenn Gutscheine verschenkt werden, gilt die wissenschaftliche Empfehlung, auf eine nähere Bestimmung zu verzichten. Junge Menschen sind entsetzt, wenn sie einen Gutschein für Bücher bekommen. Sicher geht man nur mit einem Gutschein für einen Gutschein. Denken wir daran, dass schon vor über zweitausend Jahren reale Geschenke nicht willkommen waren. Jesus bekam Gold, Weihrauch und Myrrhe ins Haus geliefert, obwohl weder er noch seine Eltern dergleichen bestellt hatten. Umtausch war nicht möglich, die Gutscheinkultur noch unbekannt. Und ein Gutschein für eine Kreuzfahrt wäre vielleicht auch geschmacklos gewesen.

Und nicht einmal heute kann alles umgetauscht werden. Was tun mit einem Hund, der farblich nicht zur Couchgarnitur passt? Wie kriegt man bei Ebay den Höchstpreis für das Fotobuch mit den scheußlichen Bildern von der vergangenen Bescherung? Wie wird man den Typen wieder los, den man versehentlich im Adventsangebot von Parship angeklickt hat? Darf man das Buch von Angela Merkel ungelesen ins Altpapier werfen?

Weihnachten ist zum Fest der unerwünschten Gaben geworden. Deshalb mahnen Fachleute zur Zurückhaltung. Klimaexperten schlagen sogar die Abschaffung des Festes vor. Allein die Zubereitung eines Gänsebratens verschlinge 3,5 Kilowattstunden. Nicht viel besser sehe es bei der Festbeleuchtung aus. Eine einfache 500 Meter lange Lichterkette mit dreizehn verschiedenen Blinkstufen für Reihenendhaus und Pergola verbrauche dieselbe Energiemenge wie das Toasten von 1,9 Millionen Weißbrotscheiben. Das Fest sei insgesamt so umweltschädlich wie drei ältere polnische Kohlekraftwerke unter Vollauslastung.

Jesus, der berühmte Begründer des Weihnachtsfestes, war noch vollkommen klimaneutral unterwegs. Seine Familie fuhr nicht im voll klimatisierten SUV in die Stadt Davids, sondern praktizierte eine zu Unrecht in Vergessenheit geratene Form des Donkey-Sharings. Sie teilten sich einen Esel, der, nach allem was man inzwischen weiß, nicht mit fossilen Brennstoffen betrieben wurde.

Für die Geburt eines leibhaftigen Christkindes reichte damals ein ressourcenschonender Stall mit Krippe. Lediglich die Anwesenheit eines Ochsen lässt die Methangasproblematik ahnen. Jesus bekam keine Kiddies-Smartwatch oder ein Klickspaß-Einhorn aus Vollplastik. Die Ökobilanz seiner Geschenke sieht glänzend aus. Auch die drei Onkel aus dem Morgenland nutzten weder Alibaba noch andere Versandplattformen, sondern nahmen eine klimaneutrale Reise auf sich, um ihre Pakete persönlich bei Jesus abzuliefern. Auf Spezialeffekte musste man damals trotzdem nicht verzichten. Der Stern von Bethlehem verbrauchte keinen Strom, und selbst der Flug der Engel ging weitgehend kerosinfrei vonstatten.

Experten des Bundesheizungsministeriums warnen dennoch davor, den Stall von Bethlehem zum Vorbild zu nehmen. Er war nicht wärmeisoliert und verfügte weder über Thermopenscheiben noch über eine leistungsfähige Wärmepumpe. Der umweltbewusste Fachhandel biete heute energiesparende Heizkrippen an, die sich mit wenigen Handgriffen zu einem Hochleistungsgrill umfunktionieren lassen, auf dem man Ochs und Esel schmackhaft zubereiten kann.

Weil nach schwerem Essen der Schlaf oft gestört ist,

kommt es in den Nächten des Festes häufig zu tastenden Übergriffen zwischen Partnern. Grund dafür sei die kollektive Stimmung der Liebe, wollen amerikanische Forscher herausgefunden haben. Dabei feiern wir an Weihnachten eigentlich die Geburt eines Kindes, bei dessen Zeugung keine uns bislang bekannten sexuellen Praktiken im Spiel waren.

Vielleicht wollen die Menschen einfach nachholen, was damals versäumt oder unterlassen wurde. Hinzu kommt, dass sie sich an den Feiertagen langweilen, weil im Fernsehen nichts läuft und die Serien auch langsam abgenudelt sind. Wenn Menschen sich langweilen, verfallen sie auf die absurdesten Einfälle, und so kommt es, dass neun Monate nach Weihnachten in der westlichen Welt die meisten Kinder geboren werden.

Will ein Staat die Geburtenrate steigern, dann muss er nur dafür sorgen, dass öfter mal Weihnachten ist. Das würde für ungeahnte Höhepunkte in der Bevölkerung sorgen – und für unbefleckte Einnahmenempfängnis im Einzelhandel.

Doris Akrap

Vertrocknete Zombies

Berlin gilt als multikulturelle Hochburg. Aber versuche in dieser Stadt mal, Bakalar zu kaufen. Bakalar gehört in Kroatien an Heiligabend auf den Tisch wie in Deutschland der Kartoffelsalat. Für Kartoffelsalat geht man in den nächsten Laden, kauft die Zutaten, kocht und schnippelt sie in eine Schale, fertig. Der Aufwand, Bakalar überhaupt zu bekommen und dann auch noch zuzubereiten, übertrifft den für die Kartoffelsalatherstellung um ein Vielfaches.

Seit ich in Berlin lebe, fahre ich für den Bakalar zweimal im Jahr – auch an Karfreitag kommt bei ordentlichen Kroaten Bakalar auf den Tisch – von Kreuzberg nach Reinickendorf, was so viel bedeutet wie: durch die halbe Stadt. Die reine Fahrtzeit mit der U-Bahn von meiner Wohnung zum Bahnhof Residenzstraße beträgt eine Stunde. Anschließend muss ich noch zwanzig Minuten Fußmarsch hinlegen: erst entlang der B96, der legendären Bundesstraße, die die Berliner seit DDR-Zeiten direkt zur Ostsee führt, dann rechts ab in die Kopenhagener, vorbei an einem Trödelladenschaufenster mit verstaubten Gläsern, Anrichteplatten und Porzellanfigürchen, einer Spielothek, einem Lottoladen mit Getränkesortiment, einer Fahrschule und mit schmuddeligen Rollläden verbarrikadierten Erdgeschosswohnungen. Nun geht es nur noch kurz durch einen riesigen Tunnel unter der Bahntrasse durch und dann auch schon rechts ab in das Gewerbegebiet Flottenstraße. Lagerhallen, Hallen für die Verarbeitung von Backwaren, Fleisch und Müll, Autoreifentürme, kleine Bürogebäude mit breiten Eingangstreppen, überdimensionierte Schilder mit traurigen Firmennamen wie KTM-MAGOM, ALNO-bbd, NIRO-form, Unternehmen des Gruben- und Fäkalienentleerungswesens, massenweise Lkws, wenig Menschen.

In einem dieser großen Gebäude ohne Fenster befindet sich eine kleine rostige Stahltür, an der ein winziges Schild klebt, auf dem «TRIVO Import» steht.

In einem *Tatort* würden dahinter Zwangsprostituierte, illegale Flüchtlinge, Krokodile, Drogen, Tankschiffe oder Panzer von fiesen Typen und einer Blondine in engen Lackhosen verhökert. In der tristen Realität der kleinen kroatischen Einwandererszene Berlins befindet sich hinter dieser Tür ein 20 Quadratmeter großer Raum mit hellbraun gefliestem Boden. Auf der rechten Seite befindet sich ein Regal, in dem hinter Glas begehrte Industrieprodukte aus Kroatien stehen: der Kräuterschnaps Pelinkovac, die Praline Bajadera, der Kaubonbon Kiki und die Orangenlimonade Pipi. Auf der anderen Seite des Raumes eine klassische, ebenfalls umglaste Fleisch- und Käsetheke mit gepökelten und geräucherten Fleischstücken und Käse von der adriatischen Insel Pag. An der Wand eine Stange mit Metzgerhaken, an denen Würste, Schinken, Rippchen und anderes Trockenfleisch hängt, darüber das kroatische Wappen in einem kleinen Bilderrahmen. An der Kopfseite ein niedriger Tresen, auf ihm ein Schreibblock und ein Pappkarton. Aus dem Pappkarton, der mit dem Namen der berühmten kroatischen Schokoladen- und Keksfirma Kraš bedruckt ist, wächst in den Tagen vor Ostern und Weihnachten ein schiefer und dunkler Hügel aus Fischbrettern, der Bakalar.

Die meisten Kunden, die hier mit mir auf engstem Raum stehen, sprechen Kroatisch so wie ich: mit deutschem Akzent. Die meisten von ihnen sind so wie ich hier geboren, die anderen seit Jahrzehnten hier lebend. Hin und wieder steht aber auch jemand in dem Laden, der kein Kroatisch spricht: Kinder der dritten Einwanderergeneration oder biodeutsche Freunde, Ehepartner oder Lebensgefährtinnen von Menschen mit kroatischem Hintergrund. Kroaten, die erst seit Kurzem in Berlin leben, sieht man hier nicht. Der Aufwand, den man hier betreiben muss, um an ein paar Lebensmittel fürs Weihnachtsessen zu kommen, ist ihnen schlicht zu groß. Sie setzen sich einfach ins Auto und fahren nach Hause, also nach Stuttgart, Frankfurt, München oder gleich nach Split.

«Halbe Pfund getrocknet Schweinerippsche, halbe Speck, Rindwurst eine, Bakalar 500 Gramm und ein Pipi», diktiert die Verkäuferin ihrem Kollegen, der das Gesagte auf den Schreibblock notiert. «68,50», sagte sie dann direkt danach und dann «Ajde 68». Noch bevor ihr Kollege mit dem Aufschreiben meines Einkaufs zu Ende ist, hat sie schon im Kopf die zu zahlende Summe ausgerechnet und ganz balkanisch sofort abgerundet. Das Geld – keine Kartenzahlung möglich – steckt sie in ein Täschchen, das sie um die Hüfte gebunden hat wie eine Kellnerin.

Bakalar wird in Deutschland als Stockfisch bezeichnet. Der Stock in diesem Fisch ist nicht der, auf den der Fisch aufgespießt ist, wie es beim bayerischen Steckerlfisch der Fall ist. Der Stock beim Bakalar kommt aus dem Norwegischen, wo die Trockengestelle, auf denen der Fisch an der frischen Luft hängt, stokk genannt werden.

Der Bakalar ist ein Fisch, bei dem von Fisch kaum noch was zu erkennen ist. Er sieht aus wie ein extrem dreckiges Bettlaken, das an einer Wäscheleine im Frost eingefroren ist. Oder wie eine zertrümmerte Schiffsplanke. Oder ein vertrockneter Zombie. Der Schwanz des Fischs ist noch ganz dran. Aber dort, wo der Kopf abgerissen wurde, klafft ein riesiges Loch, was aussieht wie ein aufgerissenes und zerrissenes Maul, da noch ausfransende Zipfel vom Rumpf hervorstehen.

Bakalar wird aus nordnorwegischem Kabeljau gemacht. Bevor er paarweise an den Schwanzflossen zum Trocknen aufgehängt wird, werden Kopf und Eingeweide entfernt. In der guten Luft der Fjorde wird er hart wie jugoslawischer Beton und ist deswegen lange bis ewig haltbar.

Erfunden wurde er im 8. Jahrhundert, um mit dieser Form konservierter Lebensmittel Soldatenheere und Schiffsbesatzungen über einen langen Zeitraum ernähren zu können. Zur Delikatesse aber wurde er außerhalb Norwegens in Südeuropa. Die meisten Menschen in Südeuropa lebten noch bis weit ins Mittelalter im Inland. Für sie war vor der Erfindung der Konservendose der durch Luft konservierte Fisch die einzige Gelegenheit, überhaupt Fisch zu essen. Was aus der Not heraus erfunden wurde, ist heute eine kostspielige Spezialität. Um die 60 Euro das Kilo kostet der vertrocknete Zombie. Jedenfalls der einzig wahre, der in Kroatien auf den Tisch kommen darf, und das ist der, der aus der atlantischen Familie der norwegischen Dorsche kommen muss, in der Luft der dortigen Fjorde getrocknet und davor nicht gesalzen wurde.

Einmal stand ich nach der langen Reise bei TRIVO Import zwischen den Vitrinen und sah weit und breit keinen Karton. «Aus, alle, keine Bakalar mehr», sagte die Verkäuferin. Das konnte nicht sein. Das ging einfach nicht. Vier Tage später sollten zwölf Leute zum Weihnachtsessen kommen, was sollten die denken? Und essen? War das der definitive Beweis, irgendwo im Leben falsch abgebogen zu sein?

Während ich als düpierter Pudel zurück zur U-Bahn lief, googelte ich «Bakalar München», weil ich wusste, dass es an der Isar eine viel größere kroatische Community gab, und weil außerdem mein Freund dort lebte und zu Weihnachten nach Berlin kam. Es gab einen Treffer, und ich rief bei einem kroatischen Feinkostladen an. «Bakalar? Selbstverständlich. Aber nur noch zwei!», sagte die Inhaberin. Ich reservierte die beiden Helden, rief den Freund in München an, der sie gleich abholte, einen davon Poldi nannte und bei sich auf den Balkon hängte.

«Ich glaub, der Fisch ist schlecht», simste er, als er in der Bahn unterwegs nach Berlin war. «Wieso?», fragte ich. – «Er stinkt.» – «Das ist normal. Das muss so.»

Es ist wirklich so. In Kroatien duftet es an Heiligabend nicht nach Apfel, Zimt und Mandelkern, sondern nach warmer Fischpisse. Der wirklich sehr fischige Fischgeruch des Bakalar ist im getrockneten Zustand allerdings noch so leicht wie ein Eau de Toilette. Bevor man ihn kocht, muss man ihn zwei bis drei Tage in Wasser einweichen. Das dabei entstehende Odeur ist schon wesentlich intensiver. Der Geruch des Weichwassers jedoch ist gegen den Gestank, der beim anschließenden Kochen entsteht, ein lieblicher Hauch.

«Man riecht es schon vor der Haustür», kommentiert ein Freund, der Stammgast bei meinen Weihnachtsessen ist. Premierengäste können ihren Ekel kaum verbergen, legen Nasenrücken in Falten, gucken skeptisch, sagen hektisch «Danke, das reicht», wenn ich grad mal einen Teelöffel vom Bakalar auf ihren Teller bringe, und schieben sich höchstens einen halben Fingernagel voll davon auf die erste Gabel. Aber spätestens ab der zweiten wissen sie, dass man durch den noch wochenlang in den Klamotten hängenden Geruch durchmuss, will man diese köstliche und an nichts Vergleichbares erinnernde Spezialität genießen.

TRIVO Import hat Öffnungszeiten wie im Sozialismus: Dienstag 12 bis 14 Uhr, Donnerstag 13:30 bis 16:30 Uhr, Freitag 10 bis 13 Uhr. Vor oder nach der Arbeit dort hinzureisen, ist unmöglich. Ich muss mir immer einen Tag freinehmen, um ins Gewerbegebiet Flottenstraße zu kommen, nur um dann maximal zehn Minuten in einem Laden zu verbringen, in dem ich ein potthässliches und knüppelhartes Stück Fisch zu kaufen versuche. Aber wer Spaß haben will, muss leiden, und ich hab nun mal einen gewissen Spaß daran, eine ganz eigene Tradition in der Tradition etabliert zu haben. Andere treffen sich bei Glühwein auf dem Weihnachtsmarkt. Ich fahre mit der U-Bahn ins Gewerbegebiet Reinickendorf.

Die Konsistenz des Fisches – hart, sehr! – lässt ein Umknicken oder Zusammenfalten nicht zu, und da der Bakalar zwischen 40 und 60 Zentimeter lang ist, muss man sich für seinen Transport etwas überlegen, will man ihn nicht für alle sichtbar durch die Gegend tragen, als wär's ein betörend duftender Blumenstrauß. Man braucht eine Sporttasche XXL oder eine dieser heute als Klimakiller Nummer 1 geltenden übergroßen Plastiktüten, die Kaufhäuser früher umsonst herausgaben, um die Moulinex oder das Puppenhaus nach Hause zu transportieren.

Anschließend habe ich mit diesen Tüten, die wegen ihrer Größe sowieso zu nichts anderem zu gebrauchen sind, immer in der U-Bahn gesessen. Ich habe an den Augenpaaren vorbeigeguckt, die mich fragend anstarrten, und habe betont unbeteiligt aus dem Fenster geblickt, als würde ich den beißenden Geruch, der sich im Abteil immer mehr ausbreitete, nicht ansatzweise wahrnehmen und als würde sich in meiner Plastiktüte XXL eine große Schachtel mit einer Carrera-Bahn befinden.

Nach der ersten Euphorie über die eroberte Trophäe habe ich mir allerdings schon nach zwei U-Bahn-Haltestellen und weit vor Kreuzberg immer wieder die Frage gestellt, ob es nicht auch Kartoffelsalat getan hätte.

Im ersten Jahr der Pandemie gab es weit und breit keinen Bakalar in den kroatischen Läden, ob in Frankfurt, Berlin oder München. Die einzige Alternative: beim Portugiesen oder Spanier Bacalhau kaufen. Bacalhau ist aber nicht Bakalar. Bacalhau wird vor dem Trocknen gesalzen und sieht nicht aus wie ein vertrockneter Zombie, sondern wie normales Fischfilet. Er ist stinknormal, aber er stinkt nicht. Und deswegen schmeckt er auch nicht. Jedenfalls nicht so und nicht so intensiv wie der Bakalar. Ein Weihnachten aber, an dem es nicht nach Fisch und Pisse stinkt, ist für Kroaten kein Weihnachten. Und mit Bacalhau statt Bakalar ist es eben auch keines.

«Das war wohl nichts», höre ich den Richter sagen, der am Ende meiner Tage das Tor schließt, durch das ich hätte gehen müssen, um wenigstens an Heiligabend alles richtig gemacht zu haben.

Scheitern an Heiligabend ist überall ein großes Thema, insbesondere aber bei kroatischen Katholiken. Die haben mit Besinnlichkeit an Weihnachten nicht viel am Hut. Gescheitert ist für Kroaten Weihnachten nicht, wenn es großen Krach gibt. Der gehört dazu. Katholiken in Kroatien warnen ihre Töchter vor Männern, die die Traditionen von Stinkefisch an Heiligabend nicht einhalten. Ob sie beim Bakalar besinnlich sind oder besoffen, ist ihnen egal.

Und jetzt fahre ich wieder nach Reinickendorf. Wie so oft ist es ein kalter, verregneter Dezembertag. Ich habe keinen Schirm dabei, und als ich aus der U-Bahn auf die Straße komme, regnet es so stark, dass ich schon kurz hinter der B96 klitschnass bin. Ich verfluche den bekloppten Bakalar, den gesamten retardierten Balkan und die ganzen Berliner Kretins, die im KaDeWe 75 Euro für einen italienische Panettone hinblättern und unterm Weihnachtsbaum bengalische Volkslieder singen, aber keine Ahnung haben, dass Heiligabend ohne Bakalar eine existenzielle Bedrohung ist, und die die Adria nur mit Italien assoziieren, den Balkan aber nur mit Hackfleisch und Gewalt, womit sie nichts zu tun haben wollen und mit einem tagelang stinkenden Bakalar erst recht nicht.

Pitschnass komme ich im Gewerbegebiet an, stehe vor TRIVO Import und drücke die gummiummantelte Klinke herunter. Die Tür geht nicht auf. Ich drücke noch mal, drücke fester, ruckele. Nichts. Ich schaue durch das winzige, mit Eisenstäben gesicherte Fenster neben der Tür in staubige Dunkelheit. Ein Mercedes fährt heran, drei Männer sitzen drin. Erleichtert blickte ich ihnen entgegen, das müssen die Besitzer sein, die einfach zu spät kommen, nichts Ungewöhnliches auf dem Balkan. Das Auto hält, die Männer steigen aus und fragen, ob noch geschlossen sei.

«Oh, ich dachte, Sie hätten vielleicht die Schlüssel?» Gemeinsam suchen wir auf der Homepage von TRIVO Import nach einem Kontakt. Eine Handynummer ist angegeben. Der älteste der Männer ruft von seinem Handy aus an. Niemand nimmt ab. Gemeinsam warten wir eine Weile, rufen immer mal wieder die Handynummer von TRIVO an und unterhalten uns über die unfassbare Wahrheit, dass es in dem ganzen verdammten Riesenmoloch Berlin an jeder Ecke türkische Lebensmittelläden gibt, aber nur diesen einen einzigen gottverdammten Verschlag, der den einzigen Bakalar dieser Stadt verkauft, in die weder Gott noch ein Bakalar je einen Fuß gesetzt haben.

Der Regen hört auf. Es kommt niemand und schließt die Tür auf. Auf der Homepage von TRIVO steht bis heute: «Seite wird überarbeitet ... Aktuelles bei Facebook», aber auf dem Facebook-Account stammt der letzte Eintrag vom April 2020.

Vielleicht ist TRIVO Opfer der Pandemie, der Wirtschaftskrise oder einem anderen Ungemach geworden. Auf jeden Fall aber gibt es in Berlin nun überhaupt gar keinen Ort mehr, an dem man Bakalar kaufen kann. Seitdem besorgen wir Berliner Kroaten den norwegischen Bakalar in unserem Sommerurlaub in Kroatien und transportieren ihn in unserem Reisegepäck nach Deutschland. Hauptsache, wir können an Heiligabend Kreuzberg, Wedding und Reinickendorf mit dem Geruch von warmer Fischpisse segnen.

Daniela Gassmann

Kalte Wickel, Ingwertee

Eine Grippe zu Weihnachten, das habe ich mir immer gewünscht. Ein Jahr ohne Jesus, ohne Streit und ohne diese kurze Depression nach der Geschenkübergabe.

Aber schon als ich die Nachricht an meine Mutter tippe, «Mama, bin krank», ahne ich, dass man manche Träume niemals umsetzen sollte. Das Telefon klingelt.

«Ich habe schon alles eingekauft», teilt sie mit und zählt den Inhalt des Kühlschranks auf. Obst, Gemüse, Sahne. «Und für dich hat Papa fünf Avocados und deinen Stinkekäse besorgt.»

«Sind ja noch zwei Nächte, bis mein Zug fährt», beruhige ich sie. «Und der Corona-Test war negativ.»

«Corona ist auch nicht schlimmer als eine Grippe. Hast du Vitamin C genommen? Immer zum Essen einen Löffel! Und auf jeden Fall Zink dazu! Und hast du ...»

«Ich habe alles genommen, was du mir je empfohlen hast», lüge ich. Die Schmerztabletten auf dem Nachttisch schauen mich vorwurfsvoll an.

«Das Wichtigste ist, dass du dich ausruhst», sagt meine Mutter. «Aber deinen Stinkekäse isst sonst niemand!»

Ich lege auf, greife in eine 20er-Packung Aspirin Complex und spüre den Druck der ganzen Welt auf meinem Immunsystem. Ein Schmetterling muss nur einmal mit den Flügeln schlagen, und im nächsten Moment bricht am anderen Ende der Welt ein Tornado los, entwurzelt Bäume und wirbelt Autos, Menschen und Häuser durch die Luft. Mit letzter Kraft reiße ich das Tütchen auf, leise rieselt das Aspirin C. Der Schmetterling bin ich. Komme ich zu Weihnachten nicht nach Hause, bringe ich ein ausgeklügeltes System aus Einkaufslisten, Essensfolgen und Verwandtschaftsbesuchen durcheinander. Die Welt kollabiert. Man nennt es den Butterfly-Effekt.

Warum? Immer? Ich? Das ist die Frage aller Fiebernden. Ich habe in diesem Winter alles in meiner Macht Stehende getan, um mich nicht zu infizieren. Ich habe mit Freunden desinfizierenden Glühwein getrunken, bis die Leber verklebte. In Nah- und Fernverkehr habe ich Maske getragen. Wenn jemand gehustet hat, habe ich so böse geguckt, dass er sich entschuldigte. Auf der Betriebsfeier habe ich nicht *mit* meinen Kollegen getrunken, ich trank gegen sie. Boten sie mir einen Cocktail an, floh ich zur Käseplatte. Trotzdem bin ich jetzt krank, kränker, am kränksten.

«Mamaaa!», rufe ich. Auf Instagram habe ich gesehen, wie Kylie Jenner nach einer Augen-OP ihre Mutter mit Geschrei und Geklingel zu sich zitierte. Eine Glocke besitze ich nicht. Also: «Mamamama!»

«Was ist los, Schatz?», fragt mein Freund aus dem anderen Zimmer. Er kennt das schon.

«Kannst du mir die Plätzchen bringen?»

Was in den nächsten Stunden folgt, ist ein metaphysischer Grießbrei. Bin ich noch wach oder schlafe ich schon? Gucke ich einen schlechten Film oder halluziniere ich? Sind das Vanillekipferl in meinem Mund oder Schmerzmittel? Ich löse mich wie pharmazeutisches Pulver in meinem Glas.

Als ich aufwache, finde ich 47 neue Nachrichten auf meinem Handy. Bevor ich mich an den Tatort traue – den von jedem Kind gefürchteten Familienchat – erst mal eine Schmerztablette. «Bloß nie auf leeren Magen», höre ich die Stimme meiner Mutter sagen und greife in die Plätzchenschüssel neben meinem Bett. Sie ist leer.

Meine Schwester schickt GIFs von sich umarmenden Affen, Herz-Emojis, «Das wird schon»-Affirmationen. Sie ist der Gandhi unserer Familie. Mein Vater schreibt, ich dürfe ihn nicht hängen lassen, sonst müsse er alles aufessen, als Müllschlucker der Familie, auch den Stinkekäse, Kotz-Emoji.

Alle anderen Nachrichten sind von meiner Mutter. «Gerade mit Oma telefoniert», «Oma will unbedingt, dass diese Weihnachten alle zusammenkommen, ihr geht's doch nicht so gut», «Oma ist immer noch traurig, weil du wegen Corona nicht bei ihr in der Wohnung warst». Dazwischen hat meine Mutter Bilder eingestreut, Makroaufnahme von Vitamin C, Papa beim Quiche-Essen, der lichte Weihnachtsbaum, den «Opa Heinz extra hochgeschleppt hat». Und zwischendurch immer wieder die Erinnerung, ich solle mir bloß keinen Druck machen.

Mein Tagesmotto lautet: Viel hilft viel. Kalte Wickel, Ingwertee, zerdrückte Banane, ich kombiniere alle Hausmittel mit frei zugänglicher pharmazeutischer Selbstmedikation. Da fällt mir ein, ich habe nichts für meine Eltern gekauft. Also schreibe ich meiner Schwester: «Vielleicht ein Gutschein?»

Abends im Bett sagt mein Freund «Duuuu ...», so besinnlich wie vor einer großen Liebeserklärung.

«Ja», will ich hauchen Es kommt ein Geräusch heraus, wie wenn man über Glas kratzt.

«Meine Mutter macht sich Sorgen wegen deiner

Krankheit», sagt er. Nicht gerade das, was ich erwartet habe.

«Och, das ist nett», sage ich, «aber ist doch nur eine Grippe.»

«Dass ich dann auch nicht nach Hause komme, meine ich. Wenn du hierbleiben musst.»

Oh, denke ich, der Butterfly-Effekt!

«Aber mach dir keinen Druck. Ich habe Mama gleich gesagt, das kommt nicht infrage.»

«Oh», sage ich. Ich fühle mich, als hätte jemand meine Flügel zerschossen.

Am nächsten Morgen legt mein Freund seine Hand auf meine Stirn – noch etwas heiß. Aber übersteigt meine Temperatur auch meinen Unwillen, Geld zu verschwenden? «Mein Zugticket hat 100 Euro gekostet, kannst du bitte noch mal fühlen?», frage ich. Wenn ich die Bahn-App öffne, sehe ich die Zeit ablaufen. Noch 5:37 Stunden bis zur Abfahrt. Jetzt wird es ernst.

Als mein Freund mich im Stich gelassen hat, um endlich zu seiner wahren Nummer eins zu fahren (Mama), beschließe ich, meine Quelle des positiven Denkens anzuzapfen.

«Eliii», sagt meine Schwester zur Begrüßung.

«Sag mir, was ich tun soll», flehe ich.

«Wie krank bist du denn?»

«Na ja, schon noch Fieber und Gliederschmerzen und Halsschmerzen, aber vielleicht ein bisschen besser als gestern.»

«Toll!», ruft sie. «Dann komm her! Das ist doch eine Win-win-Situation: Wenn du Heiligabend einigermaßen fit bist, können wir zusammen feiern. Und wenn es dir noch richtig schlecht geht, ist Mama glücklich, weil sie dich wie ein Baby behandeln kann. Es kann nur gut ausgehen! Ich freu mich!»

«Mahatma Glück, mahatma Pech, mahatma Gandhi», denke ich. Dann fange ich an zu packen.

Im Zug sitze ich neben einem Mann mit Laptop. Wenn ich huste, guckt er so böse, dass ich mich entschuldige. Dabei trage ich extra eine Maske. Außerdem so viele Schichten Stoff, als würde ich zwei Wochen Urlaub mit Ryan-Air-Handgepäck bewältigen müssen, und darüber einen Mantel. Ich zittere trotzdem. Hustenanfall. Jetzt guckt das ganze Abteil. Ich will nur noch zu Mama.

In die Wohnung der Kindheit zu kommen, ist immer eine Zeitreise. Jegliche Selbstständigkeit aus den letzten fünf, zehn, fünfzehn Jahren wird mit dem Schritt durch die Türschwelle augenblicklich getilgt. Als Mama mich in den Arm nimmt, bin ich ein Baby im Frauenkörper, fast wie Emma Stone in *Poor Things*, nur ohne den ganzen Sex. Ich möchte nur noch ins Bett gebracht werden.

Im Kinderzimmer entdecke ich Fläschchen, Dosen, Schachteln, oh nein! Meine Mutter setzt sich an den Bettrand und fragt mich ihr Produktsortiment ab: Hast du Schüssler-Salze? Selen? Zink? Folsäure? Ich weiß, sie wird jetzt das ganze Vitamin-Abc durchgehen. Also sage ich, ich müsse aufs Klo. Das Klo ist in jeder Familie ein Ort der Sicherheit, so wundervoll abschließbar, nur kann ich mein Handy oder Buch nicht mitnehmen, ohne Verdacht zu erregen.

Ich verriegele die Tür und entdecke eine *Bild der Frau* im Waschbecken, eben von Oma aussortiert und an uns weitergegeben. Im Wissen, dass hier nichts zufällig passiert, scanne ich die aufgeschlagene Seite. Die sexysten Frauennamen, royale Aufregung. Und da, eine offensichtlich an mich gerichtete Nachricht: «Wer jeden Tag 4000 Schritte geht, wird seltener krank.» In meiner Familie wird selbst das Klo infiltriert. Zurück im Bett lasse ich mir die Mittelchen einfach in den Mund werfen. Nur vier Widerworte kriege ich raus, bevor ich erschöpft einschlafe: «Das hilft doch nichts!»

Am folgenden Tag wache ich auf – und bin geheilt. Staunend versammelt sich meine Familie ums Bett, als wäre ich Jesus. «Ein Weihnachtswunder», sagt meine Schwester. «Die Schüssler-Salze», sagt meine Mutter. Ich drücke mir drei Huster raus, um ihren Triumph zu dämpfen. Meine Augen sind erst halb geöffnet, als meine Mutter Oma videocallt: «Guck mal, Oma, wer gesund ist! Äh, Ela, wie drehe ich das Video um?» Ich nehme Mama das Smartphone aus der Hand. Und zucke zusammen: Oma hält das Handy so gruselig von unten, raschelt und wackelt, dass ich kurz denke, das hier ist *Blair Witch Project 3*.

«Wie schön, dass du da bist! Ich freu mich so, und der Opa auch – und deine Onkels, die haben ganz oft nach dir gefragt. Ach, ich hab dich so vermisst, du warst ja schon vorletztes Jahr wegen Corona nicht da.»

«Ein bisschen schlapp bin ich schon noch», sage ich. «Und ich will euch auf keinen Fall anstecken.»

«Papperlapapp, so alt und gebrechlich ist deine Oma auch nicht.»

«Und es ist wirklich kein Problem, wenn ich noch ein bisschen schnupfe?»

«Ach was, mein Schatz, das stört uns alle nicht. Wir wären bloß böse, wenn du nicht kommst.»

«Na gut. Ich freu mich auch ganz doll, Omi.»

Ich bin selbst überrascht, dass ich es so meine. Vermutlich muss man Weihnachten fast verloren haben, um es wieder zu schätzen.

Abends ertönt die Glocke, das Signal unserer Kindheit: Ready, go. Jetzt dürfen wir den Baum sehen, den Geschenkehaufen und den gedeckten Raclette-Tisch.

«Oh, ah, ganz toll», staunen wir. «Dieses Jahr habt ihr einen Baum gefunden, der oben noch kahler ist als letztes Mal!»

«Den hat Opa ausgesucht», erklärt Mama. «Ihr wisst ja, er hat grauen Star.»

Im Hintergrund läuft Papas olle Weihnachts-CD, die wir eigentlich schon vor Jahren auf den Index gesetzt haben. Für das obligatorische Gruppenfoto brauchen wir diesmal nur sieben Anläufe. Papa hat einen Selfiestick gekauft, aber darüber haben wir schon im Familienchat alle Witze gemacht, die uns einfielen. Nur Papa zuliebe sage ich noch einmal: «Aber nicht auf Instagram hochladen, das wäre mir unangenehm bei deiner Followerzahl von, ähm, zehn?»

«Sieben», korrigiert meine Schwester. Auf dem Foto glänzen meine Augen von der abklingenden Krankheit so schön wie seit fünfundzwanzig Jahren nicht mehr.

«Das zuerst, Ela», leitet Mama mich an. Wir sind beim Hauptakt, nachdem gegessen und noch mehr gegessen wurde. Die Spülmaschine ist eingeräumt, und jedes Familienmitglied war mindestens einmal auf Toilette. Es ist 22:15 Uhr, aber niemand bringt mich ins Bett. Papier reißt, Aufregung steigt. Und vor meinen Augen erscheint ein Stoffverband zum Reinschlüpfen.

«Ein Nierenwärmer!», jubelt Mama.

«Wow, so was Praktisches, das habe ich mir immer gewünscht», sage ich trocken.

Aber meine Mutter wäre nicht meine Mutter, wäre sie nicht vorbereitet auf so eine Reaktion. Sie zückt eine DIN-A4-Seite aus dem Familiendrucker und beginnt, Produktinformationen vorzutragen. Die Highlights hat sie bereits mit Textmarker hervorgehoben: 70 % Angora, eine besonders empfindliche Körperpartie, vor Kälte und Zugluft schützen.

«O-kay. Ma-ma», sage ich und ziehe das Ding über meinen Kopf, damit wir weitermachen können. Immerhin warten sieben weitere Geschenke auf mich und ein Gutschein auf Mama und Papa.

Im Auto fühle ich mich am nächsten Vormittag so wohlig wie lange nicht. «Wie ist der Nierenwärmer?», fragt Mama. Seit gestern habe ich ihn nicht mehr ausgezogen. «Ganz okay.»

Die Fahrt zu Omas großem Essen dient seit jeher dazu, mit der Kernfamilie über die Großfamilie zu lästern. Wird die Cousine wieder ihr Konfirmationsoutfit tragen? Wie oft wird der Onkel seine Kinder beim Essen ermahnen? Und wer kommentiert zuerst die Preise auf der Speisekarte?

«Nächstes Jahr mache ich uns ein Bullshitbingo», sage ich. «Was fürn Bingo?», fragt Papa. «Komm», sagt meine Mutter, «weißt du nicht, was Bullshit heißt?» Papa legt den Kopf schräg: «Bulle» sagt er, zwei Sekunden vergehen, drei, vier: «Und Kacka.»

Meine Schwester und ich wissen nicht, ob wir lachen oder gerührt sein sollen, weil wir für diesen Mann immer fünf Jahre alt bleiben werden.

Vom Parkplatz aus sehen wir Oma winken, lächeln, winken. «Ela hat Weihnachten gerettet», jubelt meine Schwester. «Die Schüssler-Salze», korrigiert meine Mutter. Wie eine Heldin kurz vorm Ziel renne ich Oma entgegen, stolz auf mein Immunsystem, und strecke die Arme aus: «Omi, frohe – », aber da unterbricht sie schon: «Es ist schon fünf nach zwölf. Geht rein, setzt euch hin.»

Weil meine Tante erst im Oktober reserviert hat, sitzen wir im Keller. Die Servietten schimmern grün im Neonlicht.

«Ist das ein Gasthaus oder ein Altersheim?», flüstere ich Papa zu.

«Was hast du gesagt?», will Oma wissen.

«Dass ich mich aufs Essen freue.» Es gibt Gans, Rind, Steak, Ente, Lachs und ein einziges veganes Gericht: Topinambur-Schnitte mit Pastinakenmus.

«Wie bitte?», fragt der Kellner, obwohl ich Topinambur perfekt ausgesprochen habe.

«Ist das nicht diese neue Waffe?», fragt mein Onkel.

«Es ist Wurzelgemüse.»

«Zähl bis drei», flüstert meine Schwester, «dann kommt der Spruch: Vegetarier essen meinem Essen das Essen weg.»

Eins, zähle ich und verdrehe meine Augen, zwei, ich schaue hoch ins Neonröhrenlicht, und drei, ich muss fürchterlich niesen.

Tanten- und Onkelaugen starren mich an: «Du bist doch nicht etwa krank?»

Es ist der Moment, in dem ich wieder weiß, warum ich mir zu Weihnachten eine Grippe gewünscht habe.

Dietmar Bittrich

Da ist ja noch das Preisschild dran!

Wir hätten Tante Anja nicht einladen müssen. Sie war geizig und penibel und als Gast selten willkommen. Doch als Letzte ihrer Generation gehörte sie einfach dazu. Ihre Geschenke kannten wir immer schon, weil wir ihre Wohnung kannten. In jedem September empfing sie uns dort zu ihrem Geburtstag. Kaffee und Kuchen brachten wir selbst mit. In jedem Jahr seufzte sie dann, sie müsse allmählich aussortieren. Das tat sie auch. Und was sie aussortierte, brachte sie zu Weihnachten als Überraschung mit, verpackt in gebrauchte Papierservietten und zerknittertes Osterpapier.

Tante Anja war diejenige, derentwegen im Supermarkt Staus entstanden. Sie löste sich nicht von der Kasse, ehe sie nicht den Bon überprüft hatte, Posten für Posten. Und wahrhaftig entdeckte sie manchmal Fehler. Eine Erbse war versehentlich zweimal über den Scanner gezogen worden. Oder bei einem Sonderangebot war der herabgesetzte Preis noch nicht im System angekommen, sodass das Schnäppchen zum Vollpreiskauf wurde. Nicht bei Anja! Sie reklamierte lautstark. Eine Vorgesetzte wurde herbeigerufen. Einige Nervenwracks in der Schlange wanderten fluchend ab. Andere bereiteten einen Mord vor. Er wurde bis heute nicht vollstreckt. Zumindest nicht bis zu dieser Weihnachtsfeier, auf der Tante Anja erschien und eine entsetzliche Entdeckung offenbarte, die einem Mord glich und die mir bis heute zu schaffen macht.

Meine Frau hatte sich eine einfache Feier gewünscht. Ein bescheidenes Fest wie in den gesegneten Zeiten, als alles sowieso noch biologisch und regional war. Mit einem selbst geschlagenen Baum und bewusst schlichtem Schmuck, mit Stroh statt Lametta, ein paar schrumpligen Äpfelchen und Papiersternen an den Zweigen.

Unsere Kinder waren aus dem Haus. Ich gab nach. Einfache Vorhaben ziehen gewöhnlich unheilvolle Komplikationen nach sich. So sollte es auch geschehen. Aber zunächst mal meldete ich mich freiwillig zum Schlagen eines handlichen Nadelbaumes. Das war Männersache. Angeboten wurde dieses allerletzte Abenteuer bei Forstgütern und Baumschulen. «Sägen werden vor Ort gestellt», las ich im Web. «Für jede geschlagene Tanne wird ein neuer Baum gepflanzt.»

Das klang unsportlich. Und allzu nachhaltig. Ich wollte lieber mit einer gusseisernen Dampflokomotive in die Lüneburger Heide rumpeln, an der Wasserstation aufs Pferd wechseln und ohne Sattel ins Dickicht reiten, mit einem Streifen Trockenfleisch im Tornister plus einer prähistorischen Axt. Die Axt im Haus erspart den Weihnachtsmann, hat bekanntlich der Bischof Nikolaus von Myra gesagt.

«Bevor du losfährst, räumst du deinen Müll aus dem Auto, sonst passt der Baum nicht rein», erklärte mir meine Frau. «Und dann nimmst du den Fuchsschwanz mit.» Fuchsschwanz? War das nicht so eine Handsäge für Dummies? «Mache ich. Perfekt.»

Der Wald, den ich für das Schlagen auserkoren hatte, lag strategisch günstig. Ich musste meiner Mutter eh noch ein frohes Fest wünschen. In vorbildlicher Anspruchslosigkeit lebte sie mit Gleichgesinnten am Rand des Naturschutzgebietes. Mein Besuch zwei Tage vor Weihnachten würde als authentischer Heiligabend durchgehen, zumal ihr die Unterschiede zwischen Festen und Alltag längst abhanden gekommen waren.

Nicht weit von ihrer sogenannten Residenz, achthundert Meter eine holprige Landstraße aufwärts, begann der dunkle, wispernde Wald. Dort standen lauter Bäume, die nur davon träumten, geschmückt und geputzt im Heim einer lieben Menschenfamilie zu glänzen.

An einem regnerischen Nachmittag kämpfte ich mich durch Fontänen von Gischt über die Autobahn in den Heidekreis. Mein Auftauchen im Altersheim so kurz vor dem Fest machte eine Spende für das Pflegepersonal nötig. Für denselben Betrag hätte ich in unserem Viertel eine preisgekrönte Edeltanne erwerben können. Ich hatte mich für das Abenteuer entschieden.

Im Aufenthaltsraum wurden Kekse zum Tee serviert. Eine Greisin konnte nicht aufhören zu husten. Das Personal lächelte mitfühlend. Meine Mutter blieb wortkarg. Sie wusste nicht genau, wer ich war. Sie trug eine gelbe Strickweste, die ich bislang nur bei ihrer Flurnachbarin gesehen hatte, und viel zu große Herrenschuhe. Ich sagte ihr Storms «Knecht Ruprecht» auf, zumindest die Zeilen, die mir vertraut waren, die ersten vier; die jedoch mehrmals. In den Fensterscheiben spiegelten sich die Leuchtdioden des Adventskranzes. Der Tag war dunkelgrau gewesen. Nun versank er in Finsternis.

Die Zeit des lichtscheuen Gesindels brach an. Ich verabschiedete mich mit den besten Wünschen für die Zukunft und holte den Rucksack mit dem Fuchsschwanz aus dem Auto. Das Sägeblatt steckte in einer Schutzhülle. Der

Wagen musste einstweilen vor dem Heim stehen bleiben. Am Waldrand, auf dem Wanderparkplatz, würde er Verdacht erregen. Nicht ausgeschlossen, dass spät noch ein Förster vorbeipatroullierte. Das Forstamt lag in der Mitte des Naturschutzgebietes, in einem schwärzlichen Häuserhaufen namens Sellhorn.

Im kälter werdenden Nieselregen stiefelte ich die gepflasterte Zugangsstraße hinauf. Straßenlaternen existierten hier nicht, nur helle Birkenstämme am Rand. Der Wald stand schwarz und schwieg. Als ich eintrat, war es, als begäbe ich mich in eine verbotene Zone. Mich beschlich die Ahnung, dass andere Leute sich auf dergleichen Unternehmungen vorbereiten. Respektvoll tappte ich voran. Die Augen hatten an Adaptionsfähigkeit eingebüßt. Doch das Smartphone als Leuchte zu nutzen, traute ich mich vorläufig nicht.

Streiften um diese Zeit Jäger durch das Revier? Hockte einer auf einem nahen Hochsitz? Versuchte er, rasch noch eine Wildsau fürs Fest zu erlegen? Nutzte er in dem Fall ein Nachtsichtgerät, um die Sau von einem Wanderer zu unterscheiden? Oder würde er einfach draufhalten, wenn sich im Sucher was Plumpes bewegte?

Ich hielt mich in der Mitte des unbefestigten Sandweges, der für Forstfahrzeuge angelegt worden war. Zu beiden Seiten blieb es nicht so still wie erwartet. Der Regen tuschelte konspirativ mit den Blättern. Ein großes Flügeltier flatterte aus dem Gebüsch auf, zeternd, im Schlaf gestört. Auf der anderen Seite, beängstigend nah, erhob sich aus dem Unterholz etwas Schweres, stieß ein muffiges Schnaufen aus und trabte durchs Kraut davon.

Störte ich? Hoffentlich. Der Neffe meiner Frau hatte nach abgebrochenem Biologiestudium eine Stelle als

Wolfsmanager ergattert, nicht weit von hier, in Undeloh. Ihm war mal die Bemerkung entschlüpft, dass zum Schutz der Wolfspopulation keineswegs alle tödlichen Risse gemeldet wurden. Vor allem nicht solche, denen ältere Menschen zum Opfer fielen, auf die man eh gut verzichten konnte. Deren abgenagte Überbleibsel wurden diskret im sogenannten Totengrund vergraben, regional und artgerecht unter Wacholdern und Heidekraut. «Menschen verschwinden sowieso dauernd», hatte er gesagt. «Und für die Rentenkassen ist das nur gut!»

Meine Frau und mich hatte diese biologische Begradigung ein wenig beunruhigt. Wir standen auf der falschen Seite der Alterspyramide. Aber dieses eine Weihnachtsfest wollten wir wenigstens noch feiern, mit einem von eigener Hand abgesäbelten Baum.

Sollte ich den Neffen rasch anrufen und mir sagen lassen, wo welcher unterernährte Problemwolf gerade herumschnürte? Ein Blick aufs Handy zeigte, dass kein Netz zur Verfügung stand. Blieben Wölfe bei Regen nicht ohnehin lieber im Bau? Oder ruhten sie unter einem immergrünen Baum? Hoffentlich nicht unter dem, den ich absägen wollte.

Die Tropfen wurden dicker. Mit einer Beimischung von Schneekristallen würde ich Weg und Bäume leicht unterscheiden können. Und tatsächlich wurde es auch ein wenig heller. Der Mond konnte es nicht sein. Nein. Es war ein Schimmer aus der Ferne, wie die Aura eines Raumschiffes, ein nebelhaftes Licht, gespenstisch den Wald durchtastend, geräuschlos aus Richtung Sellhorn. Es war ein Scheinwerferpaar.

Erschrocken stolperte ich ins Gebüsch. Nasse Blätter wischten übers Gesicht. Zweige kratzten. Was eben ein diffuser Schein gewesen war, wuchs zum blendenden Fernlicht, aufgefächert vom Raster der Stämme. Ich drängte zurück zwischen triefende Bäume. Der Wagen kam heran, ein Schnurren war hörbar, nicht lauter als das Knirschen des Sandes unter den Reifen. Der Innenraum war schwach grünlich erhellt. Das unbestimmbare Profil einer Person ließ sich erahnen. Jemand verließ den Forst. Der Liebhaber der Förstersfrau? Oder der Wolfsmanager, der seinen Schützlingen eine beutereiche Nacht gewünscht hatte?

Ich spähte den Rücklichtern nach und kehrte klopfenden Herzens auf den Hauptweg zurück. War ich zu alt für dergleichen Abenteuer? Nur noch eine kurze Strecke geradeaus! Bei der nächsten Gelegenheit bog ich rechts ab, ostwärts, in einen schmaleren Weg. Kein Ranger würde hier stören. Und jetzt durfte ich auch nicht mehr zögern. Trotzig ließ ich das Licht des Smartphones über Büsche und Bäumchen am Wegesrand huschen. Zu klein sollte die Tanne nicht sein, aber in den Wagen musste sie passen, bei umgelegter Lehne der hinteren Sitze. Vorher würde ich sie transportieren müssen, zumindest bis zum Wanderparkplatz.

Der erste Baum kam nicht infrage, der war physisch beeinträchtigt, auch der daneben hatte ein Handicap. Der eine war zu groß, der andere nicht groß genug, einer schief, einer kahl, aber da! Da stand einer. Der passte. Kurz fachkundig auf und ab geleuchtet. Das war unser Baum. Sympathisch bescheiden hatte er sich etwas im Hintergrund gehalten. Der Stamm war bewundernswert gewachsen. Eine kleine Plakette war daran geheftet, die ihn zum Fällen bestimmte. Vor solch rein profitorientierter Holzwirtschaft würde ich ihn retten! Bei uns sollte er glänzen dürfen. Dort würde er im Mittelpunkt stehen. Im Kreise der Familie sollte er dann das ersehnte friedliche Ende genießen.

War es eine Tanne, eine Kiefer, eine Fichte? Solche Unterschiede waren mir fremd. Hauptsache, er würde sich schmücken lassen. Rasch die Säge für die Doofen aus dem Rucksack geholt, den Fuchsschwanz, die Klinge aus der Hülle gelöst. Und los. Zweige und Nadeln waren regennass. Tropfen perlten mir in den Nacken und ins Gesicht. Ich nahm sie als ausgesprengtes Weihwasser. Der Baum bedankte sich. Weil er ein Lichterbaum werden durfte. Er segnete mich. Ich sägte. Der Stamm erwies sich als zäh. Meine Frau hätte das Sägeblatt schleifen müssen. Doch der Harz duftete wie Weihrauch, und klebriger Widerstand gehörte zur Challenge. Ich durfte mich als der Einzige fühlen, der jemals zu Weihnachten in einem regionalen Dschungelcamp angetreten war – und die Stätte als Sieger verließ.

Oder der sich bemühte. Nachdem der Baum achtsam geerntet war, glitt das verklebte Sägeblatt nicht mehr widerstandslos in die Hülle, und der Fuchsschwanz passte nicht mehr maßgerecht in den Rucksack. Vor allem stand nun das Schleppen bevor. Beim Händler wurden Tannen in eine Trommel geschoben und in ein Transportnetz geschossen. So wurden sie schlank. Das war hier ausgeschlossen. Etwa einsneunzig war der Baum hoch und wog um die zehn Kilo. Meine atmungsaktiven Handschuhe hatten sich gierig mit Harz vollgesogen. Wenn ich das dicke Ende des Stammes auf die Schulter nahm, würde mein Mantelkragen für immer die Klebspuren dieser Nacht tragen.

Ich beschloss, meinen Gürtel zu opfern, obgleich die

Hose dann nicht mehr sicher saß. So, jetzt bist du gleich im Warmen!, sagte ich zu dem Baum wie zu einem Kind, und wand den Gürtel um den Stamm, auf der untersten Etage der Zweige. Ein Test, ein Ruck. Er ließ sich ziehen. Allerdings musste ich gebückt gehen wie ein greises Mütterchen im Märchen, das Reisig sammelt. Die dicht benadelte Spitze, auf der übermorgen der Stern sitzen sollte, schleifte mitsamt dem oberen Drittel über den Boden und nahm nasse Erde und Laub mit. Ich hinterließ vorbildliche Indizien für einen Anfängerkurs in Spurensicherung. Ungenehmigtes Fällen, hatte ich gelesen, wurde mit hundert Euro Strafe belegt. Nun, ich durfte mich legitimiert fühlen, da dieser Baum per Plakette zum Fällen ausgewiesen war.

Meine Aversion gegen Lastenfahrräder schwand mit jedem Meter. Hier wäre eines nützlich gewesen. Selbst ein Schlitten hätte sich auf dem nassen Laub leichter ziehen lassen. Stattdessen bürstete ich den Waldpfad. An der Einmündung in den Hauptweg setzte ich zum ersten Mal ab, verschnaufte und zog den Hosenbund hoch. Von da an war das alle zweihundert Schritte fällig. Ja, ja, mein Liebling, wir sind gleich da, teilte ich dem Baum mit wie einem quengelnden Zögling.

Das Christkind war auf unserer Seite. Kein böses Licht spukte durch die Bäume. Sonst hätte ich ihn hastig an die Seite stellen müssen zwischen die belaubten Kollegen. Und genau das tat ich auch, als ich endlich keuchend, gekrümmt und gealtert den Wanderparkplatz erreichte. Bald wirst du festlich geschmückt, ächzte ich und bugsierte den Baum in das von Eichen überwölbte Gesträuch. Noch einen Meter tiefer ins Dickicht, schon wurde er von solidarischen Büschen gehalten und stand so, als sei er hier gewachsen. Du ruhst dich aus, wies ich ihn an, ich hol schon mal den Wagen.

Nun wieder die von Birken gesäumte Landstraße abwärts. Vorhin war den Augen alles schwarz erschienen; jetzt, der Lichtlosigkeit des Waldes entkommen, nahm ich die Konturen der Bäume wahr, den fernen Mast einer Hochspannungsleitung, die Dächer des kleinen Dorfes unter einem dunklen, aber nicht feindlich verfinsterten Himmel. Im Altersheim waren die Verwaltungsräume erleuchtet.

Ich klopfte dem Auto fürs brave Warten anerkennend aufs Dach, ließ es einige Meter bergab rollen, bevor ich startete, wendete und fuhr in unauffälliger Normalgeschwindigkeit die achthundert Meter zurück. Scheinwerfer aus und Heckklappe hochgestellt. Die Leerheit des Kofferraums war ungewohnt. Gewöhnlich hortete ich dort Wechselkleidung, Sneaker, Regenschirme, Tüten mit Salzgebäck, Taschentücher, das Warndreieck sowie aussortierte Kuscheltiere und Elektrogeräte, die seit Jahren möglichst bald auf den Sperrmüll sollten. Für den Weihnachtsbaumtransport hatte ich alles zurück in den Keller getragen.

Ich klappte die Rückenlehne nach unten. Sie klemmte. Oder ich hatte Kraft eingebüßt. Und dann dauerte es, bis ich unseren Glücksbaum zwischen den Büschen am Rand aufgespürt hatte. Er schien bereits gut integriert und war nicht so leicht aus den umarmenden Zweigen der andern zu lösen. Wir machen jetzt eine tolle Reise mit dem Auto in die große glitzernde Stadt!, versprach ich ihm, und dabei sollst du es warm haben. Die muffige alte Wolldecke war das Einzige, was ich nicht in den Keller getragen hatte. Sie würde unsere Kiefer, Tanne oder Fichte wärmen und bis zum Fest vor Blicken schützen.

Den Baum in den Wagen zu wuchten, wäre leichter gewesen, wenn ich einen Helfer gehabt hätte – etwa den Liebhaber der Försterfrau. Wenn man ihn brauchte, entzog er sich. Ich hob, ich schob, ich stemmte. Ich kletterte gebückt in den Wagen und pferchte und zog. Bis das dicke Ende des Stammes endlich in die Rückenlehne des Beifahrersitzes stieß, hatten Nadeln und Zweige meinem Gesicht ein Peeling verpasst. Verwundet kehrte ich heim. Die Kratzer und Schrammen würden noch am Heiligen Abend zu sehen sein. War noch mehr Beweis nötig für meine nächtliche Opferbereitschaft? Rasch machte ich ein Foto von der ausgeklügelten Staukunst. An der Fundstelle zu fotografieren, hatte ich versäumt.

Die Decke verbarg den Baum nicht vollständig. Aber als ich den Ort hinter mir gelassen hatte, war das auch nicht mehr geboten. In unserer Wohnstraße waren zwischengelagerte Tannen um diese Zeit üblich, meist lehnten sie auf Balkonen. Unser eigener Balkon war in Erwartung trunksüchtiger Verwandter mit Kästen vollgestapelt. Die Nächte blieben noch frostfrei, aber es war kalt genug, dass der Baum sich in den verbliebenen vierzig Stunden frisch halten würde, vermutlich sogar über Silvester hinaus bis Dreikönig.

Meine Frau bequemte sich nicht zum Auto herunter. Sie gab sich mit dem Foto der wie ein Baby zugedeckten Tanne zufrieden. «Warum hast du so lange gebraucht?» – «Das erzähle ich, wenn wir alle zusammen sind. Das ist ein ganz eigenes Abenteuer! Oh ja!» Ich zeigte die Schrammen und Kratzer wie die Spuren feindlicher Streifschüsse. «So was liegt dir einfach nicht», schloss sie daraus. «Aber es ist lieb, dass du es versucht hast.» Wir näherten uns der Silberhochzeit. An mangelnde Bewunderung hatte ich mich längst gewöhnt. «Ich habe es nicht nur versucht», stellte ich klar. «Der Baum liegt im Wagen, es ist der perfekte Baum, und ich soll dir sagen, er freut sich auf dich, noch zweimal schlafen, dann steht er im Zimmer.»

Am dunkelgrauen Morgen des Festes, als meine Frau zu letzten Einkaufsgefechten aufgebrochen war, erlöste ich den Baum aus dem Wagen. Zuerst zog ich behutsam, dann strenger, schließlich zerrte ich autoritär. Zwischen den hohen alten Mietshäusern fühlte ich mich unangenehm beobachtet. Du wirst doch geschmückt, verdammt!, presste ich zwischen den Zähnen hervor, denn er schien Widerstand zu leisten. Du wirst bewundert, du wirst leuchten, du wirst es warm haben!

Als ich mich zum Haus umwandte, ging im Parterre das Licht aus, in Hast, wie mir schien. Dort wohnten zwei junge Männer, die gut hätten helfen können. Das wollten sie also nicht. Die Frau darüber, kaum jünger als ich, winkte ermutigend, als ihr klar war, dass ich sie entdeckt hatte. Ich hatte tausend Meter Waldboden mit dem Baum gefegt, warum nicht noch fünfzig Meter aufgeplatzten Asphalt bis zu unserer Haustür. Die zweiundsechzig Stufen erklärte ich zum Workout. Etwas Qualvolles erstrebenswert zu machen, das ist Reframing. Erfolgreiche Menschen beherrschen es.

In der vollkommenen Stille der Parterrewohnung hörte ich die beiden jungen Männer mit angehaltenem Atem lauschen. Eine Etage darüber ging die Tür auf. «Du denkst aber daran, dass die Resozialisierten erst nach Silvester kommen?», sagte die Frau, die mir zugewunken hatte. Sie meinte unsere Putzkolonne. «Ich hole gleich den Besen», versprach ich, «aber erst bringe ich dieses Prachtexemplar nach oben.» In der nächsthöheren Etage wurde Klavier geübt. Und noch zwanzig Stufen höher schloss ich die Tür auf. Ich schleifte den Baum über die abgenutzten Dielen ins Wohnzimmer und lehnte ihn in die Ecke. Ausschnaufen. Und, ja, er war ein Prachtstück. Immer noch. Jetzt erst recht. Und vor allem war er echt.

Meine Frau hatte den dunkelgrünen gusseisernen Tannenbaumständer ins Zimmer gestellt, das beliebte Klick-Fix-Modell mit Pedal und Hebelsicherung. Daran klemmte ich mir jedes Jahr die Finger, allerdings lediglich beim Aufbauen und dann nur noch einmal beim Abbauen. «Du sollst nicht deine Hand festklemmen, sondern den Fuß des Baumes.» Solche Ratschläge bekam ich heute nicht. Sie war unterwegs und unterstützte mich nicht, so klappte es schmerzlos. Ich goss Wasser in den Fuß und lobte den Baum: Du siehst sowieso schon klasse aus! Und jetzt schmücken wir dich!

In dem mit Glitzerpapier beklebten Karton, den meine Frau aus dem Keller geholt hatte, fand ich viele schüttere Oblaten und gebügelte Strohsterne, bemalte Holzfiguren und versilberte Nüsse aus der Kinderzeit meiner Frau, dazu bunte Blüten aus Papier, die meine Mutter gebastelt hatte, sowie kleine rotgelbe Äpfel aus Holz, in die ich als Dreijähriger gebissen hatte. Um endlich mein inneres Kind zu befreien, wiederholte ich diese Geste, allerdings vorsichtiger, aus gesundheitlichen Gründen.

Bevor meine Frau am Nachmittag zurückkehrte, setzte die Dämmerung ein. Ich war mit dem Schmücken fertig und zündete Kerzen an. Generalprobe. Ich öffnete ihr die Tür zum Wohnzimmer so feierlich, wie man es an Heiligabend für die Kinder macht. Sie blieb in der Tür stehen und staunte. Sie trat näher. Sie betrachtete den Baum erstaunt und nickte. «Das ist ja tatsächlich ein schöner Baum. Und sogar passabel geschmückt.» Sie korrigierte die Hängung einiger Strohsterne und Holzengel, die trotz ihres Alters sonderbar genderfluid wirkten. «Da hast du wirklich was hingekriegt», sagte sie. «Ja, ich bin stolz auf dich.»

«Danke.»

Am Nachmittag des folgenden Tages trafen unsere Gäste ein. Immerhin sieben hatten wir eingeladen. Mein eisenbahnbegeisterter Onkel Ekkehard zählte dazu, auch der wolfskundige Neffe meiner Frau mit seinen Eltern, unsere Tochter, die nun doch nicht mit ihrem Freund feiern wollte oder er nicht mit ihr, eine verschüchterte Nichte, die in unserer Stadt zu studieren vorgab und die schwäbische Heimat mied, und natürlich Tante Anja.

Wie in jedem Jahr hatten wir vereinbart, einander nicht mit Geschenken zu belästigen. Und wie immer war Anja die Einzige, die sich nicht daran hielt. Sie hatte für jeden etwas dabei, «ganz gerecht für alle das Gleiche», und zwar je einen in Küchenpapier verpackten Dessertteller. «Das ist echtes böhmisches Bleikristall», beschwor sie uns, als die Begeisterung ausblieb. «Davon werdet ihr lange etwas haben! Aber bitte, Dietmar, auch du, bitte nicht in die Geschirrspülmaschine!» Damit hatte sie allerdings recht. Bleikristall muss schon seit Jahren bei der Giftmülldeponie abgegeben werden. Man wird sogar registriert.

Ich hielt meinen Teller vor die Kerzen am Baum, um wenigstens die prismatische Auffächerung des Lichts zu würdigen. «Ja, Dietmar, das ist Pariser Schliff!», sagte sie stolz. «Das sind die besonders schwierigen Schleudersterne. Oh, und meine Güte, diesmal habt ihr ja einen schönen Baum!» Sie trat bewundernd näher. «Hoffentlich war der nicht so teuer.»

«Der hat gar nichts gekostet», sagte ich. «Nichts außer Blut, Schweiß und Tränen.»

«Das kann ich nicht glauben!» Anja befühlte die Nadeln. Sie schnupperte. Auch die anderen traten näher, erleichtert, sich nicht über die Teller äußern zu müssen.

«Der Baum war zum Fällen freigegeben», erläuterte meine Frau. «Und da hat Dietmar ihn für Weihnachten gerettet.»

Ich nickte ihr dankbar zu.

«Ach, von einer dieser öden Plantagen?», fragte mein Schwager, der Vater des Wolfsneffen.

«Oh, nein!» Nun konnte ich einiges zurechtrücken. «Es ist der einzige Baum in der Stadt, bei dem der Kunde die Lieferketten komplett kennt», belehrte ich die Unwissenden, die noch nicht alle mit angemessener Ehrfurcht den Baum umstanden. «Denn ich selbst bin die Lieferkette. Bei diesem Baum hat es keine Kinderarbeit gegeben und keine Übervorteilung von Kleinbauern! Dieser Baum wurde absolut klimaneutral gefällt, von eigener Hand, er ist ohne unfairen Zwischenhandel ans Ziel gelangt, hierher, mit einem Maximum an Transparenz.»

Kaum noch Menschen glauben an Gott. Aber viele glauben, dass es eine höhere Macht gibt, eine Art kosmische Intelligenz, die alles in Händen hält und steuert und reguliert. Möglicherweise war dieser kosmischen Intelligenz mein Eigenlob ein bisschen zu viel.

«Da ist ja noch das Preisschild dran!», rief Anja plötzlich.

Sie hatte den Baum mit derselben Akribie inspiziert wie ihre Kassenbons. Sie hatte sogar Zweigspitzen angehoben wie die Rüschen eines Rocksaums und hatte ins Innere gespäht, auf den Stamm, als gelte es, den Motorraum eines Gebrauchtwagens zu begutachten. Sie bog ihren faltigen Hals wie nur extrem preisbewusste Menschen oder Giraffen es fertigbringen. Jetzt langte sie nach der Rückseite des Stammes. Sie steckte sogar den Kopf zwischen die Zweige. Es sah erbärmlich aus. Es war unwürdig. Sie nieste allergisch. «41 Euro!», meldete sie dann. «Das steht hier.»

«Was für ein Quatsch.» Mehr fiel mir im Moment nicht ein. «Komm da raus!»

«Lass sie doch mal», rüffelte unsere Tochter. Anja war ihre Patentante und zukünftige Erblasserin.

«41 Euro!», beharrte Anja und keuchte vor Anstrengung. Sie nestelte mit spitzen Fingern am Stamm und zog und rüttelte. Die Strohsterne wankten. Ein Engel stürzte vom Zweig.

«Anja!»

«Bitte sehr!» Triumphierend kam sie mit der Plakette zum Vorschein.

Jetzt waren alle aufmerksam. Das kleine Schildchen hätte ich selbst entfernen können. Vielmehr selbst entfernen müssen. Jetzt winkte ich souverän ab. «Ach so, ja, das ist das Biosiegel.»

«Das ist doch kein Biosiegel!»

Ich seufzte. «Na, okay, vielleicht hast du recht. Ja, es ist eine Art Preisschild. Aber nur insofern, als exakt dieses Schild den Baum zum Fällen freigibt. Der Baum ist gewissermaßen als Schnäppchen ausgepreist! Das ist so üblich im Forst. Er ist ein Null-Euro-Baum. Sehr gut gesehen von dir, Anja! Respekt!»

Sie zeigte sich nicht beeindruckt von dieser plausiblen

Erklärung. Auch der Wolfsneffe meiner Frau ließ nun erhöhte Aufmerksamkeit erkennen. Eigentlich alle. Anja kniff die Augen zusammen, um dem eroberten Schild den Kilopreis und das Mindesthaltbarkeitsdatum zu entnehmen.

«LHB 41», gab sie bekannt.

«Wie recht du hast!», sagte ich. «Das ist der Code für das Fällkommando. Der Forstwirtschaft gilt so ein Baum lediglich als Nummer, leider, Profit, Profit!, so ist das heutzutage! Für uns hier aber bedeutet LHB» – ich musste kurz nachdenken – «Lieblingsheiligerbaum, genau, LHB, Lieblings-Heiliger-Baum.» Das war mal schlau.

«LHB bedeutet, soweit ich weiß, Längenhaltbarkeit», informierte uns die schwäbische Nichte. «Das heißt, nach dem Fällen bleibt er noch 41 Tage frisch.»

Ich gab ihr vorläufig recht. «Exakt 41 Tage, sofern man das Wasser erneuert! Was ich tue!»

Ekkehard meldete sich, mein Eisenbahnonkel. «LHB steht für Linke-Hofmann-Busch», wusste er. «Die bauen Zugwagen für die Deutsche Bahn. Sie konstruieren auch S-Bahnen. Inzwischen sind sie leider aufgekauft worden von Alstom, aber die älteren Wagen tragen noch die klassische LHB-Kennung. Du sagst: LHB 41?» Er kam heran, um sich von der Typenbezeichnung zu überzeugen.

«Ja», sagte Anja verwundert. «Und hier steht auch ein Name.»

«Wahrscheinlich der Konstrukteur», vermutete Ekkehard.

«Zwei Namen sogar. Reinhard Wagner und Elisabeth Wagner.»

«Was?» Meine Frau wirkte erschrocken.

«LHB 41. Reinhard Wagner. Elisabeth Wagner.»

«Dann war der Baum reserviert!», stellte meine Frau fest und sah mich streng an. «Dietmar, diese Leute hatten den Baum bestellt, und du hast ihn vor ihnen gefällt!»

«Die Wagners sitzen am Heiligen Abend ohne Baum da», konstatierte unsere Tochter.

Das tat mir natürlich leid. Falls es überhaupt zutraf. «Wenn ihr wollt, können wir sie ja einladen.»

«Wir können nur noch die Kinder dieser beiden Wagners einladen», stellte der neunmalkluge Wolfsneffe klar. «LHB?», forschte er wie ein Fernsehkommissar. «Dann hat Dietmar den Baum auf einem Friedhof abgesägt.»

Ich merkte, dass mein Gesicht an Farbe verlor. Der Mann störte meine Durchblutung. Wozu lädt man solche Leute ein? Wie faul und undankbar ist diese Generation?

«Nicht auf einem kirchlichen Friedhof», fuhr er selbstgefällig fort. «Dietmar hat den Baum aus einem Ruheforst geholt. In diesem Fall aus dem Friedwald Lüneburger Heide.»

«Dietmar!», rief Anja überflüssigerweise. Nun war auch die Durchblutung meines Gehirns stillgelegt.

«Unter diesem Baum ruhte die Asche von Reinhard und Elisabeth Wagner. Sie ruht auch immer noch am selben Platz. Nur steht der Baum da nicht mehr. Ich kenne das Revier. Es gehört zum Naturschutzpark. Ich sehe zu, dass nicht so viele Wölfe da reingehen.»

«Vielen Dank», sagte ich tonlos.

Es wurde noch ein sehr ruhiges Fest. Man sah mich an wie jemanden, dem eine psychiatrische Begutachtung nicht schaden würde. Erst viel später entspannte sich die Stimmung, dank des Alkohols, den wir freigebig ausschenkten. Und irgendwann gewannen alle ihren Appetit zurück. Dennoch wurde ich bis Mitternacht immer wieder kopfschüttelnd gefragt, ob ich nicht, und weshalb ich denn, und wenn ich nur, oder ich hätte doch ... ungefähr wie im Verhörraum einer vorabendlichen Sonderkommission.

Am ersten Weihnachtstag fuhr ich demütig wieder hinaus, über die A7, diesmal bei trockenem Wetter und bei ausreichend Tageslicht. Mutig parkte ich den Wagen auf dem Wanderparkplatz. Und, ja, dort stand auch eine wetterfeste Karte des Naturschutzgebietes mit allen Wegen auch des als Sonderbereich ausgewiesenen Friedwalds. Wer hier einen Baum pachtete, brauchte sich um Grabpflege nicht zu kümmern.

Ich fotografierte die Karte. Es war nicht schwer, ihr zu folgen. Und anderthalb Kilometer weiter, zwischen den Bäumen 40 und 42, fand ich – weiter zurückstehend im Wald – nach sorgsamer Auswahl einen herrlichen Baum. Eine Eiche.

Gewiss, eine Eiche ist nicht immergrün. Dafür lebt sie länger. Ich bin sicher, sie hat mit dem für sie neuen Schild eine würdevolle Bestimmung gefunden. Sie ist stolz.

Und das möchte ich auch den Kindern des mir zu Lebzeiten leider unbekannt gebliebenen Ehepaares Wagner mitteilen. Wenn Sie an einem Gedenktag in den Friedwald kommen, bitte begeben Sie sich an der alten Stelle, dort, wo sich jetzt ein Baumstumpf befindet, einfach zehn Meter in den Wald hinein. Dort finden Sie eine schöne Eiche.

Das ist jetzt LHB 41. Das ist Ihr Baum. Das Schild befindet sich auf der Rückseite. Ich bin sicher, dass die Asche Ihrer über alles geliebten Eltern mit der Zeit durch den Waldboden ihren Weg dorthin findet. Und falls Ihnen eine Eiche nicht genehm ist, bin ich auch gern bereit, das

Schild wieder an eine Tanne oder Kiefer oder Fichte zu nageln. Das ist, wie ich festgestellt habe, mit einem gewissen Risiko behaftet. Aber ich werde sie ganz bestimmt nicht absäbeln. Jedenfalls nicht im kommenden Jahr.

Die Autorinnen und Autoren

Doris Akrap leitet tazzwei, das Gesellschaftsressort der *taz*. Sie ist Mitgründerin von PEN Berlin, wo sie seit 2023 Teil des Boards ist. Sie moderiert literarische und politische Podiumsdiskussionen und publiziert Texte in Zeitschriften wie *Kulturaustausch* und Anthologien wie zuletzt *Türschwellenkinder. Über die Arbeit der Eltern.*

Friederike von Bülow lebt im Süden Hamburgs. Sie studierte Japanologie und volontierte bei einer niedersächsischen Tageszeitung. Sie arbeitet als freie Autorin und Coach. Seit dem Jahr 2020 übersetzt sie als Franchisepartner von *capito* Texte in Leichte Sprache und bietet Fortbildungen für Leichte Sprache und barrierefreie Kommunikation.

Rolf-Bernhard Essig lebt als Autor und Entertainer in Bamberg. Bekannt wurde er mit Radiosendungen und Büchern zu Redensarten wie *Essigs Essenzen* oder *Und jetzt mal Butter bei die Fische!* Er erfand einen handlichen *Fluch-Generator* und mischte in diesem Jahr *Dr. Essigs Sprichwort-Apotheke – für alle Lebenslagen*. www.schuressig.de

Pia Faller, Mutter dreier Kinder, arbeitet als Journalistin für Frauenzeitschriften. Sie erfand *Das Smarties Spiel*. Im Herbst 2024 erscheint ihr Kinderbuch *Leni hat keine Lust*.

Daniela Gassmann, geboren 1990, ist Redakteurin beim *Süddeutsche Zeitung Magazin*. Ihre Themen reichen von Heinos Erbstreit bis zu den großen gesellschaftlichen Fragen. Sie absolvierte die Deutsche Journalistenschule. Für ihre Texte gewann sie den Dr. Georg Schreiber-Medienpreis und den Deutschen Preis für Denkmalschutz. Sie lebt in Berlin.

Wiebke Lorenz lebt mit Mann und Kindern in Hamburg. Seit 1998 hat sie zahlreiche Romane veröffentlicht – Psychothriller als Wiebke Lorenz, romantische Komödien zusammen mit ihrer Schwester als «Anne Hertz» und Romane der Marke «bittersüß» als «Charlotte Lucas». Wiebke Lorenz trägt gern Jogginghose und Schlabbershirt, vor allem bei Elternabenden oder zum Adventsbasteln.

Judith Luig hat für *Zeit Online* über Bildung und Erziehung geschrieben. Sie war bei der *taz* und bei der *Welt am Sonntag* und hat zuletzt einen Abstecher in die Politik gemacht – als Redenschreiberin und Kommunikatorin. Bei Rowohlt erschien von ihr *Und jetzt alle noch mal aufs Klo. Wie meine beste Freundin Mutter wurde.* x.com/luigologie

Stefan Maiwald, geboren 1971, lebt in Italien und schreibt dort Romane, Krimis und was sonst noch so anfällt. In diesem Jahr erschienen seine *Spaghetti-vongole-Tagebücher*, eine kulinarische Abenteuerreise entlang der Adria. Jeden Freitag verschickt er auf www.postausitalien.com den Newsletter *Mediterrane Wochenschau*.

Joachim Mischke hat Musikwissenschaft, Publizistik und Anglistik studiert. Er ist Kultur-Chefreporter beim *Ham-*

burger Abendblatt. Zu seinen Büchern gehören *Hamburg Musik!*, *Nimm meine ganze Seele zum Morgengruße*, ein Band mit Wagner-Briefen, und zuletzt *Geschichten und Geheimnisse der Elbphilharmonie*. Er ist Gastgeber des Podcasts «Erstklassisch mit Mischke». www.joachim-mischke.de

Christian Ritter, geboren 1983, lebt in Berlin, ist dort Teil der Lesebühne Prunk & Prosa und Moderator des Queer Slam Berlin. Ritter tritt als Elder Statesman des deutschsprachigen Poetry Slams auf. Er hat elf Bücher veröffentlicht, zuletzt *Hoffentlich regnet es zu Hause – Wenn Deutsche Urlaub machen*. www.christianritter.de

Barbara Ruscher, geboren 1969 im Rheinland, ist eine der erfolgreichsten Kabarettistinnen in Deutschland (*Nuhr im Ersten*, *Ladies Night*, *extra 3*). Sie hat das Zweite Staatsexamen für Lehramt in Germanistik und Musik und ist Bestsellerautorin (*Fuck the Möhrchen – ein Baby packt aus*) und Kolumnistin für Printmedien und Hörfunk (WDR 2 / WDR 5).

Sören Sieg, geboren 1966, studierte Musik und Politik und sang von 1994 bis 2012 in der A-cappella-Gruppe *LaLeLu*. Seine afrikanisch inspirierten Kompositionen feierten Premieren in Mumbai und Tokio, Sydney und Paris. Er ist musikalischer Leiter des Kabarett-Theaters *Die Stachelschweine* in Berlin und veröffentlichte 13 Bücher. Er lebt in Hamburg und Warschau.

Claudia ten Hoevel war lange Jahre Chefredakteurin der *Grazia* und arbeitet heute als Digital-Expertin für Newsletter. Unter anderem ist *Hot Bowl – Female Views & News* ihr Brainchild und Herzensprojekt, um einen weiblichen

Blick auf News und Debatten zu werfen. Mit ihrem Mann und Sohn lebt sie in Hamburg – und vermisst immer ein bisschen die Berge.

Jana Voosen, Jahrgang 1976, absolvierte eine Schauspielausbildung in Hamburg und schrieb währenddessen ihren ersten Roman. Seitdem war sie in etlichen TV-Produktionen zu sehen und erlangte drei Minuten Ruhm in der Serie *Homeland*. Sie hat Romane, Bühnenstücke und Drehbücher veröffentlicht.

Christine Weiner arbeitet als Autorin und in eigener Coachingpraxis in Mannheim. Sie brachte das Thema «Mentoring» in Unternehmen und Hochschulen und war viele Jahre Redakteurin beim SWR. Ihre Romane wie *Drei Frauen im R4* und Sachbücher wie *Respektiere dich selbst, dann respektieren dich alle* spiegeln auf heitere Weise die Lebenswelt von Frauen wider. www.christine-weiner.de

Bernhard Weßling, Jahrgang 1951, ist promovierter Chemiker. Als Unternehmer lebte er zwischen 2005 und 2018 in China. Er ist überdies Naturforscher. Sein Buch *Der Ruf der Kraniche* (2020) wurde in mehrere Sprachen übersetzt. Der Unvorhersehbarkeit des Lebens widmet er sich wissenschaftlich in *Was für ein Zufall!* (2022). Zuletzt veröffentlichte er seinen Bericht über China: *Mein Sprung ins kalte Wasser* (2024).

Sylvia Witt ist Diplom-Designerin, Schriftstellerin, bildende Künstlerin und Filmschaffende. **Oliver Uschmann** ist Schriftsteller, Journalist, Dozent und Trauerredner. Gemeinsam erschaffen sie Romane, Jugendliteratur sowie erzählende Sachbücher. Hier und da schreiben sie anderen als Geister Bücher auf den Leib. https://hombrede.de

Hans Zippert, ehemals Chefredakteur der *Titanic*, schreibt in der *Welt* die tägliche Kolumne *Zippert zappt*. Er bekam den Henri-Nannen-Preis und den Peter-Hille-Literaturpreis. Im vergangenen Jahr veröffentlichte er *Wie Hitler mir das Leben rettete. Schlampige Arbeiten 1980–2030*.